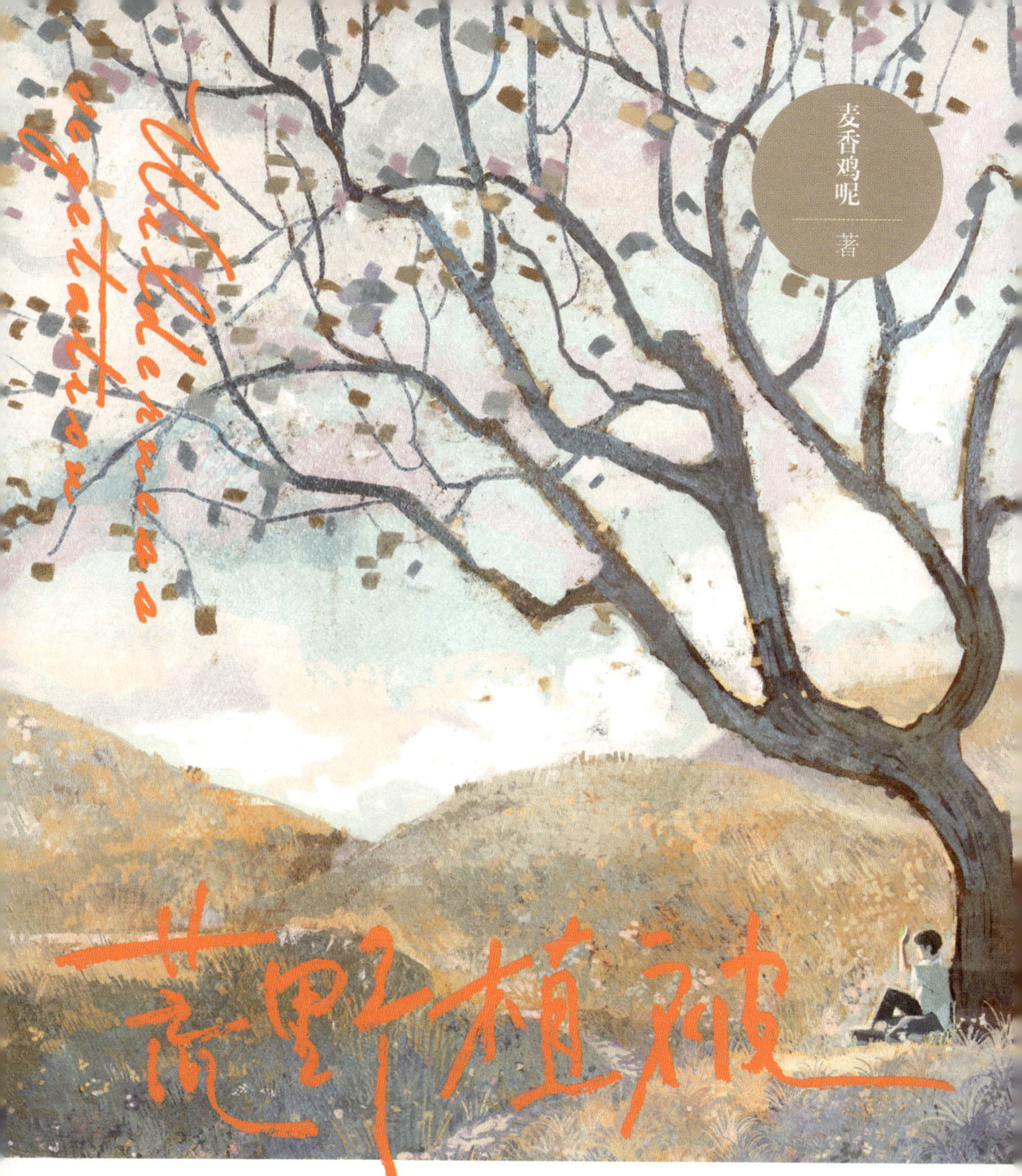

Wilderness
vegetation

麦香鸡呢
著

荒野植被

中国·广州

目录

001 —— Chapter 1

生日快乐

029 —— Chapter 2

幻想破灭

057 —— Chapter 3

回忆汹涌

087 —— Chapter 4

寒夜的树

| | | |
|---|---|---|
| 119 | —— | Chapter 5 |
| | | 漆黑的窗 |
| 153 | —— | Chapter 6 |
| | | 好久不见 |
| 199 | —— | Chapter 7 |
| | | 可以试试 |
| 243 | —— | Chapter 8 |
| | | 荒野植被 |
| 271 | —— | Extra Chapter |
| | | 番外 |

许言不止一次觉得沈植像树，

长在那年冬夜路灯旁的皑皑白雪里，

长在夏天夕阳余晖下的风里，

也长在曾经被放弃灌溉的那片荒野里——

正如此刻，

很久以后，

许言回头再看，

原来荒野上已经葱葱郁郁铺满植被，

而自己再也不用守着海市蜃楼自欺欺人。

他身后是**大片大片**的淡紫色丁香花，光影**绰绰**，暗香涌动，混合着暴雨中的**青草泥土气味**，有种触之可及的**真实感**。

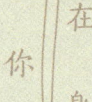

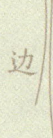

在身边,你在身边。

## Chapter 1

# 生日快乐

"跨服聊天"

沈植：许言很快就会回去了，毕竟我都专门来找他了。

许言：竟然专门过来确定一下我不会再缠着他了，好严谨啊。

——我这里雨下得特大,还打雷。

——冰箱里有酸奶,你健身完记得吃。

——这几天有应酬吗?少喝点酒,胃药在右边床头柜的第二个抽屉。

——你睡了?那我也休息了,晚安啊。

发完,等了十分钟,没回复,许言揉揉眼睛,他困得要死。这段时间出差,合同谈判费时费神,回酒店之后腰酸背痛地往床上一躺,整个人像被拆过一遍,昏昏沉沉的,连根手指头都不想动,只想眼一闭睡死拉倒。

就要睡着了,灯光模模糊糊,许言的睫毛轻轻翕动几下,闭上了眼。巧的是就在同一刻,手机响了,因为离耳朵近,声音显得尤其大,许言吓得猛一哆嗦,摸起手机,眯眼看见置顶聊天框里的未读消息数是"1"。不必点进去,因为沈植只回复了一个"嗯"。

你也不知道他这个"嗯"字针对的是哪条消息,下雨那条?喝酸奶那条?少喝酒那条?不知道,反正就"嗯",算是给许言每日的单方面聊天批了个"已阅"。许言愣愣地盯着那个"嗯"字,没有点开,也没有锁屏,就这么举着手机一直看,他突然好想跟沈植说:我好累啊,我想你快点回来。

但是算了,不能发,沈植未必会理会他的负能量,安慰的话想都别想,估计只觉得他烦。不会有回应的,自讨没趣徒增失望而已,许言门儿清。

可他还是点进聊天框了,往上翻,绿油油的一片。绿色的很多,也长；白色的很少，也短——"嗯""哦""知道""没空""不用""有事""在忙""随便"。这种聊天记录拿出去放到网上，怎么看都会被吐槽太卑微，发个帖网友能盖上几百楼只为把你骂醒。而且这类帖子的楼主一般都十分令人恨铁不成钢，最后气死的只有网友。

许言和沈植的特殊点——作为好朋友，他跟沈植在同一屋檐下生活已经两年了。

眼睛有点酸，许言关了手机，直愣愣盯着吊灯发了会儿呆，看着像是死了，但突然又笑起来——明天就回去了，明天是沈植的生日。

沈植曾在许言给他送礼物买蛋糕时说自己不过生日，许言记住了，所以许言打算回家做几个菜，两人一起吃顿饭就行，要是沈植晚上有应酬，那就给他做夜宵。为了这顿饭，许言特意改签了机票，比原定日期早一天，工作一结束就往回赶，刚好能赶上晚饭。

许言不是个追求形式感的人，他只是想在沈植人生的某些特殊时刻，尽可能地参与一下，增加点存在感。虽然听起来挺讨人厌的，但往深了想，更多的是可悲——这么多年的朋友了，竟然要靠这种事来刷存在感。

出了机场，想到家里应该没新鲜菜，许言让司机转路去超市，买了一堆菜和日用品，再加上出差的行李，拎在手上跟逃难似的。下车后，许言艰难地推开栅栏门往里走，绕过那棵白玉兰，他看见客厅里亮着辉煌的灯光，落地窗没有拉窗帘，沙发上坐着不少人——都是跟他截然相反的人。

如果不是站在门口，许言会错以为里面是某个宴会厅，所有人笑意盈盈、神采飞扬，托着高脚杯的姿态风流不做作，觥筹交错间完全是一幅上层精英你来我往的画面。

哪怕只是简单的聚会也好，可茶几上的蛋糕和礼物盒太显眼了。沈植那句"我没兴趣过生日"和他此刻在灯光下格外耀眼的淡淡笑意，让站在暗冷天色下的许言感受到一种茫然，他与落地窗里的那些人，好像身处两个世界。

许言从没觉得自己不配当沈植的朋友,他觉得自己和沈植顶多是不在一个频道、身份不对等,这些他一直都明了。但现在,一切鸿沟和差距都变成现实画面,就摆在眼前,被灯光照得清晰,放大无数倍。

他仰起头呼了口气,往大门走。怕手上的菜被压坏,许言把旅行包放在地上,腾出一只手解锁,拉开门。

"有客人啊,"许言笑了一下,"不好意思,打扰了。"

在沈植皱起的眉头里,许言忽然觉得累极了。他出了好几天差,不顾工作忙碌,改最紧凑的航班,又去超市买这买那,一刻不停地赶回来,结果只是撞破了一场他不配被邀请的聚会。

许言把购物袋放在玄关,说:"没事,你们继续。"他转身关上门,拎起行李,靠在另一头的墙边,摸出根烟咬在嘴里点燃了。他都能想到客厅里现在会是什么画面,一群有教养的公子千金不便开口说什么,只能面面相觑,然后会有人举杯,开口打破沉寂。

没过多久,沈植开门出来了。大门虚掩,泄出一道金色暖光,沈植的脸被照亮一半,许言侧头看了他一眼,说:"外面冷,穿这么少别出来了。"

"耍什么脾气?"衬衫衣摆在夜风里微微晃动,沈植的眼神很沉,神色也冷,"是你不打招呼就回来的,现在又摆脸色。"

自己还没开口提什么,就被劈头盖脸地质问一通,所有字句都堵在喉咙里,许言望着沈植,忽然觉得一切都变得难以启齿。这是他们一起租的房子,而自己回家竟然需要提前打招呼。

沉默了一会儿,许言别开眼,将烟头踩灭在脚底,淡淡地说:"没有,怕你们看见我心烦,我在外面等着就行。"

其实沈植好像有点醉了,他跨过地上的旅行包,站到许言面前,俯视着他,沉声说:"你为什么总是随心所欲,想怎样就怎样?"

许言被他质问到恍惚,以为自己真是那种当众发飙不计后果的人。

"我就这样,你也知道。"许言自嘲一笑,"别在这儿对牛弹琴了,回去招待你朋友吧,外面冷。"他说着还整理了一下衣领,沈植垂眼就看见他被冻得通红的手背。

许言忘记后来到底在外面等了多久,其实也不久,聚会明显提前结束了。但真的荒谬,他站在门口吹冷风,等一场聚会的落幕——其实可以进门上楼,在房间里待着,可他不想,不知道为什么,他一步都不想踏进去。

散场后,有个客人在和许言擦肩而过时,礼貌地说:"沈植喝醉了,麻烦你照顾一下。"

"应该的。"许言笑笑,拿起行李进门。沈植确实醉了,靠在沙发上,耷拉着长长的睫毛,看许言面无表情地拿着垃圾袋,将茶几上所有的东西——名贵的酒和杯子、蛋糕甜品,一个不落地全打包好扔在门外。

"上楼睡觉,"许言弯下腰拍了拍沈植,"别在这儿坐着了。"

沈植抬起被酒精染红的眼,许言一瞬间什么情绪都没有了。

"我是不是挺不要脸的?"许言俯身凑近沈植,盯着他的眼睛,不知道是在问沈植还是在问自己,"你是不是觉得,无论怎么对我,我都还愿意和你做朋友?"

沈植显然已经没意识去理解他在说什么。

算了。

许言低声说:"生日快乐。"

许言一早起来,洗漱完路过沈植的房间,沈植还没醒,但这就是两人不同的地方——许言要赶点上班,而沈植可以睡到他愿意睁眼为止。

沈植房间的窗帘拉得紧,房间里一片昏暗,许言留了一张字条:我上班去了,早饭在厨房,你记得吃一点。

在公司忙了一个早上,临近午饭才得空,许言趴在办公桌上,打开手机,给沈植发微信:今天去公司了吗?头还晕吗?晕的话睡个午觉休息一下。

沈植刚结束一个会,助理把手机递过来时屏幕正好亮起,他瞥了一眼消息预览,还没看清,项目总监赶到他身边,翻开文件急匆匆开口:"沈总,刚刚市场部那边……"沈植按了按眉心,接过资料——头还是有点晕。

直到下班,发出去的那条微信还是没任何回应,连平常"哦""嗯"一类的敷衍都没有了。许言收拾东西下班,地铁上大家挤得不分你我,他靠在车厢门边,看着玻璃上的倒影,窗外的隧道呼啸而过。许言猜沈植还在生气,气自己昨天突然出现,气自己当着众人的面扭头就走……气自己厚脸皮地烦了他好几年。

这么一想,沈植也蛮不容易的。

回到家,许言去厨房做饭,家里没请保姆,只有保洁定时上门打扫,一般的家务都是他干。沈植开门时,许言刚关了油烟机,在收拾流理台,他还穿着围裙,围裙底下是白衬衫——许言其实是个体面人,上市公司部门经理,能力出众收入可观,身材好外貌佳,可惜是个二皮脸。

但也只对沈植一个人二皮脸。

"回来了。"许言端菜上桌,给沈植盛了碗汤,说,"要是还不舒服,多喝点汤,今天早点睡觉。"他摘掉围裙,松了松领带,在椅子上坐下来。

吃过晚饭,沈植靠在沙发上看书,许言窝进懒人沙发,打开投影,随便找了部安静的电影看。客厅里暗,只有沈植身边的一盏落地灯亮着,许言整个人柔软下陷,渐渐有了困意,看看屏幕,又转头看看沈植的侧脸,想叫他别在这种灯下看书,要不去书房看,但还是没说,怕打扰他……许言闭上眼,在模糊的翻书声和电影对话声中昏昏入睡。

醒来的时候电影已经结尾,白色字的演职员表在黑色背景中慢慢滚动。沈植不知道什么时候坐在了靠近懒人沙发的这头,正支着下巴看幕布,但又好像是在垂眼看许言——许言不确定。许言刚醒,声音有点哑,问他:"不累吗?上去睡觉吧。"

沈植答非所问："你昨天回来干什么？"

还能干什么，特意提早回来跟你一起过生日，虽然你不需要——许言笑笑，说："事情办完了就回来了，忘了跟你说，下次一定。"

"下次一定"这句话许言说了不知道多少次，他也确实都做到了。只是他好像永远在受责备，说了什么话的时候，不小心打扰到沈植的时候……沈植从没给过许言标准，当许言做一件事，他不知道自己何时就会触犯到沈植的界限，然后被冷冰冰地质问。

只有他在迁就，在学习，他像一个蹒跚学步的婴儿，学着用沈植能接受的方法和他相处。沈植从不开口给任何提示，许言永远是在他冰冷的表情和话语里琢磨到那些规则，许言习惯了。

他不怕沈植讨厌自己，怕的是沈植的无动于衷，更怕自己在沈植的冷漠下渐渐看开看淡。他愿意磨自己的棱角，磨平，又被凿出一个洞，再磨平，循环往复，他总有一天会成为沈植真正的朋友。

除了许言自己，谁也别想让他放弃，沈植也不行。

这几天许言心情好——马上就离职了。一个多月前提的，裸辞不是明智的决定，他也不是找不着下家，只是真的很想空下来休息一下，做什么都好，在家躺着、出去旅游、外景拍照。说起来，自己的相机真的是很久没动过了，想当年在大学里好歹也是全校皆知的风云摄影师……

大学，大学，原来都毕业两年多了，他认识沈植六年了。

许言是文学院（简称"文院"）的，沈植是经济学院（简称"经院"）的。大一刚开学沈植的名字就传开了——因为成绩和长相。许言当时还很不屑，乌泱泱一片新生里难道还没几个帅哥了，我也很帅，OK？

军训时大家怕晒，帽檐压得一个比一个低，许言愣是没从那些灰头土脸的身影中找见过沈植。后来他发现，他没找见沈植，不是因为沈植和别人一样灰头土脸，而是因为他确实没跟沈植碰上过——一旦碰上了，他势必第一眼就能看见沈植。

高，白，挺拔，腿长肩宽，帽檐遮住眼睛，露出线条精致的下半张脸。别人穿迷彩服是军训，他穿迷彩服是拍海报，很帅很高贵，身上仿佛写着四个大字"莫挨老子"。

"你看，"许言抱着单反相机（简称"单反"）钻进衣帽间，沈植正在穿外套，许言挺开心地说，"我好久没拍照片了。"

沈植往他手上看了一眼，顿了顿，说："你没那么多时间。"

"很快就有了，我过几天就辞……"

"不早了，"沈植似乎没在听，穿好衣服看了眼表，往外走，"可以出门了。"

许言盯着相机看了会儿，扯扯嘴角，把它放在旁边的柜子上，出了衣帽间。两人一起下楼，许言双手揣在外套兜里，说："大学的时候我给不少人拍过照片呢，他们都说拍得挺好的。"

手机响了，沈植解锁打开，翻看消息，他盯着屏幕微微皱了皱眉，不知道是因为信息内容还是许言的话，然后不咸不淡地回答了一句："关我什么事。"

他说这句话的时候许言正伸手打开门，冷风迎面吹来，今天没太阳，积云阴沉。许言抬眼看着飞过半空的一只麻雀，好像没听见沈植的话——其实听见了，听得清清楚楚，那毕竟是沈植说的话。

司机已经在外面等着了，沈植走了几步，察觉许言没跟上来，回过头，问他："还不走吗？"

许言慢慢看向他，笑了笑，说："我有个东西忘拿了，你先走吧。"

沈植于是回身往前走——两人公司刚好是反方向，本来就没有一起上班的先例，也没有必要。

中午的时候许言在公司露台抽烟，他不常抽烟，因为沈植不喜欢，但今天他不想忍着。还有两个月不到就过年了，许言突然有点想家。当初来这里读大学，本来毕业后肯定是要回家的，毕竟哪个父母不想孩子一直陪在身边呢，当许言决定留下来帮沈植的时候，便跟父母彻底闹翻了。

父亲给了他一巴掌，让他有种别再回家，母亲在哭，小他一岁的弟弟许年，干脆不说话。许言现在想想，那时候的自己真勇敢，也真狠心，为了一个不算很熟的朋友伤害最亲的人，说他是傻瓜都抬举了。

大学的时候许言还回家过年，毕业闹翻后的两年里，年三十沈植回家过年，许言出去和朋友跨年。其实并不孤单，但想起来，总觉得哪里有些不对。只是他们之间的"不对"实在太多了，这一点也就算不上什么。

今年要不回家一趟吧？许言抽着烟，看着灰蒙蒙的天空，突然这么想着。就是不知道沈植今年除夕夜的安排是什么，会不会突发奇想跟自己一起跨年？可能性太小，但还是再看看好了，万一……万一有什么转机。许言自嘲地笑笑，他总是存有幻想。

下午的时候许言给沈植发微信，告诉他自己今天要加班，不能回去做饭。沈植照例过了个把小时才回复一个"嗯"，多余的没有，许言习惯了。想了想，他又问：你今天晚上在外面吃饭吗？

这次回复得挺快。沈植：嗯。

沈植经常有应酬，宴会或是饭局，也常常晚归，但许言从不怀疑他会在外面做什么。

许言：那少喝酒啊，我回去以后给你煮醒酒汤喝。

沈植：知道。

晚上快九点，许言收拾东西下班，这几天差不多交接完了，后天就彻底离职，一身轻松，他打算买个夜宵，再回家熬醒酒汤。

走在车流游弋的路旁，许言一手揣兜，一手握着杯热咖啡，顺便琢磨等会儿要打包什么夜宵……路过一家法餐厅，他扭头看了眼，宽敞的弯道延伸到餐厅门口。许言记得这家的白鱼子酱特别好吃，他还跟沈植提过，说有空一起来这里吃饭——沈植当然只是冷淡地应了一声，根本没放在心上。

许言看了会儿，刚想转回头，就看见大门里有人往外走。餐厅里灯光明亮,许言站在路边的树下,头顶是一盏高高的黄色路灯,惨淡照出一地斑驳树影。他看见服务生推开门,几位中年人笑吟吟地走出来,然后是沈植——和一个女生并肩走在后面。

沈植的父母许言认识,另外两位应该是女孩的父母,一群人站在餐厅外等司机将车开过来。许言将每个人脸上的笑意都看得一清二楚,包括沈植——平常对自己总是面无表情、冷漠不耐的人,在其他人面前还真是不吝啬笑容啊。

"吱啦"一声,头顶的路灯出故障熄灭了,好像舞台上唯一一束照在许言身上的追光灯消失。这一刻巧合得近乎吊诡,许言安静地站在树影下,看他们各自上了车——沈植和女孩上的是同一辆。

许言才绕过街角,身后就有车灯亮起,许言回过头,看见一辆小轿车朝自己开来,缓缓在路边停下。车门打开,沈植的母亲——孟愉婉,抬脚下车。

沈植他爸沈洺也在车里,不过应该懒得下车。孟愉婉拢了拢披肩,高贵的妇人连头发丝都透着精致。

"阿姨。"许言叫她。

他这是第一次和孟愉婉对话,平常的时候,双方只是知道对方的存在。

"刚刚你也看到了,"孟愉婉开口直奔主题,"沈植好歹也进公司两年了,各方面的事情都慢慢交给他了,他以后要担负起怎样的责任,相信你也很清楚。"

"我清楚。"许言说。

"那就好,"孟愉婉笑了笑,"本来不打算把话挑明的,我只希望以后沈植身边可以干干净净的,别和什么乱七八糟的人有交集,毕竟大家都是为了面子。"

没错没错,现实就是这样的,互相成就与联合,依靠婚姻关系来构建稳固的利益链。何况郎才女貌、门当户对,表面上的搭配就已经足够成功,这就是成年人和商人的自觉。

许言点点头:"您说得很对。"

不过说起来,沈植的确从未在任何场合表明过许言是他的朋友。许言现在怀疑自己是不是从一开始就搞错了,其实沈植确实一直没有把自己当朋友,而是找了个集保姆、保洁、厨师于一身的傻瓜。

许言仰头看了几秒,今晚没星星。

他低下头,看着孟愉婉,说:"阿姨您好。第一,我把沈植当朋友,不是看重他的身份和地位,当年在我最难的时候,他帮助了我,我一直想着找机会报答他,我也以为他把我当朋友,但是现在具体是什么我也不太清楚了。

"第二,我确实没拿枪顶着沈植的脑袋让他跟我做朋友。我对沈植问心无愧,没利用他的人脉搞过事,非要说我有什么不对,大概就是我太烦人了,沈植也这么说。

"第三,我各方面虽然不如沈植,但家里公司的股份也够下半辈子的,您如果查过我,应该是清楚的,所以我和他做朋友也不是为了钱。

"第四,"许言看了眼手机,"很感谢您这么有耐心,听我说这些废话,不过我明天还要上班,现在有点晚了,我就先回去了。"

他说完,礼貌地朝孟愉婉弯腰点了一下头,转身就走。

"你……"

许言听见孟愉婉有些气急的声音,但他懒得理会。

回到家,许言洗了澡靠在床上刷手机,醒酒汤不用煮了,沈植一看就没喝酒。

没多久,沈植回来了,应该是已经把女孩送回去了。他见许言靠在床上闭着眼,于是走近一点,大概是想看看他是不是半坐着睡着了,许言却突然睁开眼,很直白地盯着他,开口就说:"餐厅门口,我都看到了。"

他不是个喜欢藏事儿的人,没想到沈植也不免俗套地选择了商业联姻。

沈植脸上没表情,说:"还没定下来。"

还没定下来——好迂回的一个答案，真是有无限的可能性呢。

许言懒得琢磨今晚之前两家人已经接触过多少次，天天生活在一起的人居然马上就要步入婚姻的殿堂——虽然无法理解。许言现在不恨自己眼神好了，如果他今天直接路过了，下场就是在沈植订婚前才收到消息，那才是真的难看。

他看着沈植，问："还没定下来吗？你们都见家长了。"

"那也代表不了什么。"沈植说。

为了自己的家族商业，我愿意娶一个自己不爱的女人，你管不着——许言猜这是他的言下之意。其实不用深究言下之意，沈植的态度就能说明一切。

"好吧，"许言放平枕头，说，"那我先睡了。"

"起来了？"许言摆了早餐上桌，仰头朝正下楼梯的沈植说，"刚巧，早饭好了。"

"怎么起这么早？"沈植理着衬衫袖子，头也不抬。

"你忘了吗，我昨天睡得早。"许言笑笑。

沈植这才看他一眼——还是那副没心没肺、嬉笑厚颜的样子，好像什么都不放在心上。

许言吃饭的时候也不爱说话，两人安静地吃完早饭，外边司机到了。许言放下筷子："我吃饱了，你再吃点。"他说完就上楼，没过一会儿便把沈植的外套和领带拿下来，沈植抽纸巾擦了擦嘴角起身。

"今天晚上回来吃吗？"许言把外套递给沈植，问他。

沈植穿上外套，说："回来吃。"

许言看着他，看着这张脸，心想：他十八岁的时候还会为了仍是陌生人的我和别人理论，如今却会为了生意选择和一个不爱的人联姻，眼神竟然透着一丝冷漠。

第二天是许言在岗的最后一天，同事知道他要离职，特意攒了个局给他饯别，许言笑笑说："钱别就不必了，就当是庆祝我暂时告别

'社畜'生活吧。"

傍晚，许言收拾好东西，打完最后一班卡，跟同事一起离开公司。他几个小时前给沈植发了微信，告诉他自己今天和同事聚餐，不能回去做饭，沈植回复他"知道了"。

聚会上不出意外许言被灌酒了，他没拒绝，毕竟大家也没什么机会再见，最后一餐，尽兴就好。结束后同事要送他回家，许言摆摆手："你们明天还要上班，早点回去休息，我打辆车就行。"

"你朋友在家吗？打电话让他来接你一下吧。"同事说。

"朋友？"许言有点头晕，茫然地想了一会儿，他笑了笑，说，"他最近不在家，我自己回去。"

最后同事帮他打了车，许言报了地址后，听见有人"哇"了一声——那片住宅区不是一般人住得起的。

"许经理，你深藏不露啊！"

许言靠在后座上懒洋洋地笑："没有，房子是我朋友的，我就是在蹭住。"

其他人纷纷表示不相信，一阵玩笑与道别过后，车门关上，世界很安静。许言闭着眼，车窗外的绰绰光影在他脸上飞闪而过。

车里正放着歌，许言的喉结动了动，开口跟着唱，但唱得五音不全，跑调到没法听，最后声音颤抖发哑，司机从后视镜里看他一眼，问："要纸巾吗？"

"不用，"许言睁开眼——没哭，他说，"就是困了，还有多久能到？"

"五分钟。"司机又看了他一眼，回答。

"师傅辛苦了。"许言一笑。

到家后，许言站在门外清醒了几分钟，但没什么用，头还是晕。他搓搓脸，开门进屋，上楼，沈植还没睡，在书房里。许言敲敲门，说："我喝了点酒，不过还行。你想吃夜宵吗？我去给你做。"

"不用。"隔着门，沈植回答他。

"好，"许言额头抵着门，笑着说，"好……那我先回去睡了。"

没回应，许言晃悠悠直起身，回了房间。晕晕乎乎洗漱完，他一头栽倒在床上，整张脸陷进枕头里。许言吸了口气，在黑暗中闭上眼，睡着了。

隔天早上，许言悠悠转醒，看了眼手机，还早，他从床上爬起来，揉着眼睛下楼。头有点痛，许言热了奶，烤了面包，端到餐桌上。沈植下楼时已经系好领带穿好外套。

"今天这么早去公司啊。"许言刚要吃面包，又想起自己还没洗脸刷牙，于是趴在桌上，随口找天聊。

"有点事。"沈植说。

"哦……"许言坐起来伸了个懒腰，说，"那你先吃着，我上楼洗漱去，刚刚都忘了。"沈植低头吃早餐，没空回答他。

等他洗漱完，沈植已经出门了。许言重新趴回床上补觉，宿醉的感觉真不妙，好在不用上班，他两眼一闭，舒舒服服地睡过去。

一觉睡到中午，终于清醒了点，许言慢慢爬下床，趿拉着拖鞋走到衣帽间，扯了个旅行包出来，把笔记本电脑、充电器、钱包塞进去，又随手套了件外套。他拎着旅行包和相机包，下楼，顺带收拾了客厅的垃圾。

天气很好，阳光明媚，风吹过树叶，哗啦啦作响，金灿灿一片——风和日丽，一个再平常不过的冬日午后。许言关上大门，把外套帽子扣到头上，迈下台阶，头也不回地走了。

下了高铁，许言一出站就看见杵在人群里的许年——小他一岁的亲弟弟，高中毕业出国留学，目前接手了家里的公司。高铁上许言给许年发消息说自己要回来了，许年还傲慢高冷地说："关我什么事，你不是都不回家了吗，别幻想我会来接你……""弟弟行为"罢了，嘴上逞强，身体诚实，到底还是来等着许言了。

见了面，许言还没开口，许年冷冷看他一眼，伸手拿过他手里的旅行包，扭头就走。许言好笑地跟上去，说："辛苦许总来接我，晚上请你吃饭。"

许年不搭理他，面无表情地迈着步子，直到两人坐上车，许年才冷笑着说："带这么点东西，你也就回来吃个晚饭吧。"

"不是，就是回来了，"许言淡淡地说，"不走了。"

扣安全带的手猛地停住，许年抬起头，看着许言的侧脸，张了张嘴，好像要问什么——但最终还是没问出口。他别过头，慢慢开动车子："哦。"

但小许总的心情显然开始变好，没过一会儿就主动找话："现在回去见爸妈？"

"先不了，"许言说，"过段时间吧，不急。你带我回高中住的那套房子。"

"那里太久没人住了，要联系阿姨过去收拾一下。"许年扫了他一眼，语气不明，"你回来得这么急，先去买点日用品吧。"

许言笑着点点头——其实许年一直是个憨憨的黏人精，但两年前许言和家里闹翻，许年对他很失望，所以才成了现在这副别扭样子。

那时候许年早知道许言准备留在那座城市了，暂时不打算回家接手家里的生意。准确地说，提前一年多就知道了——许言亲口告诉他的。毕竟都是年轻人，又是自己的家人，先跟弟弟说一声，打个预防针，以避免之后整个家翻天覆地，没有冷静的人。

买了东西回家，许言在房子里慢悠悠转了很久。房子有点旧，毕竟是高中住的小区了，但亲切。许年从商场到回家都没怎么说话，去厨房煮了壶水，又出来在客厅里站了半天，最后还是忍不住，看着走出房间的许言，问："怎么突然决定回来，被别人赶出来了？"

如果不是突然就不会只带这么点东西，好歹在一起住了两年，唯一的理由就是他哥被沈植赶出来了！

"是啊。"许言随口回答。

"我杀了他！"许年突然拔高嗓音——果然，他哥被沈植那家伙赶出来了！许年攥紧拳头，"我就说他不是什么好东西！你对他那么好，他还把你赶出来！"

他说着就往门口走，那架势好像真的要去杀沈植，许言连忙过去拉住他："开玩笑的开玩笑的，我自己出来的，他压根儿不知道。"

许年不信，瞪着眼睛看他，许言抬起手发誓，语气真诚："真的，我就是懒得收拾了，回家了要什么没有，你说是吧？"

许年更加狐疑："你怎么突然想通了？"

"不知道，可能是累了。"许言耸耸肩，看起来很无所谓地笑了一下，转身去厨房倒水。

许年跟过去，站在门边，看着许言的背影，突然很认真地说："我一直觉得这样不好，哥，虽然他帮助过你，但是你也不必这么报答他。"

水倒在杯子里，热气滚烫，直往许言脸上冲，他没吭声。许年继续说："你说你想和他做朋友，你想帮助他，他却没跟你一起面对，从头到尾，只有你一个人在努力，他真的有把你当朋友吗？"

"许年……"许言低声开口。

许年打断他："如果他真的把你当朋友，就不会任由他妈妈那么说你，你知不知道？"

两杯水倒满，许言双手撑在流理台上，低头沉默，片刻后他转过身，脸上带着点笑："你琢磨起我的事情来怎么这么深刻？"

"我就是要告诉你，"许年严肃得像个小学生，一字一句地说，"沈植不值得。"

"值不值得，我说了算，"许言看着他，"但是从今以后，我和他的事不用再提了。"

许年上下打量他一眼，最后点点头："哥，我暂时相信你，希望你不要让我失望。"

"不行，我不负责你的期望，我只负责自己的决定。"许言说。

"……"许年隐忍了一会儿，退而求其次，"那也行吧！"

工作日，许年待了没多久就回公司了。许言收拾完东西洗了个澡，又趴回床上睡觉。一觉醒来是傍晚，暮色昏黄，许言打开手机回了几条消息。

许年给他发微信：哥，我下班了，出来吃饭！喝酒蹦迪！

"傻瓜。"许言笑着骂了句。

晚上九点多，沈植回家，从外面看，整栋房子里没一点灯光——这不太常见。许言加班少，一般下班就回家，就算偶尔和朋友出去玩，事先也都会说一声，但今天一整天，许言没给他发过任何消息，连每天例行要问的回不回家吃饭都没有。

进门，开灯，沈植从冰箱里拿了瓶酸奶，在客厅里喝，喝完了，楼上还是没动静。许言睡眠很浅，有时候沈植晚归，只要车停在门口，他哪怕睡着了也能听见，小狗似的灵，接着会立刻开灯下楼，对沈植说一句"你回来了"。是句废话，但许言每次说的时候都笑吟吟的，哪怕他很困。

他好像永远不会累不会厌。

垃圾袋是新换的，里面空空如也，沈植把酸奶盒子扔进去，上楼，推开许言房门——他不在。被子铺得好好的，窗帘半拉，周围很安静，沈植微微皱眉，拿出手机给许言发微信：在哪儿？

他很快又关上手机，拿了睡衣去洗手间。半个多小时后，沈植出来，一边擦头发一边拿起手机，消息很多，但没有一条是来自许言的。沈植把毛巾扔到一边，倒了杯水喝，喝了几口，他瞥了一眼被子上的手机——没动静。

沈植握着水杯在桌前站了会儿，回到床边，打开手机通讯录，找到许言的名字拨电话。一秒，十秒，二十秒，没人接，这种情况很反常，有可能是出了安全问题。沈植打算安排人联系许言的朋友，但在他将要按下挂断键的那刻，电话通了。

对面很吵，音乐声和欢呼声震天，不用猜就知道在哪儿。沈植拧起眉，胸口起伏了一下，冷冷问："你在酒吧？"

回答他的是一个陌生男子，语气不善并且很嚣张："关你什么事？！"

"许言呢？"沈植的眉头拧得更紧，"让他接电话。"

那人还没说话，沈植就听见许言的声音，显然是醉了，有些含糊地说："别闹了……把手机给我。"一阵哗啦杂音过后，许言问："喂？"

"在外面玩得很开心是吗？"沈植沉声问。

许言有些恍惚地眨了一下眼睛，这个语气他太熟悉了……质问的、冷漠的、不带感情的，像上司训话下属，甚至比那更不客气。许言莫名其妙笑起来，说："对，能不开心吗？"

沈植面无表情地把水杯按在桌面上——是用了点力的，里头剩余的半杯水剧烈摇晃，溅出几滴。他说："你今晚不用回来了。"昨天跟同事喝酒，今天跟乱七八糟的人喝酒，哪来那么多的酒要喝？

"是不回来了……"许言的声音有点低，目光虚虚地望着下方喧闹的舞池，慢慢地，一字一句地说，"不回来了。"

"等你明天酒醒了再来跟我说话。"沈植说完这句，挂了电话，把手机扔到床上，拿起毛巾进洗手间吹头发。

许言又睡了一上午，昨晚在酒吧昏天黑地，沈植来电话的时候手机被许年一把抢过去接了，因为怕他哥心软——但实际上许言根本没打算接来着。后来他把手机关机了，现在还没开。许言要死不活地舒展了一下四肢，连着两天宿醉，他感觉被掏空了。

洗漱完，许言回床上，摸起手机开机，看看附近有什么好吃的。手机沉睡一整晚，也有点蒙，卡了一秒，提示栏开始显示收到的各种消息，许言懒得看，先打开外卖软件，精挑细选之下，最终点了个全宇宙连锁餐饮——黄焖鸡米饭。

"……"许言突然没什么胃口了，应该让许年叫阿姨来做饭的。

再打开微信，回了几条消息，和许年互相伤害了几个回合，许言又往下翻过些群聊，最后猛然看见沈植的聊天框上有个鲜明的红点"4"。

怎么说呢，有种被需要的感觉，毕竟沈植很少主动给他发微信，回复消息时也绝不多说，聊天框上的数字基本都是"1"。

点开消息，第一条是昨晚的。沈植：在哪儿？

其余是今天早上。沈植：我出去一趟。

沈植：助理说之前订的西服到了，你回去签收一下。

沈植：他们说没人在家，你手机关机。

熟悉的言下之意——你应该在家的，为什么别人送西服过去却没人开门，你是干什么吃的？

许言平躺下去，按了按眉心，重新拿起手机，正准备回复一句什么，铃声响了，沈植的电话。他吓了一跳，盯着屏幕看了好几秒，才按下接听键，没说话——实在不知道说什么。于是两个人同时沉默，过了一会儿，沈植才问："在哪儿？"

声音响在耳边，有点低，许言没出息的右耳不受控地麻了一下，顿了顿才回答："在外面。"

"酒还没喝够是吗？"沈植冷冰冰地问。

今天休息日，客户约他去打高尔夫。路程半小时，原本上午十点就该出门，他在书房里坐到十点十分，那十分钟几乎是他看着手表一秒一秒走过去的，但许言始终没回来，好像铁了心要跟他对着干。中午助理来消息说送西服过去但家里没人在，打许言的电话也是关机——这说明许言一直没回去。

"不是，你之后请个……"许言想说让沈植请个保姆，毕竟自己这个多功能老妈子已经跑路，但他很快想到——沈植马上订婚了，请保姆的事不用他说，人家自然会安排，跟他没半毛钱关系。于是他突然又不知怎么开口了，他到底该怎么说？说"我不会再烦你了"？说"我还是回家了，以后不会再待在你的城市了"？

许言发现自己原来还是有底线的，当倾尽全力的付出无法收获同等的回应，反而走向了不堪的局面，他会跑得比谁都快。

他蹒跚学步那么久，摔倒又爬起，一次接一次，好不容易学会了走路，却突然意识到往后还有更多未知的庞大的东西，等着他独自摸索和领悟，而最后的答案未必遂人意——不是未必，是一定不会。

"说话。"许言话说一半闭了嘴,沈植有些不耐地低声催他。

"哦,我……"许言捏了捏鼻梁,随口说,"我出差了。"

"我早上回去的时候你不在家,我就拿了点东西又出门了,临时出个差,也不知道要多久,就这样。"

他可以干脆地离开,但无法亲口说出来,无论沈植是什么反应,惊喜的、快意的、嘲讽的、轻蔑的,许言都不想再承受——所以什么都不必说。成年人多狡猾,时间一到,双方自然明了,对大家都好。

不等沈植说话,许言说了句"有事,先挂了"就结束了通话。他握着手机躺在床上,盯着灯看了很久,最后呼出一口气——还是有点沉重,但也爽。

手机里传来忙音,沈植往后靠在椅背上,静默片刻后打开微信,给助理发了条消息。

五分钟过后,许言的手机收到了来自前公司人事主管的信息:刚刚锦耀集团有人来问我你的事呢。

许言唰地坐起身,这一下动作太猛,脑袋都冒金星,他艰难打字:问什么?

人事主管:就问我你还在不在公司,我说你前天已经离职了。

很诡异,在知道沈植已经发现自己离职的这一刻,许言反而瞬间松懈下来,沈植那么聪明,肯定懂是什么意思,进度条直接被拉到底,那很好。

他回了句:好的好的,我知道了。

刚发出去,手机铃再次毫无征兆地响起来,屏幕上大大的"A沈植"三个字犹如三口铁锅哐哐哐地砸向头顶,许言顿时紧张——沈植大概是觉得被糊弄了,兴师问罪来了。

他想也没想,翻下床,从钱包里抠出取卡器,把电话卡拆出来,都这个时候了还不忘形式感——他把电话卡放在大拇指指甲盖上,指尖顶着食指指腹,向上一弹,小小的电话卡"咻"的一声飞出去。飞到哪里无所谓,过段时间再去找——当然要找,互联网时代,一个手机号挂钩支付宝、银行卡和各种账号，放弃它的代价太大，许言没那么傻。

电话是打不通了，然而微信又响起来，许言打开一看，沈植发的：你闹够了没有？

当然得不到回答，许言点进沈植的头像，把他拉黑了。

你闹够了没有？

闹够了，当然闹够了。许言关了手机想道：花六年时间彻底认清了你，确实是够了。

为什么当初自己非要想着和沈植做朋友？

晚上被许年再次拖去酒吧纸醉金迷的时候，许言醉醺醺地窝在沙发里，音乐声震耳欲聋，灯光激情地闪了满脸，他整个人却很平静，陷入一种思考，思考这个问题。

他对沈植的第一印象就是军训。

大一军训，有天正巧赶上阴天，大家没怎么出汗，军训结束后，不少人没急着回宿舍洗澡，直接出校门去小吃街聚餐。许言跟同学们说笑着往外走，一群人走得悠闲，生意好的店面早被别人占满，有眼尖的同学看见对面烧烤摊还有个露天空位，于是建议去那儿吃。

许言有点心不在焉，目光落在马路对面那群人里，有个男生个头特别高，劣质迷彩服也挡不住的身材好，压着帽檐看不清脸，偶尔侧头时露出半截下巴，光看那点线条就知道是个帅哥。事实证明许言猜得没错，几乎所有跟他迎面而来的女生都在看他，不同于男人看美女时猥琐地挤眉弄眼，是属于女孩子对异性的欣赏，大方的或是害羞的，弄得许言也很好奇。

男生跟旁边几个人也去了那家烧烤摊，应该是已经有同学占了位置，在冲他们招手。许言定睛看，他们的桌子跟那张空桌刚好是隔壁，他不知怎么回事就突然积极了起来，按着旁边同学的肩说："走，去占位，晚一步就要被别人坐了。"

他话刚说完，同学唰地蹿出去，冲到马路对面，迈了几步，一屁股在空桌旁坐下来，满脸骄傲地朝许言举起拳头。许言的手还维持着按他肩的姿势放在半空，目瞪口呆，他慢慢收起五指，跟同学隔空对了对拳。

"他高中是短跑冠军。"旁边另一个同学说。

许言："原来如此！"

在位子上坐好，许言还没来得及抬头看隔壁桌，同学就催着他点单，大家在菜单上激情划拉，最后一个女同学拿了单子起身去给服务员，许言跟着站起来，说："人太多不方便走动，我拿去吧，你坐着。"

"没事没事。"女生一边说一边拉开椅子往外走，结果没走两步，不知道踩到了什么，重心一下子斜了，整个人往前扑。满地的纸巾和烧烤扦子，许言心一紧，立刻迈腿去拽她，结果有人先他一步——那个男生。他伸手揽过女同学身前，五指都没碰到女生的身体，光靠一只手臂就把人捞住了。周围吵得要死，许言却清楚听见男生低声说了句"小心"。

其他人反应过来，连声说"没事吧小心小心"，女生站直后跟那个男生说"谢谢"，他点了一下头就坐回去。事情发生得快，结束也快，许言仍然没有看清他的脸，只在混乱中看到一道模糊侧脸，那一刻许言在心里想：他不会就是沈植吧？

毕竟新生里除了沈植，许言还真没听说过其他名头响的帅哥，但看这个男生的气质长相，如果他不是沈植，帅哥传说里应该也把他算进去才对。

"那不是经院的沈植吗！"刚坐回位子，许言的猜想立刻被同学证实，对方声音放得很低，"我还以为他不会来这种地方吃致癌物呢。"

许言又看了一眼隔壁桌，然后缓缓说："致癌物好啊。"同学抽着嘴角无语地看着他。

隔壁点单早，烧烤没过一会儿就上来了，许言一边喝可乐一边时不时往那头看，沈植吃东西前把帽子摘了下来，那瞬间许言心里暗骂了句——蓬松柔软的一头黑发，哪里像军训了一天的人。许看了眼身边男同学被汗水黏在额头上的刘海，越发觉得人和人之间可能也存在某些物种差异。

路边摊烟火气十足，天色暗了，到处挂着灯，照亮一片喧嚣。晚风轻轻起，沈植那张白皙的脸简直有种出尘感，如果不是刘海被风吹动，他坐在那儿，就是一幅画，不言不语不笑不闹，拿着雪碧的手干净修长，是以一己之力能把烧烤摊变成《最后的晚餐》的程度。

所以他给人的第一印象极好，虽然长得帅，但是没有那种高高在上的恶劣气质，反而乐于助人，非常"接地气"。

后来许言去结账的时候人都有点晕，视线摇晃，一脚踩在烧烤扦子上打滑的时候他还没反应过来，整个人猛地往后仰，他听到自己的同学们"哎哟哎哟"地叫起来。

许言感觉自己突然被牢牢抓住，一侧头，沈植的脸就在旁边，那么近。夜色深蓝，许言觉得沈植就是神仙下凡。

沈植脸上没什么表情，只是看了眼许言位子上的可乐，淡淡地说："喝可乐也能喝成这样。"

"许言，你不会是醉可乐吧？哈哈哈哈哈哈！"见许言没事，同学干脆顺着沈植的话揶揄他。

沈植的同学开玩笑说："沈植，今天怎么回事，路过你身边的都倒了，你是不是偷偷伸腿绊人家了啊？"两桌人都嘻嘻哈哈地笑起来，场面倒是相当热闹。

"……谢谢啊，"许言站直身子，前言不搭后语地说了句，"那以后我跟你一样，喝雪碧。"说完觉得不太对劲，显得自己很没礼貌，许言立刻又说了声"谢谢"，扭头跑去结账，脑瓜子嗡嗡的，简直太丢人了，反正头也不敢回。

夏天，十八岁，初次见面，烧烤摊混乱吵闹，但许言每次回想起来，都很感谢沈植将自己救起来，否则真的会成为大学四年所有人的笑柄。

  轻轻敲醒沉睡的心灵，慢慢张开你的眼睛
  看那忙碌的世界是否依然孤独地转个不停
  春风不解风情，吹动少年的心
  让昨日脸上的泪痕，随记忆风干了
  ……

  "动次打次"，一首 remix（重编曲混音）版的《明天会更好》突然响起，许言茫茫然回过神，还以为酒吧里要组织捐款，没想到一抬眼看见许年站在 DJ（打碟）台上，脖子上架了副耳机，正拿着话筒，一手指向许言，一边动感跟唱。

  唱出你的热情，伸出你双手
  让我拥抱着你的梦，让我拥有你真心的面孔
  让我们的笑容，充满着青春的骄傲
  让我们期待明天会更好

  ……

  许言怎么忘了，他弟当年是蝉联了市第三小学整整五届的元旦文艺会演独唱冠军——有一届没参加是因为得了水痘在医院挂吊瓶。

  许言摸起手机，打开相机，把许年的现场表演拍下来，之后哪天回家了就给爸妈看看，白天人模人样的小许总，是怎么在夜场里兼职DJ喊麦的。

  一曲完毕，许年抬高了话筒，看那架势和腔调，绝不是第一次干这种事，老气氛组成员了——他扬起嗓子大声嘶吼："哥！Tomorrow will be better！（明天会更好！）"

  底下的人也不介意这是什么歌，光跟着欢呼疯号，道具纸撒满天。许言放下手机站起来，满含热泪地鼓掌，朝许年竖起两个大拇指，大喊："许年！你真傻！你就是个大傻瓜！"

许年见许言激动真挚地冲自己竖着大拇指,虽然不知道他哥嘴里在喊什么,但想来一定是非常感动。许年特高兴,他哥从小不羁放纵爱自由,有时候还可能伤害家人一把,真的非常没有脑子。

但现在他觉得许言还有救,虽然不知道他哥在离开前到底经历了什么,可是能够这样干脆利落地回来,都醉得两眼发虚了,嘴里也没吐出半个字,没有哭哭啼啼伤怀失态,是个硬汉!

许言凌晨被渴醒。

许年是鬼精的,兄弟俩一起去酒吧,酩酊大醉的只有许言,他倒是潇潇洒洒,把他哥送回来以后去女朋友家睡觉,据说每天早上还会雷打不动地起来健身——十分优秀的时间管理新青年。

摸索着开了灯,许言摇摇晃晃爬起来,去厨房找水喝。许年贴心,已经给他倒好了水放在流理台上……许言喝着喝着觉得不对劲——水不放在床头放厨房,这算贴的哪门子心。

回头看了眼墙上的夜视钟,快三点,许言揉揉太阳穴,外面太安静,只有远处偶尔传来汽车驶过的声音。这种时刻很不妙,容易滋生不必要的情绪,许言喝完水扭头回房间,但睡意已经散了大半。打开手机,微信里红彤彤一片——连着去了两天酒吧,被不少人要了微信。许言喝得醉醺醺的,不太清楚事情经过,只记得许年把他手机解锁了,来者不拒地展示二维码,好像迫不及待要给他哥找另一半。

随手点开一个聊天框,发来的语音里说话语气超可爱,问许言下次要不要去另一个酒吧里玩呀,到时候唱歌给许言听。

"嗯……"许言下意识捂住心口,真的好会撒娇啊。

正看着,有人发来消息:你打火机落在沙发上,被我捡到了。

意思很明显的开场白,许言随手打字回:送你了。

见他没睡,对方直接回了条语音过来:"这么晚了,还不睡?"

许言:睡醒了。

对方语音:"今天看你走得很早,是不是喝多了,不舒服了?"

许言刚要回一句"你别发语音了我现在就挺不舒服的",突然听见大门好像响了几下。他以为幻听,放下手机安静呆坐——确实有人在敲门,间断性的,敲一敲又停了,然后又敲,不响不重。

这凌晨三点,外面那个除了是鬼,许言想不出别的可能。知道他住这儿的只有许年,那小子有钥匙不说,就算没带钥匙,肯定也会给自己打电话,哪能在外面阴森森地敲门。

许言下床出房间,没开灯,静悄悄地走到玄关边,拎起角落里的扫帚,手里拿着手机,微微照亮一小片区域。他凑过去看猫眼——天杀的,猫眼坏了,旧房子真的不可靠,细节上都有大问题。

如果外面的是贼,自己要是一直不出声,对方可能就要动手撬门了,到时候修锁也挺麻烦的……于是许言直接开口问:"谁啊?"

敲门声一下子停了,过了几秒才有人回答:"我。"

只有一个字,但那音色太熟悉了,许言顿时愣在原地。

——是沈植没错,但为什么是沈植?

为什么?

许言现在宁愿外面站着的是个鬼,也不想在凌晨三点茫然地揣摩沈植出现在家门口的原因,这太诡异了。

"开门。"半晌没动静,沈植好像有些不耐烦,低声说。

许言放下扫帚,拧开保险扣,拉开门。走廊上的灯亮着,暖色调的,把眼前人照得一清二楚,许言看着他没说话,因为脑子有点乱——就好像你种了一棵橘子树,结果它却长出了车厘子,明明车厘子比橘子贵,你却高兴不起来,只是惊诧、疑惑,甚至有些害怕,你不知道为什么会这样,面前的事实太颠覆你的认知了。

他一时间失了表情,一颗心膨胀数倍,紧贴着胸口,每一下跳动都清晰。也才两天没见,许言却觉得沈植已经有些陌生了——还是那张冷冷的臭脸,带着疲惫和微愠的不耐。不知道是不是错觉,许言觉得他在看到自己以后好像松了一口气……

两人互相看了半天,沈植的喉结动了动,才问:"怎么还不睡?"

你凌晨来敲我的门，现在门开了，你问我怎么还不睡？你有事吗？

当然许言不会这么问，他没这样和沈植说过话，以前不会，以后也不会。他随口回答："哦，玩手机呢。"说着还抬了抬手给沈植看自己的手机。许言锁了屏，抬起头，问："你来干什么？这么晚了。"

沈植的眼睛里有血丝，他微微拧起眉，盯着许言的眼睛，不答反问："你到底要干什么？"

这句话让许言立刻想起了微信上的那句"你闹够了没有"，他顿时颇为平静地看着沈植，说："现在是你站在我家门口，你问我到底要干什么，合适吗？"

"先跑出来的人是你，我这样问你有问题吗？"沈植问他。

所以在沈植心里，是自己先犯错，所以自己必须接受他的质问，给出一个答案。

"你的逻辑真的很严密，无论在什么时候。"许言牵着嘴角笑了下，"我不干什么，就是想回家了。如果你觉得我的不告而别冒犯了你，那么我跟你道歉，你看这样行吗？"

因为闹脾气了，所以回家来散心，现在知道错了，于是为此乖乖道歉。还是老样子，像以前一样……许言并没发现自己的话已经造成了这样的歧义，只是清楚看见沈植的表情突然松懈了一些。他心里泛起几分酸涩——果然，沈植在意识到终于摆脱自己以后，整个人都轻松了。

大半夜来这里只为得到一个确定的、满意的答复，真是辛苦了。

"……我明天早上出差，"沈植有些疲惫地捏了捏鼻梁，说，"大概半个多月。"其实还有后半句——你要是觉得待在这里舒服，就继续待着，等我出差结束再回去也行。

但他没说，因为没必要——许言到时候肯定会回去的。这趟出差来得急，时间太赶，他现在没空计较许言不接电话又拉黑微信的事。这次的动静确实闹得稍微大了点，也是头一遭，但反正……反正许言很快就会回去的，不需要担心，有什么账都等半个月之后再算。

许言突然听他说出差的事，也不知道是什么意思，大概是实在没话说了？于是他点点头："哦，好的。"

　　顿了顿，沈植说："以后别这样。"

　　他的话没说完，但许言听得懂——也是，许言心想，在沈植看来，自己做什么都是为了吸引他的注意……不过没必要再解释什么，就这样吧。

　　气氛一时很安静，"司机还在楼下等着吧？"许言吸了口气，慢慢说，"明早的飞机，你赶紧回去，在外面记得多穿点衣服，天气冷。"他突然觉得还有好多话要说……但算了，现在说什么都没什么意义。

　　"知道。"沈植说。时间不早了，要回去准备出差的用品……从前都是许言帮他收拾的。沈植顿了一下，没再停留，转身朝电梯口去了。

　　许言微微侧头，看着沈植的背影，张了张嘴，无声地说了句"再见"。

Chapter 2

# 幻想破灭

不会真有人觉得沈植能立刻领悟哄"许言"之道吧?

连续多日被许年拖去酒吧残害身体,许言看破红尘打算戒酒——再这么下去酒吧所有人都要知道他失意了。仍然是托许年的福,有个人也知道许言回来了,他打电话来的时候许言正在阳台上做俯卧撑,听见铃声后连来电人的姓名都懒得看,直接接起来:"别烦我了行吗?"——这是新号码,只有许年一个人知道,许言理所当然以为是他弟打来的。

"上次跟你打电话还是上个月,怎么就嫌我烦了?"纪淮的声音带笑。

许言一骨碌从地上爬起来:"怎么是你!"

纪淮是他青春期一路下来的铁哥们儿,两个人每天勾肩搭背进进出出,是一起上过中考、高考战场的"生死之交"。

彼时许言还是个"奶味"都没消的中学生,意气风发神采飞扬,性格开朗积极阳光。纪淮跟他相反,对不熟的人态度疏离不爱讲话,有股子阴郁系的味道,许言不止一次听见女生说纪淮这种人很容易激发母性。

许言当时问她们:"你们是当过妈妈吗?"、

女生给他分析:"你看纪淮就感觉是那种,受过伤,有自己的保护壳,不轻易展露的感觉,让人很想走进他的内心,给他点温暖。"

"……"许言张了张嘴,"你这是看了多少疼痛系小说啊?"他又转头问纪淮:"你受过伤吗?有保护壳吗?"

纪淮正敲碎一个从隔壁班朋友手里抢来的鸡蛋,说:"受过伤,前两天翻墙的时候,脚蹭破皮了,你不是知道?"

许言:"……"

他俩之所以能被传为佳话,大概是因为形影不离的关系和截然相反的气质,一个阳光一个忧郁,相貌出众,行事嚣张。

总之那是段无忧无虑的光辉岁月,最好的兄弟和最漂亮的姑娘,打球闹事逃课上网,通宵复习写题背文。高中毕业后纪淮出国读书,两人其间也见过几次面,有回还被沈植看见了。

那次纪淮回来过春节,直接把车开到沈植的别墅门前给许言打电话。许言兴冲冲地换衣服出门,对沈植说:"我见个朋友,就不回来吃晚饭了啊。"

沈植当时站在阳台,看许言一路跑到栅栏门外,跟站在车边的纪淮来了个大大的拥抱,两人又拍着肩说笑几句,最后上车离开。那天晚上许言回家后发现哪儿哪儿都没开灯——但明明时间还早。他上了楼,站在沈植的卧室前,小声问:"你睡了吗?"

过了很久没回应,许言以为沈植真睡了,准备转身下楼,谁知道刚走了几步,突然被抓住手腕。许言挺蒙的:"你没睡啊,刚刚怎么不说话?"沈植依旧一言不发,光线太暗,许言也看不清他的表情,只能问:"晚饭吃了吗?"

这回沈植开口了:"没有。"

许言皱起眉:"干吗不吃?"

沈植松开他的手,语气有点厌烦:"关你什么事。"

"这是不高兴我没给你做晚饭?"许言觉得有点好笑,"保姆一年365天还带休假的吧,我就是缺了你一顿晚饭,你不至于这么……"

"不想吃而已,"沈植冷冷打断他,"你不用想那么多。"

"是是是,我想多了,那你继续睡,我洗澡去了。"许言想想又叹了口气,"唉,你说,我跟朋友见完面挺高兴的,你这一下子突然让我很低落啊。"

"你可以不用回来。"沈植说。

许言站在床边,黑暗像是变成了有形的压迫,他突然觉得心口闷,很重,快喘不上气了。

"是啊,我不回来你应该特高兴吧,我要是一辈子都不回来,你有没有一种想放鞭炮的冲动?"许言忽然萌生出想要彻底惹怒沈植的想法,所以他接着说,"但是你想得美,我不,我偏不,我偏要回来。"

……算了,真正伤人的话根本说不出来,只能在这里搞搞这种"小学鸡"式的挑衅。更可气的是沈植并没有被激怒,他只是沉默几秒,说:"无聊。"——是挺无聊的。一个狠不下心说重话,另一个厌恶至极懒得给出反应,许言觉得自己是个铁憨憨。

……

打住,又扯到沈植身上去了,许言总有一天要想办法消除这些可恨的回忆。

"怎么不能是我?"电话里,纪淮笑着问他。

许言特意看一眼屏幕上的号码格式,惊喜:"你回国了?"

"嗯,就前两天,本来打算去找你的,许年跟我说你已经回来了。"纪淮说,"我回国休假,过完年再走。"

许言没说话,噔噔噔跑回房间,打开笔记本电脑浏览器,鼠标点得嗒嗒响,纪淮问:"怎么?"

"看机票。"许言严肃地说,"我正准备去L市玩几天,你跟我一起走。"

那边纪淮一声轻笑:"行。"

去机场的时候许年当司机,一路上絮絮叨叨发牢骚,说自己也想去L市,好久没出去玩了,公司的事烦死了……许言冷笑回了句:"我看你每天挺闲啊。"许年回头狠狠瞪他,倒是纪淮淡笑着伸手摸了一下他的头,说:"等你有空了再一起去别的地方玩。"

许年立刻跟被顺了毛的狗似的,傻里傻气地笑:"还是纪淮哥对我好。"

说起来,当初他俩关系也很好,许年就比许言和纪淮低了一届,串班串年级是家常便饭。纪淮不像许言,一有什么事就跑得飞快,连亲弟弟都不管,多少次都是纪淮拉扯着许年从教导主任的魔爪下逃脱。许言记得许年高中时某个生日愿望是换个哥哥——换成纪淮。

微信语音请求响起的时候,许言的手机在纪淮手上——L市著名景点前,纪淮在给许言拍游客照。

"有个叫刘医生的,"他朝许言晃晃手机,"给你打语音了。"许言一愣,走来接过手机,盯着屏幕看了两秒,大拇指迟迟没按下接听,也没挂断。

"你的医生?"纪淮问他。

许言有轻微高反,脑袋闷闷的,他摇摇头,轻声说:"沈植的。"然后他把语音接起来,像过去几年中的每一次一样,笑着说:"刘医生好啊。"

"哎,小许啊,沈植他好几个月没来了吧?这两天我安排一下时间,给他复查。他是大忙人,得靠你盯着点,一定要把他带过来,知道吗?"

冷,L市的风到了冬天照样是刀子,一下一下刮着脸。许言看着恢宏的宫殿,想拒绝,可才一张口,干燥的寒风就往嘴里灌,把他堵得哑口无言。他多想说一句"这事儿我干不了,您以后不用联系我了",但没办法,很难——沈植的手是因为他受伤的。

具体的不想回忆,回忆容易使人迷茫。许言沉默再三,最后说:"好,我跟他说一声,来之前跟您联系。"

挂了语音,许言杵在那儿,头发被吹得乱七八糟,看着有点萧瑟。纪淮也没说话,陪他站着,几分钟过后,许言翻开好友列表,找到沈植的助理,问她:李小姐,沈植这次出差你一起去了吗?

助理很快回复:没有,跟沈总同去的是二助,许先生您有什么事吗?

许言:没事,就是沈植回来以后你跟他说一声,刘医生催他去复查做针灸，去之前记得提前说一下，以后我让刘医生直接联系你吧，辛苦了。

助理：好的明白，沈总回来之后我会及时跟他汇报的，谢谢许先生。

许言：客气了。

发完，许言咧嘴一笑，整个人轻松不少，刚要把手机揣进兜里，铃声又响了，陌生号码。纪淮说了句"你业务真忙"，许言也纳闷，但还是接了，刚接起就后悔了，在听到对方的声音时——

"许言，"孟愉婉开门见山，"你好，我是沈植的妈妈。"

许言头更疼了，说："嗯，我知道，阿姨您好。"

那边孟愉婉的语气慢悠悠的："听说你回家了，是想回去玩几天？"

她明知故问得太明显，许言懒得兜圈子打太极，直言道："不是，我之后都留在自家这边。"

孟愉婉淡淡笑了声："你倒是个听话的孩子。"

听话谈不上，我只是还想给自己留点脸面——许言心想。他扯着嘴角笑笑："嗯嗯，阿姨您还有事吗？没事我挂了，这里信号不太好。"

信号确实不太好，风又大，打电话很痛苦，但"信号不好"这个理由在生活和电视剧中被滥用，导致它变成了一种另类的逃避态度。孟愉婉自然也就以为许言是心里不舒服不愿面对，她很贴心地说："好，但有件事还是想跟你说一声，沈植下个月订婚，如果你有时间，欢迎到场参加。"

许言回复说："阿姨，不好意思，我大概没空。"

"那真是不巧，"孟愉婉早料到这个答案，她说，"沈植这段时间忙着挑拍婚纱照的场地，到处飞，人累得很，你如果没什么事，就不要去打扰他了。"

出差……沈植那天凌晨站在家门口，跟自己说要出差，原来是忙着准备婚事。许言低声说："那是肯定，请您放心……有机会替我转告沈植，祝他新婚快乐。"

通话是怎么结束的，许言忘了，风太大太大了，从他的脑袋里、身体里席卷过去，整个人混乱一片。他早知道沈植要订婚，可当这个事实变成一个具体日期，它依然有让人窒息的本事。许言清楚自己确实是看错了人，他毕竟……毕竟和沈植做了四年的朋友。

指甲边的一根倒刺拔了还要痛上三天，何况是认识了两千多个日夜的人。好比从心头挖走一块肉，等漫长的时间过去，伤口会愈合，但缺失的那块会永远缺失，再长不出新的来，太伤身体了。

太伤身体了，沈植，我就是想做你真正的朋友而已，怎么会弄成这样？怎么会这么痛？

许言把手机关了机，低着头蹲在纪淮的脚边。纪淮什么也没问，什么也没说，就静静陪他待着。很久以后，在耳旁呼啸的风声中，纪淮听见许言哑着嗓子问："纪淮，L市怎么这么冷啊？"

"冬天了，哪里都冷。"

"嗯。"许言点点头，又说，"下次去南方吧，我想晒太阳。"

纪淮看着他被风吹乱的头顶，说："好。"

沈植下飞机时，助理已经等在大厅，接过他手里的合同和文件。上车后，助理简单汇报了公司这段时间的情况，最后说："许言先生联系我了。"

沈植本来靠在椅背上闭目养神，闻言睁开眼，问："他找你什么事？"半个月过去，微信黑名单没有解除，电话仍然打不通，查到了他的新号码，打过去发现是关机……想到这些，沈植不耐烦地皱了皱眉。

"许先生说刘医生催您去复查。"

刘医生是沈植爸爸的朋友，德高望重的老中医，他知道沈植对复查的事向来不上心——也不是不上心，只是一忙就容易忘记，所以他就找许言，让许言按时把人带去医馆。每次复查前，许言都跟哄小孩似的，睡觉前起床后，不厌其烦地提醒沈植说什么时候给你预约复查了，不能忘记，一定要去……总能惹得沈植让他闭嘴。

"叫他自己来跟我说。"沈植蹙着眉回答。故意让助理来转告，不知道许言想要什么花样，他不想猜。

助理犹豫片刻，说："许先生还说，以后让刘医生直接和我联系。"

　　沈植看向她，声音很低："他什么意思？"

　　助理觉得头皮有点发麻，工作的事她处理得游刃有余驾轻就熟，但关于上司的私人问题……她斟酌了一会儿，给出结论："许先生的意思，大概是以后让我来负责提醒您复查的事。"她明白这是废话，沈植不可能不懂许言的言下之意，但她也只能说到这个份儿上，再深的就不知道了，自己只是个局外人。

　　车里一时很安静，沈植没再说话，面无表情地看着车窗外。过了大概半分钟，他低声说了句："还在闹脾气。"助理看了眼他的侧脸，察觉到低气压，没轻易回答。

　　到了家，沈植下车，助理把合同送去公司。站在门前，沈植突然失去了推开门的欲望，他心知肚明家里空空荡荡，没人会笑着跟他说一句"你回来了"，问他"累不累？要不要先休息一下？想吃什么我给你做"……沈植心烦意乱，这种情绪来自不确定——不确定许言要闹多久的别扭，不确定他到底什么时候回来。

　　进门，上楼，处处一尘不染，出差期间保洁按时上门打扫，许言房间的被子铺得平坦整齐，上面除了枕头，还有一个很丑的鳄鱼玩偶——两年前公司年会剩下的。那天许言去酒店接沈植，看见了椅子上的鳄鱼，问怎么没人要，沈植随口说"你喜欢就拿着"，许言就高高兴兴捧回家了，洗过晒干之后抱到床上，一放就是两年多。

　　衣帽间里还挂着许言的衣服，两人各用一个衣柜，因为沈植不喜欢跟别人的衣服混在一起，但他总能在自己的衣柜里发现许言的衬衫、T恤、卫衣。每发现一次他就把衣服扔到许言手上一次，许言装得惊讶又无辜，说"衣服长了腿自己爬过去了，不关我的事"。有几次他装得太过头，把沈植惹恼了，被按在衣帽间里批评到跪地求饶，哭着发誓说以后绝对管好自己的衣服。

　　……

　　太多了，家里到处是许言的痕迹，不是人离开几天、保洁打扫几次就能抹去的，这是沈植认为许言一定会回来的原因——许言不可能离开，四年多来的每一天都能让沈植得出这个结论，当初信誓旦旦亲口说要做他一辈子朋友的人，哪会那么轻易放弃？

但实在有些异样——辞职、回家、拉黑、关机……沈植站在无声无息的房间里，品出一抹不对劲，说不上来是什么，又或许是不愿去设想那种可能。太累了，本来应该好好休息一下的，但沈植还是下了楼，拿起钥匙，开车出门。

许言不在家，凌晨三点敲门都会给开的人，沈植现在在门口等了十分钟，还是没动静。心里升起无端的烦躁，他捏了捏鼻梁，靠在走廊的墙壁上，盯着大门看了会儿，又打开手机，看见十分钟前有一条微博推送，提示他特别关注对象刚刚发了一条微博——特别关注对象是许言。

特别关注这种东西，当然是许言弄的，但沈植不知道这种设置的意义何在，因为许言压根儿不玩微博，最新一条微博都是在两年多前，忘记是因为哪场比赛，许言发博痛骂一支球队，被熟人们纷纷点赞。

沈植点开推送，页面直接跳到许言十分钟前发的微博里，只有两个字："回家！"定位在L市，配了九张图，一一点开，沈植看见一张不陌生的脸——纪淮。

照片显然是许言拍的，不愧是大学时的知名摄影师，单反直出也赏心悦目，景色、人像、构图都是一等一地专业。九张图里三张是纪淮，三张纯风景，三张是他和纪淮的合照，两人勾肩搭背靠在一起，笑容张扬。每张图都堪称精品，才发了十分钟，评论里炸出一堆熟人，纷纷夸许言会拍，又问他旁边的帅哥是谁。有个女生大概是许言他们的高中同学，问："你俩！又一起出去玩了？！"

沈植退出微博，查了一下航班，如果许言是今天回来，那么会在晚上八点左右落地。他切回微信，通知助理订了个附近的酒店，然后收了手机往电梯口走。

下飞机，许言和纪淮找了个火锅店吃晚饭。许年在中途强势加入，吃完之后规划了一下路线，他决定先送许言回去，再送纪淮回去，最后去女朋友家睡觉，美滋滋的。

他女朋友许言见过，美艳"御姐"型，许年一直偏好"年上"，谈的女朋友都大他超过四岁，他是真的钟爱成熟艳丽的。这个女生谈了好像快两年了，许年还提过准备今年订婚。

但许言没想到，预备留在过去永不再提及的人，竟然站在了家门口。

下电梯的时候许言在跟纪淮聊电话，听说是许年在半路收到女友消息，对方临时有事去公司忙了，让许年乖乖回家待着，等她忙完了再去找他。许言听到他弟在电话那头放声痛哭，问纪淮说姐姐是不是不爱他了不想见他，纪淮一边哄他一边跟许言打电话，给他现场直播许年的傻态。

"我好想姐姐啊……她出了一星期差，我以为今天晚上能见到她呢。"许年呜呜咽咽。

纪淮："她晚点就来找你了。"

许年："谁知道晚点是多久呢呜呜……"

纪淮："哭就哭，别抱着我，鼻涕蹭我衣服上了。"

"他是傻瓜，"电梯门打开，许言拉着行李箱往外走，说，"你让他哭，别……"他的话音在看到走廊上的人时戛然而止，那边纪淮问他"怎么了？"，许言说了句"没什么，先挂了"就放下手机，站在原地没再动。

五六米的距离，沈植站在一盏廊灯下，看着他。许言从那张脸上辨别出熟悉的一切，不耐、冷漠、愠怒……每一样都是他害怕看到却在过去的几年中不得不频繁面对的，每一样。这一刻他们都没开口，许言却在视线交错间再次顿悟——他永远不要妄图从沈植身上得到想要的。从前他自娱自乐厚颜无耻，沉浸在里面无法自拔，但脱离出来后随心走了一遭，许言发现自己没办法再承受这些了。

每想通一点,就好像从身上卸下一件厚重的衣服,许言心里轻松了些,迈腿往前走。他看沈植的眼神很平静,但心里不太平静——比如他想到沈植很快就要订婚了。

"有事?"许言走过去掏出钥匙开门,一边随口问,"出差还顺利吗?"其实他原本想问订婚场地挑了哪里、风景如何,但还是算了,显得很八卦,沈植听了又该臭脸了,或者回一句冷冰冰的"关你什么事",那就太自讨没趣了。许言推门进去,他累死了,只想洗完澡倒头就睡,其实不太愿意多说话。

沈植即将订婚,许言心情有点复杂——看来旅行没能净化他的灵魂,有时间要再去一趟才行。

门推到一半就推不动了,许言垂眼看着从自己身边伸过的手——沈植拉住了门不让他推开。许言转头看他,问:"怎么,我家还不让回了?"

沈植盯着他的眼睛,片刻,收回手,说:"你出去旅游了?"

许言疲惫地叹了口气,转过身靠在门框边,懒懒地说:"是啊。"

"和朋友?"沈植又说。

许言点点头:"对。"

他一副直言不讳、若无其事并且不打算解释的样子,沈植的脸色阴沉,声音也低下去:"为什么不告诉我?"

许言本来困得眼皮都耷拉了,闻言终于恢复了点精神,很不解地抬眼看向他,莫名其妙:"我为什么要告诉你?"这合理吗?许言现在怀疑沈植是不是脑子累坏了,怎么能问出这种话。他认真问道:"你大老远过来,难道是来向我询问 L 市旅游的功课?"

沈植不想跟他耍嘴皮子,别开眼看着许言的行李箱,上面的飞机托运条还粘着,皱巴巴的。箱子是橙色的,沈植记得许言几个月前说要买新箱子,把图片给他看,问橙色好不好看,沈植瞥了一眼,说:"丑。"他说丑,许言也就觉得丑,立刻买了个平平无奇的百搭黑色。

但现在许言还是买了这个颜色,就好像……以前说的话不作数了。

沉默很久，沈植终于问："什么时候回去？"老家回过了，朋友见过了，心也散过了，如果再这样下去，沈植不确定自己还有没有耐心陪他玩。

"回哪里？"许言皱了下眉，等渐渐反应过来，他的表情变得有些不可置信，"回你那儿？"沈植没说话，好像是默认。

许言慢慢站直身体，目光在沈植脸上来回游移，他知道沈植不会开这种玩笑，他不敢相信，沈植会站在这里，竟然是因为他还不知道两人的关系已经不像以前了，他们已经不再是朋友了，他还笃定自己会觍着脸再回去。

"沈植，"许言的神色荒唐又自嘲，沙哑着轻声问，"我看起来就这么不要脸吗？"不要脸到知道你从来没把我当朋友还要围在你身边……许言清楚沈植一直觉得他脸皮厚，可他确实没想到，在沈植眼里，原来自己真的就是个不计尊严、毫无羞耻心的傻瓜。

情绪千回百转、跌宕起伏，全被许言用力咽下。他看见沈植愣了一秒，皱起眉，问："你什么意思？"

许言突然笑起来，没任何含义，想笑就笑了。他疲累地晃晃脑袋，想说"以后我们就不再是朋友了"，可说不出口，不是不舍，也不是留恋，而是这个词太不适合他俩了。可现在回过头想想，他和沈植真算不上朋友，毕竟对方从没把他当朋友——那么需要换一个表达方式来画个句点。

他慢慢收了笑，抬起头，视线穿过沈植的发梢，看着走廊上的灯，说："意思是，我们结束了。"

空气安静得没声响，许言忽然感到解脱——到底还是说了，原本不想开口的，但他能理解沈植的心情，一个傻瓜跟了自己四年，突然掉头跑了，是个人都会警惕，怀疑对方在搞什么花样和把戏。如果沈植需要一个明确的答案，那就给他，也算是堂堂正正说了再见，彼此去向新天地。

许言从没打算模棱两可、含糊其词，他只是想不到沈植会苛刻到这个地步，一定要他亲口承诺结束。

好像确实再无话可说了，许言看向沈植，他以为沈植多少会表现出一些开心，最次也该看起来轻松一点，毕竟总算摆脱自己了。都到这个时候了，许言还想看他笑一笑——之前好像没让沈植高兴过，如果今天这张终止符能让他露出笑，自己也算是发挥余热了。

可是没有，沈植的神色半点没变，只直勾勾盯着他，许言从中分辨不出什么情绪，他过了好几秒才意识到——沈植没在思考，没在想什么，他在发呆。

看来是高兴过头了……许言扯扯嘴角，重新拉住行李箱，转身推门进屋。这道门就是终结线，一关上，他这辈子都不会再和沈植有任何牵扯。也好。

门缝越来越小，只剩一道光亮漏进漆黑的客厅。锁舌轻轻挨上门框，许言按下门把手，没征兆地，手腕被用力撞了一下，光亮猛地放大，许言诧异抬头，看见沈植逆着光冷到没有表情的脸。门被一把推开，沈植站在他面前，沉声叫他的名字："许言。"听起来竟然很陌生，平常沈植几乎不这样叫他。

"我没时间跟你浪费，你也不用这么威胁我。"沈植一字一句地说，"那句话我就当没听到过。"

没听到什么？假装没听到我说我们不再是朋友了？

这话耳熟，许言想起那次在KTV里，从沈植嘴里收获的就是这句话，一字不差。

大三新学期开始不久，许言过生日，生日那晚沈植没来吃晚饭，因为有事，后来去KTV的时候他来了，许言早被灌了六七分醉，同学起哄要沈植唱歌的时候他也傻乐着拍手——沈植没唱，他那几天感冒，嗓子疼又哑。

切蛋糕时间，许言脑袋上扣着皇冠，因为不清醒，愿也忘了许，直接一口气吹灭了蜡烛。有同学伸手蘸了蛋糕上的奶油往他脸上抹，许言也不反抗,蹲在地上仰着头笑眯眯,傻瓜似的,沈植就坐在旁边沙发上看着他。

作践完蛋糕,许言彻底醉了,感激于沈植大一军训那次的"拯救",许言主动问他:"嗓子还难受吗?"

沈植没听清,侧过头低下来一点,问:"什么?"声音因为感冒有点发哑,听得人耳朵都麻。距离很近,许言的胃里突然滚动又翻转,烫得他痛苦难耐。

怪你过分美丽
如毒蛇狠狠箍紧彼此关系
仿佛心瘾无穷无底
终于花光心计
信念也都枯萎
……

有同学在唱粤语歌,发音地道,圆润漂亮,不张扬的声调像红沙流动。

"沈植,"两人维持着靠近的距离,许言看着他的睫毛,似乎要一根根数过去,他张了张嘴,轻声说,"我好想和你做好朋友啊,不只是同学。"

其实不是"好想",是"真的很想"。许言侥幸着有所保留,更侥幸自己说得轻,或许沈植没有听见。他太想说出口,又怕沈植真的知道了,而自己还没来得及考虑后果。今天不是最好的时机,可最好的时机到底在哪里,许言不知道,他只想说出来,一点点也好。

他清楚地看见沈植愣了一下,垂下眼看他;又别过头,看着大屏幕。

他听到了。许言心想,他也知道自己冲动了,做错了。

一首歌结束,沈植拿起茶几上的饮料喝了一口,然后说:"我先走了。"他跟周围的几个人打了声招呼,唯独没看许言,也没跟他说话，起身朝门口走。

门拉开，又合上，许言望着那扇门，他突然想要一个答案，虽然他心里早有答案，可沈植没亲口说，那就不行。许言很快站起来，跌撞着朝外跑，有同学以为他是喝多了想吐，连忙跟上去，许言开门时回过头，说："没事，我送送沈植。"

沈植已经走到拐角，许言跑了几步，大声叫住他："沈植！"脚步停顿，沈植回过头。光线不好，许言看不清他的脸，只一个劲儿往前走。走到沈植面前时他喘着气，盯住他的眼睛，说："我很想知道。"

沈植垂眸看他，没说话。许言的一颗心已经快跳出来，浑身没力气，又偏要强撑着一口气，他继续说："我想知道你是怎么想的。"明知自讨苦吃，他还是要问，仿佛不把最后一层揭开就不死心，可揭开后是不是真的能死心？谁知道。

沈植移开目光，沉默了会儿，才说："那句话我就当没听到过。"

千算万算没算到这个答案，许言怔住，他本来就醉了，思考困难，这次是真的愣了很久。他感觉自己眼眶红了，但幸好走廊暗看不出来，他以一种很冷静的语气说："不。"

"我说了，你听到了，不能当作没发生。"

又是沉默，沈植始终不看他。这样又有什么意思……最后许言摇摇头，艰涩地笑了下，说："算了，你回去吧。"沈植垂下眼转身就走了，一句"再见"都没留下，从头至尾也没对许言说生日快乐。

现在沈植连看也不肯看他了。许言心想，以后再也不要过生日了，回忆真糟糕。

"我当初主动和你做朋友，你说你就当作没听到，怎么现在还是这句话？"许言看着他，笑笑，"我没在威胁你，我知道自己不配做你的朋友。"他略微琢磨出了沈植生气的点——大概有种被甩的屈辱感，气不是自己先说的结束，自尊心上过不去。

沈植的唇抿成一条线，盯着许言，好像要从他脸上找到关于逞强和玩笑的证据，但许言的表情太平静，没露出一丝破绽——因为根本就没有破绽可露。半响,沈植微微拧起眉,胸口起伏了一下,才说:"你知道你在说什……"

"我旅游回来很累,"这是许言几年来第一次打断沈植的话,他伸手在沈植耳边打了个清脆的响指,说,"所以我们别再废话了,结束了就是结束了,不用怀疑,祝你生活愉快。"

许言说完这句话,按住沈植的肩把他往外推,沈植不设防,下意识退了两步,许言飞快伸手关上门,利落地拧了反锁。

许言又混了半个月,每天和纪淮到处逛,画廊老巷博物馆,江岸桥下旧铁轨。市里和周边变化不小,两人还去了中学时代经常厮混的几个地方回忆青春。单反储存卡拍满一张又一张,许言每天回家就对着电脑调色修图,把照片发到摄影网站或微博上,偶然间被一个"大V"转发了,一下子多出了不少粉丝,吓得他赶紧把微博里十年前的低像素非主流自拍设成私密。

晚上,翻着微博,许言突然想到一件事,他点开分组,找到沈植的微博,把特别关注取消了,又记起以前拿沈植手机把自己设为特别关注——不过沈植大概早就取消了吧。

那晚把沈植拒之门外后许言其实站在门后很久没动,心里很难说是解脱还是悲哀。他听见沈植的手机响了,大概是助理打来的,似乎公司出了问题,沈植低声说了句"我马上回来处理",脚步声响起又远离,他走了。他们终于结束了,终于到头了,可许言很难喘出一口气来。

他突然想到自己还有很多东西留在那个城市,但其实那些都不重要,许言在乎的反而是那只丑丑的小鳄鱼,抱着睡觉很舒服。

回来一个半月了,许言终于决定捡起两年前丢失的脸皮,回家一趟。他跟许年提了提,许年很痛快地拍板:"哥,别怕,我已经想到办法了,正好我要带姐姐见家长,你跟我们一起。你给爸妈下个跪,我再说订婚的事,一悲一喜,中和一下,保证什么问题都没有。"

许言:"有事,先挂了。"

又一个会结束,沈植坐在会议室里低头看文件,他不太清楚自己这段时间是怎么过来的,以前也不是没有连轴转过,刚接手公司那会儿,他的假期都是以小时计算的,紧凑得很。圈子里大把的天之骄子,总有人做得比你更好,越优秀的人越得咬牙往上够,没人在意顶点是哪里,大家只在乎高度和差距。

那种日子都过来了,一直觉得没什么,但这次才半个月,沈植就有些吃不消了。

"沈总,"助理敲门进来,说,"孟董在办公室等您。"

沈植合上文件夹起身。回到办公室,孟愉婉正坐在沙发上翻看资料,见沈植进来,抬头瞥他一眼,没说什么。沈植从保险箱里抽出一沓文件,走到沙发旁递给她,说:"快处理好了。"

"那就是还没处理好。"孟愉婉慢悠悠接过资料,却懒得看,只说,"这件事要不是你爸出面,你现在未必能好好站在这里。"

"是我没管理好下属。"沈植冷静回答。

"这次是高层携款潜逃毁了合作项目,下次发生更严重的事,你是不是也准备用一句'没管理好'来揭过?"孟愉婉抬眼,目光有些严厉。

沈植说:"不会有下次。"

"我也希望没有。"这个话题到此为止,事情的严重性不消多谈,沈植说没有下次就绝不会有,她今天来这里也不过是在风波过后提点儿子一句。孟愉婉喝了口茶,神色缓和了些,说:"只要你把心思放在工作上,能力是没有问题的。"

"我不觉得自己怠慢过工作。"沈植微皱起眉。

孟愉婉笑了笑:"确实没有怠慢工作,但有些朋友如果在商业上帮不到你,浪费时间在他们身上对你以后的发展也没什么好处。"

这件事不止一次被提起,沈植依然是那个答案:"我的私事跟工作没关系。"

"我听说许言回家去了。"孟愉婉抬眼看他,嘴边带着优雅的笑,"好像有一个多月了?"

沈植别开眼看着窗外,高楼林立,过了几秒,他说:"他心情不太好,回去散散心。"

"是吗?"孟愉婉一副有些新奇的样子,问,"那为什么他跟我说不会再回来了?"

视线在对面那座大楼的三角形顶端上停顿住,沈植怔了一会儿,才回头看向孟愉婉,眼神透着几分锐利:"你找过他。"

孟愉婉放下茶杯,淡淡道:"放心,没动他,只是打了个电话,问候一下,谁知道他开口就说以后不会再跟你有关系了,还让我转告你——新婚快乐。"

"新婚快乐",最后这四个字简直有实质重量,猛地朝头上砸来,沈植在这半个月中回想过许多次,试图找出一个节点,到了这一刻,他才发觉许言见到自己和女生家长见面那晚的异常——平和、理智、冷静。因为太异常,反倒如常得让人没意识察觉。

所以是因为那件事……仅仅因为订婚的事而已,是许言误会了,才不肯回来。沈植摸到头绪,想清始末,看了眼表就往外走,孟愉婉立刻站起身叫住他:"沈植!"

沈植停步回头看她,说:"已经是下班时间了。"

"现在多少人在盯着你,你有什么资格跟我谈下班?"孟愉婉有些愠怒地微蹙起眉,"非要让你爸当面训你才满意是吗?"

"本来就是我的错,谁来训我都没有意见。"沈植朝孟愉婉点了一下头,拉开门出了办公室。

开车到了许言的小区门口,沈植刚要拐进去,停在对面转角的那辆车车门突然打开,许言迈下来,脖子上挂着单反。驾驶座上是纪淮,也下了车,两人站在路边头挨头凑在一起看单反里的照片,笑容满面地聊了一阵,许言又举起相机,往后退两步,纪淮站在夕阳霞光里,很默契地配合他拍照。

沈植踩了刹车,手握方向盘,盯着对面的人看。许言笑得没心没肺,好像从没那么开心过,沈植想到那句"新婚快乐"——孟愉婉提起时他只觉得终于知道了许言离开的原因,但现在想起来……沈植敛着眉握紧方向盘,手指关节都微微发白。

"不错!"许言比了个OK的手势,然后说,"你回去吧,我晚上修修照片,今天拍得太多了,明天就不出去了。"

"都行。"纪淮耸耸肩,"那我明天睡个懒觉,有事你找我。"许言冲他挥挥手,纪淮笑着上了车,掉头开走。许言又对着街上的车流拍了几张,这才合上镜头盖准备回小区。

他刚转过身,就看见一辆白色小车朝这边开——来势汹汹,要不是认出这是沈植的车,许言大概会以为自己在被追杀。他维持着转身的动作,车在面前停住,车窗降下来,许言微微瞪大眼睛——好像也没有很久不见,但沈植明显瘦了很多,脸上疲态很重,一看就是有段时间没休息好了。

沈植公司的事许言原本不知道,还是许年告诉他的,大意是高层卷钱跑了,顺便携走了几份核心文件,导致准备了将近半年的一个项目直接终止。事情上了市报,但很快又被压住,应该是沈植的爸爸出手了。

沈植忙起来是什么状态,许言最清楚,他曾在很多个深夜去公司给沈植送吃的,见他忙,也不敢多打扰,等他吃完了就收拾餐盒走。沈植从不说可以在公司待一会儿。只有很少的一两次,许言斗胆问他自己能不能在这儿待着,沈植懒得回答——不拒绝就是默许,许言很厚脸皮地这么想着,就坐到沙发上看杂志去了。

但现在他们已经没关系了,更别提帮上什么忙,要是问起来说不定还会被嫌弃多嘴,哪壶不开提哪壶。许言颇有自知之明地闭紧嘴,和沈植对视一眼——仿佛是和茫茫人海中的随便哪个人对视了一眼那样,他很快扭过头往小区大门走。

"许言。"沈植沉声叫住他。

这要是再没反应，就涉及礼貌问题了，没必要弄得太僵。许言回过身，笑了下，问："有事？"

沈植看着他："上车。"

谁知许言却后退一步："我不。"接着他就站在那里，很平静地看着沈植，不靠近，反而一副随时会掉头离开的样子，莫名让人有种抓不住的心慌。

许言说："你就这样说，我听得见。"他不是沈植，不会把听进耳朵里的东西当作没发生过。

沈植却不说话了，坐在车里盯着他。有车要转弯开进小区，但沈植的车就横在那里，简直有些霸道。后面的车主开始狂按喇叭，保安也把头探出来张望。许言从不知道沈植还能这样不讲道理，又看他脸色实在不太好——不知道是因为累的还是被自己怵逆了气的。斟酌再三，为避免业主纠纷影响小区和谐，许言咬咬牙走过去，拉开车门上了副驾驶座。

沈植冷着脸把车开到不远处的绿化带旁，停下。许言低头扒拉着自己的单反，这种空间让人不太自然，尤其是现在。

过了好一会儿，沈植还是不说话。单反再摸下去就要包浆了，许言抬起头，看着眼前那枚挂饰，是一个金属的vintage（精品）史努比，他一年前去旅游时淘回来的。他锁定了沈植这辆车，因为是私家车，不像其他几辆商务车需要注意形象。许言问能不能把史努比挂在上面，跟车子的颜色挺搭，况且这辆平时也不怎么开。沈植照例懒得回答，许言于是小心翼翼地把史努比挂上去了。

当然是有私心的——史努比背后是他给沈植的留言，许言特意请店主刻上去的。他不知道沈植有没有发现史努比背后的秘密，大概率没有，如果发现了，这只史努比估计存活不到现在，肯定早被扯下来了。

不知道又过了多久，沈植一手搭着方向盘，没看许言，只是盯着前方，低声说："新婚快乐。"

"啊？"许言茫然地转头看他，沈植的侧脸很冷，他本来就长得冷，气质也冷，没表情的时候简直能把人冻死。

许言皱了皱眉，问："什么？"

"祝我新婚快乐？"沈植终于扭过头来，目色寒凉地盯住许言，问他。

许言一愣，他确实说过这句话，没想到孟愉婉还真的替他转达了，这也太贴心了。他没觉得这话有什么不妥，都这个份儿上了，总不能说"我祝你们马上离婚"。许言是真心希望沈植结婚快乐，没半点虚假。

"是，"许言点点头，还趁这个机会当着沈植的面重复了一遍，他说，"祝你新婚快乐。"

但许言说完之后眼见着沈植的神色更冷峻起来，完全不知道出了什么问题。要订婚的人是沈植，接受商业联姻的是他，放弃原则的也是他，为何如此看着我？越理解越心酸，但许言只是笑笑，说："你这么看着我干什么？要是觉得我说这话晦气，那我不会再说了。"

沈植抿唇盯着自己握在方向盘上的右手，关节处皮肤顶成白色，他将难以言喻的暗火一压再压，说："你不用这样，我不知道我妈找过你，也不知道她跟你说了什么。"

"没事，没说什么。"许言轻描淡写道。

沈植顿了顿，说："今天她跟我提起，我想到之前你说你看见我们两家人一起吃饭。"

许言依旧盯着史努比，很轻地"嗯哼"了一声，表示自己在听，但也只是在听而已，他不想再考究那些东西了。

"如果你是因为订婚的事生气，那没必要，我从来没有……"

"因为订婚的事生气？"许言突然打断他，把目光从史努比上移到沈植脸上。他的表情很平静，但直视过来的时候，眼睛里竟然有几分冷厉。认识这么多年，沈植从没见过许言这种眼神，几乎能把人看得心头一凛。

"如果不是因为这个,还能是什么?"沈植和他对视,反问道。

"是很多东西。"许言往后靠在椅背上,闭上眼,慢慢说,"但现在都不重要了,你明白吗,原因已经不重要了,重要的是我不想继续了。"就算有天大的误会,就算沈植今天告诉他不会订婚,那又怎样呢?又让他回到过去,被冷漠以待,被忽略,被伤害?算了吧,饶了他吧,已经没力气再重蹈覆辙了,真的很累。

有些人是需要安全感的,许言就是那样的人。他看起来毫不在意,可心底深处仍然渴望着沈植能够把他当朋友,让他得到一点被在乎的感觉。

因为终于明白有些东西永远求不到,所以干脆结束,对大家都好。

"是不是觉得纡尊降贵来找我,可我不但没有屁颠屁颠地跟你回去,反而不识抬举,所以很生气?"许言不睁眼都知道沈植现在的脸色有多难看。

他笑了一下,说:"但是沈植,过去你让我尝到的感觉,比这还要差上一万倍,我们远没有扯平。"

他说完,睁开眼,夕阳已经落山,寒冬腊月,驾驶座的车窗开着,很冷。许言没看沈植,只是直起身,抬手托住那只史努比,问:"我能不能把它带走?全世界只有这么一个,反正你也不喜欢,与其看着碍眼,要不就……"

他话还没说完,一直没开口的沈植蓦地松开那只始终紧握方向盘的右手,一把扯下史努比,冷着脸朝窗外掷出去。细微的金属声在空中划过,全世界独一无二的史努比落在绿化带里,没了踪迹。

许言有些愣怔地看着窗外,沈植双手握住方向盘,看着车前方,冷冷地说:"它很早以前就是我的东西,怎么处置它是我的事。"

"哦,"许言回过神,很淡地笑笑,"你说得对。"他们之间从来就不对等,也许许言一开始就不该有任何妄想,一切都是他自讨苦吃。

许言安静几秒,伸手打开车门,下车,关上门,头也不回地往小区走。没说再见，没说任何一个字，他们真的到此为止。

晚饭时许言接到陌生电话，是一个摄影展的主办方，说是在网上看到了他的作品，觉得风格跟他们这次的展会主题很契合，问许言愿不愿意参加。到时会有不少杂志社和时尚圈的人到场，如果许言以后有意向朝摄影师发展，这是个很好的机会。

这个摄影展许言有耳闻，他想了一秒就答应了，毕竟机遇难得，还能见到更多优秀的摄影师和作品，对自己来说也是一次不错的经历。挂了电话之后许言打给许年，跟他说了这事，许年嗯嗯啊啊地答应着，很敷衍的样子，许言就问他是不是在干坏事。

"不是啦，我在开车，快到你小区了。"许年说，"姐姐给我做了小蛋糕，我拿来给你尝尝，到时候再送点去纪淮哥那儿。"

"女朋友做个蛋糕把你美成这样。"许言说，"那挂了，你开车小心。"

"嗯嗯。"许年挂电话前突然又"哇"了一声，"这车不错嘛……"他开着车从绿化带旁的小车一侧路过，瞥了一眼，车里亮着灯，但没看见人，不知道车主上哪儿去了。树丛后面好像有什么东西亮了下，一晃而过，许年没在意，继续往前开。

凛冬的夜湿冷，草丛里露水莹莹，把鞋子裤腿都沾湿了。沈植打着手机的手电筒在绿化带里一遍遍徘徊，呵出的白气很快消散在空气中。双手冻得通红，嗓子发痒，他有些难受地咳嗽几声——没休息好加上受冷，感冒来得很快。

就这么一小片地方，来回找了十几遍，一无所获。紧接着头也开始晕起来，沈植喘着气捏了捏鼻梁，突然看见几步之外的树丛下有光亮闪过，他迅速迈过去，俯身，指尖触到冰凉的金属，捡起来——是那枚史努比吊坠。吊坠上沾着寒露和碎草，沈植用手电照亮它，史努比摇摇晃晃转过去，露出背面，上面花体英文刻着专属的名字。

把吊坠收进外套口袋，他回到车里。暖气包裹住发冷的身体，沈植双手交叠在方向盘上，右手腕受了冻，旧疾复发隐隐作痛。他低下了头，把脸埋到手臂里，狠狠咳嗽起来，浑身打冷战。

还是冷，今年的冬天好像格外冷。

一星期后，许言去摄影展，他提交的作品是一套老城区筒子楼的成片。小学班里有个男孩子，家庭条件不好，不爱说话，但许言很爱跟他玩，并且总是问他："你家住哪儿呀？如果近的话，我们以后可以一起回家。"男孩从不回答，但有天他突然问许言要不要去他家玩，说他爸爸妈妈回来看他了，今天晚上会有好吃的菜，许言想也没想就同意了。

他见到了一些没见过的东西——拥挤的过道、哄闹的楼房、走廊上滴水的衣服和冒烟的煤炉。那天晚上男孩子依旧没怎么说话，男孩的父母也是沉默寡言的人，但许言的碗里被夹满了肉，他现在还记得那种香味。

过去快二十年，当初那个男孩早就杳无音信、消失人海，但许言还是顺着记忆找到了那栋筒子楼。很多人离开，又有很多人住进来，人生翻天覆地，但筒子楼永远不变，它一直在那里，身体里装着与二十年前相同的东西。

"嘉宾名单。"许年拿着一张折页走过来，撞撞许言的手肘，"连 *TIDE* 的主编都来了，这规格可以啊。"

许言接过名单，*TIDE* 是国内一线时尚杂志，能上它家封面的都是业内知名人士。虽然早知道 *TIDE* 里会有人来，但主编亲自出马……这摄影展确实比许言想象中的还要高端。

"想进吗？"许年突然说，"哥，你要是去 *TIDE*，肯定能学到更多。"

"你很牛吗？"许言扭头问他，"现在动动嘴皮子就能把人弄进 *TIDE* 了？"

"我也是有点人脉的好不好。"许年鄙夷地看他一眼，"我留学的时候认识了现在 *TIDE* 的当家摄影师，他如果开口说要带新人，新人会被八抬大轿抬进杂志社。"

许年接着说："我俩现在是好朋友，他前天还找我喝咖啡！许言你不要不识抬举,你再看低我我就回家告诉妈妈!"许言被他逗乐,笑着拍拍他的肩,很敷衍的安慰。

低头顺着 TIDE 主编的名字继续看,下面紧接的三个字突然让许言一愣神。

"汤韵妍……"许年靠在他边上,替他把这个名字念出来,完了喃喃道,"她不是,不是一直在国外吗?这么牛哄哄的大设计师,什么时候回国的?"

盯着那个名字看了很久,许言说:"我怎么知道。"

他当然不知道汤韵妍什么时候回国的,他甚至完全不了解汤韵妍,可第一次听说这个人还是在学生时代。

还是大三,自从那次生日之后,许言几乎是能躲就躲着沈植。沈植可以无情地说当作没听见过,但许言不能,话是从自己嘴里说出来的,沈植的态度也一目了然,许言总归做不到毫不介怀。

他活生生从秋天躲到冬天,其间难免跟沈植碰上,两人都心照不宣地沉默,然后擦肩。直到有次篮球赛前,许言不得已去训练,一到场就被队友们叽叽喳喳质问怎么这几个月都没来一起打球。许言看了眼站在球场那头正在投篮的沈植,笑着说自己这学期课多作业多,太忙了。

训练结束后许言拿了水瓶就想溜,一个队友突然说:"哎,言言,沈植后天生日,你记得来啊,我们在校门口等你。"许言身子一僵,群里讨论沈植生日时他不是没看见,其他人也当他一定会来,可他不想去,一时不知道怎么开口。

他支吾着说:"我那天可能……"可能有事,来不了。但没等他说出来,一抬头就看见沈植正边喝水边垂眼看他,两人对视后沈植又移开了目光。那瞬间很奇怪,不知道为什么,许言怔了下,说:"……哦,那你们提前说一声,我去校门口跟大家会合。"

事后许言心情复杂,他不懂沈植那一眼的含义,可能什么含义都没有,只是不小心对视了,但许言好像没从那道目光里发现类似厌恶、排斥的意味——也许沈植已经把那一页揭过去了。许言这么想着，心里反而更难受、更酸涩。

生日会办在酒店大楼的某一层里，专门包场布置的。桌上摆满了吃的，巨大的投影里放着《喜剧之王》。许言一眼看过去，不少熟面孔，大概因为在场的都是朋友，沈植看起来没那么冷淡疏离，在跟人聊天。许言一边吃东西一边穿过人群遥遥地望他，肩膀被拍了一下，转过头，是邱皓，问许言："身份证带没？"

"带了，干什么？"明天早上整个专业都要出发去另一个城市做田野调查，许言提前收拾了证件放在书包里，今天顺便背过来了。

"借我开个房，"邱皓说，"要是玩得太晚了，我让子悠在这儿睡一晚。"邱皓跟沈植是高中同学，家里公司有往来，所以两人也有交集。李子悠是他女朋友，英语专业的小美女，之前跟沈植一起参加过夏令营。

许言犹豫了一下，跟他下楼开房去了。回来时蛋糕刚好推上来，气氛一下子热闹起来。光线昏暗，沈植的侧脸被蜡烛的火光照亮，大家起哄让他闭上眼睛许个愿，沈植说"没什么想许的"就吹灭了蜡烛。许言想想也是，他要什么没有，哪里需要许愿。

吃完蛋糕，有人开了麦克风，又搬来几箱酒，要开始今晚真正的狂欢。许言吃了几口蛋糕，手上黏黏的，他去厕所洗手，刚迈进去，就听见邱皓在跟人打电话。

"还能怎么样，今天晚上多灌她点酒，把该干的干了呗，房间我都开好了。

"都谈了两个月了，也不给碰，有什么意思？我下星期就出国了，出国之前怎么也得让我睡一次吧。"

"没见过这么难搞的，谁跟她柏拉图啊，闲的吧。"

许言在外面安静站了几秒，转身回大厅。一群人已经玩疯了，沈植被灌了不少酒，在跟人玩骰子。许言张望着想找李子悠，有人朝他挥手："言言，过来替我玩会儿，我去打个电话。"

是坐在沈植旁边的人，正巧他身边就是李子悠，许言走过去，在沈植和李子悠中间坐下。他脑子有点乱，不知道该怎么跟李子悠说邱皓的事，按理说这跟他没关系，但他无法接受一个女孩子在不知情的情况下被……即便对方是她男朋友，这是底线问题。

邱皓不久也出了洗手间，在李子悠身旁坐下来，顺手替她倒满酒。许言皱了皱眉，忍不住说："少喝点，喝多了胃会难受。"

李子悠已经有点醉，靠在邱皓怀里笑吟吟："没关系啊，沈植生日嘛，玩得开心就好了。"

许言还要说什么，大腿外侧突然被撞了一下，看过去，竟然是沈植在用膝盖顶他。他看着许言，说："到你了。"许言乖乖打开骰盅，其他人瞬间爆笑，问许言喝了多少，是让他继续往下说数字，没让他开盅。

许言觉得脸要烧起来了，慌忙合上骰盅，说自己忘了。沈植微微侧眼，看见他发红的耳尖，许言的头发很黑，看起来非常软，眼睛很漂亮，从鼻梁到鼻尖，到嘴唇，到下巴，到喉结，一道流畅好看的线条。他正不经意打量着，许言突然转过头来，挺认真地问："你刚刚说的是几？"

他们已经很久没这样对话，沈植怔了一瞬，没征兆地起身，说："我去洗个脸。"

许言垂下眼，猜测沈植大概是不想搭理自己，他摇了摇骰子，再抬头时又是笑着的，说："重新来吧。"

"啊！"身边李子悠叫了一声，她酒杯倒了，滚在地上，幸好里面没多少酒，垫几张纸巾就收拾了。邱皓站起来，说："我去给你拿新杯子，你接着玩。"

"子悠，你今天回宿舍睡？"邱皓走后，许言问李子悠。

"嗯。"李子悠点点头，然而她下一句话又让许言的心提起来了，"邱皓会送我回去的。"

正好邱皓拿了新杯子过来，里面已经倒了满满的一杯酒。他把酒放在李子悠面前，许言却伸手直接拿过去，说："我也没杯子，这杯给我吧。"

邱皓的脸色顿时变了,很快又笑笑,说:"你要我再去给你拿就行了,这是给子悠倒的。"

"反正都是新的,没关系吧。"许言盯着他说。

**Chapter 3**

# 回忆汹涌

小言：我还记得你上次拐了我的史努比，我今天要趁机报警。

木直：高价回收一张会说话的嘴巴。

气氛一时间变得有些微妙，李子悠坐在他们中间，茫然地来回看。许言觉得再这样下去其他人就要怀疑自己暗恋李子悠了，他抬头，看见沈植正从另一头走来，那边有人在唱歌，拉着他把麦克风塞到他手里，沈植又给塞回去了——拒绝唱歌。等他重新回来坐下，许言把酒给他推过去，说："你喝。"间接把锅扣给沈植，邱皓总不至于问沈植要酒。

沈植并不知道这里发生了什么，他头有点晕，整个人陷在沙发里，盯着酒杯看了会儿，问许言："你怎么不喝？"

"我明天早上有事，酒量不好，喝了容易起不来。"许言老实地说。

沈植抬起睫毛看他一眼，伸手拿过酒杯，另一边的邱皓差点要起身制止，但又抿着唇坐住了。沈植喝了口酒，其他人招呼说继续玩骰子，他摇摇头，靠在沙发里没有动。许言刚想鼓起勇气凑过去问问他会不会不舒服，旁边李子悠的手机响了，她室友打来说是在附近，问她要不要一起回去。

"我送你回去就好了。"邱皓搂住她，说。

李子悠还在犹豫，许言开口："有点晚了，要不跟你室友一起回去吧，女孩子之间有什么事也方便一点。"太棘手了，无凭无据他没办法跟李子悠说你男朋友不对劲，况且邱皓是沈植的朋友，今天又是沈植的生日，这件事无论怎么看，都不能在当下挑明了说。

"那我还是先走吧，明天还有课。"李子悠摇摇晃晃站起来，邱皓看了许言一眼，许言很平静地跟他对视。

他们离开的时候许言也跟着出了大厅，下楼，许言亲眼看着李子悠跟室友一起坐上出租车，这才松了口气。邱皓站在路边，许言走过去，说："房卡给我。"邱皓点了支烟，瞥他一眼，把房卡拿出来递给他。许言接过后没说一句话，转身回酒店。

大厅里其他人越玩越疯，倒是沈植安静地靠在沙发里闭着眼，许言走过去，俯身看着他，问："哪里不舒服？"沈植微微睁开眼，没说话，许言觉得他的脸好像有点红，忍不住伸手摸了一下——很烫，是真的喝多了。

旁边有个队友问："要不先送沈植回去吧？"

许言点点头，又想起邱皓用他身份证开的那间房还没退，不用白不用，他说："让沈植在酒店睡一晚算了，你们继续玩，我带他去。"

他把沈植扶起来，队友替他开了门，把他们送上电梯。许言架着沈植，朝队友比了个 OK 的手势："玩去吧，我等会儿就直接走了，明天早上还得跟班里同学赶车。"队友点点头，嘱咐了他几句，电梯门关上。

许言带着沈植找房间，沈植的呼吸急促，许言转头，看见他脸上泛着异样的红，就问他："不舒服？"沈植不耐烦地皱着眉，伸手扯了扯外套衣领，闷声说："热……"许言连忙哄他："好好好，到了房间凉快了。"

许言在房间里待到十点多，确定沈植真的睡了，才爬起来穿上外套，悄悄出门，赶在门禁之前回了宿舍。

许言整宿没睡，第二天一早起来跟同学们赶车却很精神。路程两个半小时，他连眼睛都不敢闭，怕错过沈植的消息，但直到快下车，发出去的那句"醒了吗，头还晕不晕"还没有得到任何回复。倒是旁边的同学都一觉睡醒了——他是沈植的高中同学，昨天也去生日会了，很晚才回，困得要死。

"你精力这么好啊？"同学打了个哈欠，"哦，你昨天回去得早。"

"唉，也不知道一夜过去，沈植'脱单'的可能性有没有变大。"

同学突然没头没脑地说。

许言整个人都愣住……他看了看窗外,又把头转回来问:"什么意思?"

"就,唉,也不是什么稀奇事。"同学换了个更舒服的坐姿,靠在椅背上,说,"沈植之前有个女朋友,校花,大美女,叫汤韵妍。后来汤韵妍出国,两人就分手了,但好像断断续续还有联系。

"然后昨天,好像是切完蛋糕之后吧,沈植接了个电话,我瞄到一眼,是汤韵妍打来的,沈植就出去了,回来以后喝了不少酒。唉,我真八卦,但沈植跟汤韵妍肯定还有感情,我估计会复合吧。

"他俩真的特配,汤韵妍家里有钱,聪明成绩好,出国学的是设计,还在读大学就能接触到业界大腕,一起去看秀啥的,羡慕不来。"同学说着,突然很贼地笑起来,压低声音说,"沈植跟她谈的时候感情还挺好的,当着外人的面看不出什么,但有次我听到他叫了声'妍妍',特顺口,估计私下都这么叫的。沈植那种人居然也会撒娇,我人都傻了!"

他说完,大巴正好停下,大家纷纷收拾东西下车,许言也跟着站起来,伸手从行李架上拿书包,侧边袋子里的水杯滑出来,直愣愣砸在他头上。同学惊呼一声,问他痛不痛,许言恍惚地立在那里一动不动,面色有点苍白,半晌才反应过来,说:"不痛,没事。"

酒店房间里,沈植的私人医生站在床边,给他简单做了检查,确认没什么问题,最后问他:"你确定吗?"

沈植低着头坐在床上,脸色很差,他按了按额角,说:"确定,我没断片,记得很清楚。"

"听你的描述,确实不是正常的酒后反应,但应该是下了很少的量。"医生顿了顿,"保洁可能还没去打扫,要不要把酒拿去化验?或者搜一下垃圾桶,看看有没有剩下包装壳。"

沈植皱起眉,冷淡又烦躁的样子,沉默很久,才恹恹地说:"不用。"

"以后过生日不能这样了,你拿他们当朋友,但免不了有人动歪心思,幸好这次没怎么样,不然怎么交代?"沈植这副样子明显是已经猜到是谁又不愿继续查,医生叹了口气,"这件事我不会跟你家里说,但你要是有什么不舒服的,立刻告诉我,知道吗?"

沈植点点头。

到了酒店大堂,沈植朝前台走,边走边转头看了医生一眼,医生聪明地没再跟过去,先去了大门外。沈植走到服务台前,把房卡推到服务生面前:"请问我那间房是谁开的?房号2026,昨天来的朋友太多,我记不清了。"

"沈先生您稍等,我查一下,"前台敲了几下键盘,回答,"是叫许言。"

沈植瞬间抿了抿唇,声音低了点,又问:"他几点开的房?"

"七点二十三。"

那时他们刚上楼不久,也就是说,许言这个第二天早上有事压根儿不可能在酒店睡觉的人,在生日会开始之前,就订了一间房。沈植想起许言昨晚滴酒未沾,他给的理由是自己明早有事,但现在这个说法似乎根本不可信。

上了车,医生问他:"知道是谁了?"沈植没说话,靠在椅背上闭眼休息了一会儿,拿出手机,找到跟许言同班的人,问他:你们班最近都在忙什么?

发出去之后他又仰头闭上眼,脸上看不出什么表情,没过多久手机响了,沈植抬手,看见对方回复:反正就是忙,今天一大早整个专业的人坐大巴出城了,现在刚下车呢。

这一刻的心情沈植不知道该怎么形容,起码许言在这件事上没有说谎。可其他的呢?沈植往下拉聊天框,看见两个多小时之前,许言给自己发的微信:醒了吗,头还晕不晕?

沈植盯着那句话,他突然有些可笑地想着许言要是没那样做就好了,无论是谁下的药都没关系,只要不是许言。那么他们可能还会成为朋友，也可以有转圜的余地，至少不会像过去几个月一样成为陌生人。沈植清楚自己跨不过那一步，太难了，但他承认，他并不想和许言划清界限，他没这么想过。

沈植一直认为许言是个很聪明的人，但他不明白为什么会变成这样，不明白许言为什么下药伤害自己，不过后续也没有做过分伤害自己的事——临阵脱逃？悬崖勒马？还是另有阴谋？谁知道。

一星期后，田野调查结束。回校路上许言还在和小组成员整理数据和资料，前两天他斟酌过后给李子悠发了匿名邮件，告知了那晚自己听到看到的事，只是如实表述，并没有别的话。邮件他发出去了，这件事就问心无愧，至于李子悠怎么做决定，那是她自己的事。

在外这几天很辛苦，许言没空想别的，手机里那条一星期前发给沈植的微信至今无回应，许言已经没心思难受，累得慌。

但怕什么来什么，他刚灰头土脸地扛着三脚架进了宿舍楼，就看见一道修长的人影——沈植，不住校的沈植，站在文院男生的宿舍楼里。有认识的人跟他打招呼，问他怎么来这儿了，沈植看着许言，说："我找他。"

许言猜沈植是来兴师问罪的，问他为什么生日那晚对他灌酒。他把三脚架和单反给了室友，自己背着双肩包，跟沈植一起出了楼。两人一前一后走到花坛边，许言低着头，在沈植开口前说了句"对不起"。

沈植一怔，压低嗓音问他："为什么这么做？"

还能为什么？要说邱皓的预谋吗？说出来他会信吗？一个是挚友，另一个只是同学，相信谁显而易见吧。许言选择了隐藏这件事："我不是故意的。"

沈植停顿了一下，冷冷地说："许言，你非要把事情搞成这样。"

"所以我说对不起，很抱歉，这件事怪我。"许言伸手搓搓被冻僵的脸，他感觉自己快死了，又累又丧，以为看到了点光，结果才过了一夜就被掐灭，真难。他叹了口气，说，"你应该也记得的，我后来还把你送回房间了，我知道你肯定很介意这件事，所以……我以后绝对不会再烦你了。篮球队那边,打完后天的比赛我就退了,尽量让你不用看到我……"

越说越难受,许言停止絮絮叨叨,他抬起头,眼睛里红血丝很重,说话也带了点鼻音,他说:"但是沈植,我确实是想把你当朋友。如果我让你很恶心很困扰,我再次跟你道歉,对不起。"

他的表情是强撑的固执,沈植看着他,分不清他是真情流露还是用尽心机,毕竟许言道歉得如此坦荡。如果他没做那件事,沈植何至于感到恶心,但许言那晚的手法却实在太不体面、太下作——那也算把自己当朋友?

沈植突然有种想法,想知道许言能装到什么地步,还能做到什么程度……又或是别的什么,讲不清,像一团废弃的、被风吹皱后紧粘在一起的蛛网。他无法为许言的做法给出一个准确且理性的形容,事实上沈植自己都处在难得的混乱之中,他本不该有任何犹豫,可他偏偏在犹豫。他徘徊在一道分界线的两侧,可沈植并不知道那条分界线意味着什么——原谅?接受?他真的不知道。

见沈植半天不说话,许言艰难地抿了个笑出来:"那就这样,我先回宿舍了。"

他扭头往宿舍楼走,头发被吹得乱乱的。寒风呼啸,他听到沈植突然在背后说:"我们可以做朋友试试。"

许言猛地停住脚步,茫然回身,极度不可置信地看着他,声音都哑了,问:"什么?"

"我们可以试试。"沈植站在冬天阴冷的灰色天空下,面无表情地看着许言,重复道。

许言指尖都在发颤,甚至又愣愣问了声:"啊?"

沈植没再说话,只是看着他。这一秒许言的表情让他突然有点后悔,他察觉自己的理智出现了一个缺口,恶劣的缺口,但已经来不及填补,话说出口了,并且说了两遍。那条晦暗不清的、所谓的分界线,沈植没跨过去,也没后退,他感觉自己正一脚踩在上面——他其实并没有做出任何有效的决定。

许言的眼睛里有东西在发亮,他后知后觉地回答了一声"好"。许言突然弯起嘴角笑,和沈植对视着,疲惫一扫而空,天色都亮堂起来。

又傻又天真,如今回头看,许言惊觉自己就是为那样的时刻、那样的幻想所蒙骗,以至于忽略了沈植当时冷漠的语调和表情,所以到头来惨淡一片,只有一地狼藉。

如今听到"汤韵妍"这个名字,记忆又回到了自己那个傻傻的学生时代。

"哥?"见许言在发呆,许年叫了他一声,"想什么呢?"

许言回过神,笑了笑说:"在想午饭吃什么。"

许年:"有点出息吧你!"

没过两天,许言被 TIDE 首席摄影师陆森加了微信,对方没废话,上来就问他明天下午有没有空去棚里一趟,他们正在准备今年最后一期封面的拍摄。许言倒是没在忙的,但为了避免浪费大摄影师的时间,他很诚恳地回复:我之前拍照都是以日常为主,而且风景拍得比较多,没有接触过时尚类的摄影,但我会努力去学。

陆森直接回了语音过来,大概是实在懒得打字。对面人声杂乱,一听就是在繁忙的现场,陆森说:"主编给我看过你的作品,说实话,你的片子个人特色太浓,磨合需要时间。

"但摄影讲究的是镜头语言,这个我相信你也懂,我觉得你的镜头很有意思,如果用在拍杂志上,可能会有不错的效果,你可以先来棚里拍着试试,你的技术没问题。"

最后,陆森懒懒地说:"我觉得你比许年更有想法,我相信自己看人的眼光。"

亲弟弟被嫌弃,许言没心没肺地笑,回复:好,明天准时到。

上次摄影展,汤韵妍最终因为有事没出席。同在 TIDE,肯定会碰上,许言早有心理准备,所以在摄影棚里看到汤韵妍的时候,他很自然地伸出手："实习摄影师，许言。"

汤韵妍松松地扎着一头微卷长发，化了很淡的妆，五官是过人的美，和许言见过的模特几乎没什么不同，成熟自然的姿态，让人过目难忘。

"汤韵妍，叫我 Chloe 就可以。"汤韵妍跟许言握手，微笑起来时嘴唇的形状显得更漂亮，她说，"Larson 给我看过你的作品，我非常喜欢。"

许言当下任何想法都没有了。什么沈植的前女友，在这样的女人面前，细究那些过往根本是件狭隘又无聊的事，太不坦荡。许言跟着笑起来，说："谢谢。"

拍摄节奏很快，陆森主摄，许言试拍。一直从下午拍到晚上，外加人物单独采访，收工后许言抱着电脑在看陆森拍的片，很投入。陆森拍人的精髓在于，他不但能精确捕捉人物脸上最细微的表情，更能让照片里的人说话——透过眼神和神态，他们不用开口，可你知道他们想要表达的是什么。

"还行吗？"陆森把一杯热可可递到许言手里，在他身边坐下。

许言点头："觉得自己还有很长的路要走，现在可能连起点都没摸到。"

"那不会，"陆森双手撑在身侧，整个人懒洋洋地往后仰了点，他用脚尖点点地面，说，"起点就在这儿，你已经到了。"许言今天拍的照片他看过，技术老到，构图精准，不过相比 TIDE 和时尚圈的要求，确实还有点嫩，毕竟面对的是完全不同的风格和对象，需要打磨。

许言转头看他，陆森的瞳孔在灯光下显出几分很特别的棕绿，他有四分之一的西方血统，身高腿长容貌精致，从小在国外生活但普通话说得很好。

"许年跟我提起你的时候，特意说我哥很'菜'，我当时就在想，他哥肯定是个隐藏的'大神'。"陆森眯了眯眼，"许年的脑子什么时候能聪明点。"

"许年很聪明的,"许言笑笑说,"他只是对亲近的人没防备,会变成傻小孩。"

"哦,"陆森的表情看起来了然似的,眼尾带着点笑,"那说明许年跟我挺亲的。"

收拾完器材,又跟着做了一小时后期精修,许言出了公司。老实讲,他并没有准备好重新工作,这次完全是被推着走的。他没想到许年的动作那么迅速,也没想到陆森会那么轻易就答应带他,但眼下这个机会太难得,是他喜欢的事,怎么都得拼一拼。

想到这里,许言拿出手机给许年发:年年,哥爱你。

许年秒回:呕!

车停在露天停车场,许言双手插兜慢悠悠走过去,还有半个月就过年了,这周末非要回家一趟不可。许言在大部分事情上不犯怵,唯独对父母是真的有愧,明明当初有更好的解决方式,他却年轻气盛地选择了最糟糕的一种。

停车场里只剩零星几辆车,许言走到车旁,隔着三个车位,看见汤韵妍的背影,她对面似乎有个人靠在车边,两人在说话。许言还在犹豫要不要打招呼,听见车子的解锁声,汤韵妍正好转过头来,许言朝她挥挥手:"Chloe,我下班了。"

"路上小心,"汤韵妍抿起嘴角笑,"今天辛苦了。"

"没有没有,应……"许言话还没说完,风吹起汤韵妍的围巾一角,她身后的人便若隐若现地露出小半张脸来。虽然许言不想承认,但他确实看到了沈植。

沈植原本靠在车边,听到许言跟汤韵妍打招呼时他怔了一下,站直身子,下一刻他们就对上了视线,然而许言只停顿了一秒,说了句"应该的,那我先走了"就上了车,沈植甚至来不及看清他的脸。

汤韵妍回身,看见沈植微怔的表情,目光紧随在许言驶离的车上。她多聪明的一个人,正如当初她早预料到沈植这种人永远没可能交付出爱一样——汤韵妍淡淡笑着:"我说你怎么突然来了,你可没告诉我你的朋友就是我同事。"

沈植的手下意识放在车门把手上,但汤韵妍发现他整个人其实处于一种无神状态,像一台精密的仪器突然宕机,走入一个程序故障——那种停滞的感觉。汤韵妍问:"不去问候一下?"

沈植的眉头很轻地皱了一下,说:"我不知道。"

"你不是不知道,你只是习惯了。"汤韵妍干脆地替沈植拉开车门,把他推进去,"开车小心,市区有限速。"

许言慢慢开着车,脑袋里回想着刚刚看到的情景——冬夜,寒风,路灯,俊男,美女,任凭谁看了都会觉得那是电视剧的程度。汤韵妍回国不过一个多月,那么恰巧。许言盘算着,现在沈植终于等回了自己的妍妍,下一步就该因为不肯订婚而跟家里闹翻,多狗血的剧情,放八点档里恐怕能拍上四十集。

他哼着不成调的口水歌,往后视镜瞥了一眼,发现有辆车一直跟在后头,亮着灯看不清牌照,但车子他认识,沈植的。不知道是什么状况,也懒得想,许言稳稳地开着车哼着歌,一路严守交通规则到了小区门口。

沈植的车还跟在后面,紧接着一起开进了小区地下车库。那保安室简直是摆设,来了车就放行,看也不带看的——但毕竟旧小区,不能要求太高,理解。许言在车库里左绕右绕到了自己的车位,停车,熄火,开门,下车。

车库空旷安静,沈植也下了车,隔着一条通道看他。许言蹲在地上系鞋带,系好后他起身朝沈植走,眼睛紧盯着他的脸。沈植的喉结很明显地滚动了一下,因为不知道许言要做什么,所以他只是站在那里。许言走到他面前,拿出手机按了几下,举起来,沈植看见通话界面,上面明晃晃的数字"110"。

"车载摄像拍到你一直跟在我车后面,我拿着视频去派出所说你尾随我也算是证据确凿。"许言平静地说,"虽然不知道你是什么意思,但我很不喜欢这样。"

尾随——多新鲜,沈植什么时候受过这样的讽刺,他的脸色很明显僵了一瞬,沉默片刻,突然伸手拿过许言的手机,说:"许言,我们谈谈。"

"沈植,手机还我。"许言用和沈植相同的语气语调开口,他什么都不想谈。

沈植把手机锁屏,手往下垂在身侧,没任何要把手机还给许言的意思。他忽然说:"我没有要订婚。"

"你当然不会订婚,"因为汤韵妍回来了,你要选择自己的真爱了,许言无所谓地笑笑,"但关我什么事?"

他这副样子简直匪夷所思,似乎完全不关心也不在意,哪怕嘴角挂着笑,眼神也是冷淡的。

"别这么看我。"许言"啧"了一声,嘴里跑火车,"你知道,我们天蝎座都比较无情的。"

"你不是处女座吗?"沈植看着他说,像好学生在理智地纠正一个错误答案。

这个回答完全是意料之外,就跟科教纪录片里突然穿插了几秒《猫和老鼠》那样,许言都愣了——沈植竟然还知道自己是什么星座。但现下也没心思琢磨这个。"我上升星座是天蝎,不行?"他朝沈植伸出手,"手机还我。"

"许言。"沈植又叫他,眉头微微蹙着,似乎不知道要拿这样陌生的刺猬似的他怎么办,四面八方都是刺,紧蜷成一团,警惕又倔——许言什么时候这样过。

"沈植,"许言再次以同样严肃的语气回复他,"你今天要是能说出一个跟我到这里的理由,我就考虑跟你谈谈。"

他猜得一点不差——沈植说不出来。

沈植自己都无法解释为什么一出公司就着了魔似的开车直奔这里来,途中还挂断了十多个来自母亲的电话。他隐约记得前两天孟愉婉让自己今天留出晚饭时间,助理也提醒过他,可具体是为什么,竟然完全没印象。二十多年来他第一次这样不记事,最近这一个多月里,好像一切都被打乱,秩序全失。

许言笑了下:"说不出来?那我替你说。"

"我不知道到底要怎么说你才相信,我们真的不再是朋友了,我不会再烦你,不会再纠缠你,你要跟谁订婚或结婚也不关我的事。"许言吸了口气,说,"如果你要我的命,我可以眼睛都不眨地送到你面前,过去、现在、以后,都是这样。但沈植,我真的不想再和你有交集了。"

他知道沈植听得清清楚楚,可他还是看着沈植的眼睛,重复道:"听见了吗,沈植?"

自己曾经崇拜的那个沈植已经不复存在了。许言早怀了一刀两断的心思,但可能由于以前顺从得过于深入人心,导致光说一说不足以让沈植信服,非要把话说绝才算表明态度……那就说出来好了。

周围那么安静,却让人怀疑正在下一场暴雨,有雨滴砸在地上的窸窸窣窣声传进了耳朵里——一种类似耳鸣的生理反应。沈植的手指瑟缩了一下,仿佛那是他全身上下此刻唯一能动的地方了,许久,他才开口,声音有点哑,说:"我不是你想的那种人。"

"你是。"许言笃定地说。

就像一片荒野,从始至终只有许言在努力浇灌,靠着偶尔出现的海市蜃楼来自我宽慰。

可荒野就是荒野,单凭一个人,永远不可能让它变成绿洲。没有阳光,没有养分,就算将大片大片的植被铺上去,也只不过是等待枯萎而已。

那种眼睁睁看着鲜活生命日渐惨败的感觉,真的太不妙,太无奈了。

许言刚拿回手机,铃声就响了,他看沈植一眼,接起电话,人也跟着转身离开:"喂,纪淮。"

"明天我上班呢,晚上吧,你先订位子,我下了班来带你。"他边讲电话边走向电梯,没再回头。

沈植在两个小时之后回到家,房子里正如他这一个多月来每晚见到的一样,一片漆黑。他没开灯,站在玄关换了鞋。沈植摸黑儿上楼,中途不小心踢到楼梯,往前跟跄了一下。他按住扶手站稳,低着头在原地停了几秒,才继续往上走。

开灯的声音清脆得有些刺耳,沈植站在房门口,他也不知道自己在看什么,只觉得这个房间真干净,干净得好像没人住过。白色的墙,灰色的床单,黑色的柜子,只有床上那只小鳄鱼是不和谐的墨绿色,就放在枕头上。

走进衣帽间,沈植拉开属于许言的那道柜门,里面整整齐齐挂着各种卫衣、毛衣、外套……他从前不明白许言为什么做家务都能这样耐心快乐,现在却好像突然懂了,因为许言对他说的那句话——如果你要我的命,我可以眼睛都不眨地送到你面前,过去、现在、以后,都是这样。

因为许言曾经真心把他当朋友,所以每件事都用了心在做,不论那件事有多么微不足道。

然后他又说了什么?沈植好像这一刻才终于回过神,才意识到两个小时前自己听到了什么。

——沈植,我不想再和你有交集了。

这句话怎么会从许言嘴里说出来?——就是这种难以置信的心情,沈植当时下意识将其屏蔽,回答了一句无足轻重的"我不是你想的那种人",可那并不是重点,重点是,许言真的离开了。

他当初怀着那样的心情,要跟许言做朋友试一试,有意义吗?

胸口彻底空了,严重的坠落感,有什么沉到了底。沈植喉咙滚动,皱起眉,半晌才喘出一口气,他转头看向衣帽间门口,在被挡住的视线之外,有这样大的一栋房子,而许言再也不会出现其中。

手机响了,沈植慢慢伸手去拿,接起来,孟愉婉的声音低沉又严厉:"沈植,知道我给你打了多少个电话吗?我早告诉你今天的晚饭很重要,是你不把我的话放在心上?还是助理不称职没有提醒你?"

"忘了。"沈植目光放空,回答。

孟愉婉没注意儿子低哑的嗓音,语气里有几分怒不可遏:"忘了?这段时间你到底在想什么?心思都不知道飘到哪里去了。明天下班以后回来一趟,我们好好谈谈。"

她很快挂断电话,似乎并不在意沈植的回答。

沈植垂眼看着手机屏幕,然后在许言的衣柜前坐下去,微微垂头,他从没什么家的概念,之前在许言身上得到了一种没有体会过的感觉。许言当时的表情、眼神、语气,短暂又真实地构造出一个微小且充盈的世界,像个游乐园。

并且现在回忆起来,那样的感觉也并不短暂,是一直存在的,只不过沈植只在神志最松懈、最脆弱的时候才察觉得到。

现在他被赶出去了,游乐园坍塌成一片冷冰冰的沉默废墟,迎面吹来的只有荒野里凛冬的寒风。

隔天沈植没去公司,他昨晚睡前关了机,但总觉得太阳穴疼,于是起来找安眠药,找了一圈,无果,这才想起许言早把他的安眠药藏起来了,说那种东西最好别吃。

沈植问他:"藏哪里了?"

许言说:"藏在最危险的地方。"

人一旦陷入回忆,情绪波动下只会更难以入眠,后来过了多久才睡着,他也忘了。

楼下隐约传来按门铃的声音,沈植被吵醒,抬头看了眼钟表,然后起床披外套下楼。门打开,父母家的保姆带了三四个保洁站在门外。沈植看着眼前不苟言笑的人,问:"什么事?"

"您母亲让我带人来打扫屋子。"

"屋子很干净,"沈植面无表情站在那里,说,"不需要打扫。"

"您母亲说了,让我们把该扔的都扔了,或者您换一套房子住。"

保姆缓缓地说。她在孟愉婉手下做了快三十年，资历老，沈植小时候她就以长辈自居，凡事都要插手几分，这些年才收敛了点。

"不需要。"沈植再次回答。

"您别让我们为难，要是完不成，也不好向您母亲交代。"

沈植皱着眉，隐隐有些压抑不耐的样子："打扫一圈就走，我的东西别碰。"

保姆稍一点头，朝身后的保洁递了个眼神，几人走过沈植身边进了客厅。沈植回身上楼洗漱，头还是有点疼，手腕也不舒服，哪里都糟糕。他随手捋了一把头发，站在镜子前安静几秒，然后打开门出去。

刚开门就看见一个保洁站在许言床边，正把那只小鳄鱼塞进巨大的黑色垃圾袋，衣帽间里传来说话声，沈植听见保姆说："这个柜子里的衣服都撤下来，装垃圾袋里。"

一瞬间有种血液涌到头皮的冲动，带着恼怒烦躁的热意，沈植冷着脸迈过去，从保洁手上拽过袋子，接着走到衣帽间门口，盯着正把许言的衣服往垃圾袋里堆的保姆和保洁，一字一句低声开口："说了别碰我的东西。"

"这都是许先生的吧？"保姆戴着橡胶手套，那样子好像真的在处理什么垃圾，她拿起许言的一件卫衣，说，"您的东西我们一样没碰，只是把没用的收拾一下。"

沈植闭了闭眼，他哪里不知道这是孟愉婉的意思，她一直都不希望自己和许言做朋友，这场拉锯战已经持续四年……所以呢？沈植睁开眼，说："滚。"

他什么时候这样无礼过？保姆一怔，脸面上有些过不去，表情变得严厉起来，看着倒跟孟愉婉有几分神似："这是您母亲的要求，请您注意言辞，我们……"

"滚。"沈植打断她，"我自己的房子，轮不到别人操心，你照着这句话转达给她。东西放下，出去。"

房子里恢复安静，沈植站了会儿，把垃圾袋里的东西重新拿出来。袋子是干净的，衣服什么的都没脏，沈植将它们一件件放回原位。最后是小鳄鱼，沈植一开始把它放进衣柜，但只过了一秒，他又拿出来，出了衣帽间，把它重新放回了许言的卧室。

许言下班了就开车去纪淮家，今天一整天都没碰到汤韵妍。他不懂昨天晚上为什么沈植跟汤韵妍聊得好好的，最后却跟到了自己小区。

"我们纪少爷，真的好爽哦，"纪淮一上车，许言就阴阳怪气的，"天天吃了玩玩了睡，羡慕。"

"你不过也才上了两天班。"纪淮靠在副驾驶座，瞥他一眼。

"餐厅订好了？在哪儿？"

"我发定位给你。"纪淮拿出手机，说，"把许年也叫上了。"

"哦，他今天居然有空，没去找他姐姐。"

"说是又出差了。"纪淮说。

许言开了两分钟的车，突然一愣："啊，今天许年生日。"

纪淮并不惊讶，笑了下说："是吗，那正好，一起吃顿饭，就当给他庆祝生日了。"

在许年到餐厅之前，许言临时找后厨请求给弄个小蛋糕，又想起礼物也没准备，只能到时候给许年打点钱以表心意。他回桌时许年也到了，正跟纪淮凑在一起说话，见许言走来，许年抬头就问他："哥，我礼物呢？"

"晚点，"许言心虚地说，"晚点给你。"

"拉倒吧，你压根儿就没准备，我早看透你了。"许年说着举起手，露出左手腕上那根漂亮的手链，小孩似的炫耀，"看纪淮哥对我多好！"那手链一看就是私人手作，瞧着挺低调，估计价格不菲。

许言一怔，问纪淮："你什么时候还给他准备礼物了？"

"回国时候带上的，正好许年生日，就送给他。"纪淮表情淡淡的，理所当然地说。许言也没摸准到底哪里不对，点点头，坐下吃饭了。

沈植傍晚的时候回了趟家，他一天没开机，孟愉婉也没找上门来，显然是忍着看看这个儿子到底要怎样。进门时父母已经在吃晚饭,沈植没说什么,拉开椅子坐下。给他上餐具的是白天收获了两个"滚"字的老保姆,沈植点了一下头,说:"谢谢。"保姆没看他,沉默地回到厨房。

没吃几口,孟愉婉搁下筷子,冷声问:"沈植,你今天为什么不去公司?手机也关机,万一公司里出了什么事,损失你承担得起吗?"

沈植刚要开口,沈洺说:"吃饭就吃饭,有什么事吃完再说吧,你跟自己儿子说话怎么永远是这种对待下属的语气?"

"他要是把每件事都做好,我至于这样?也是,反正都轮不到我操心了。"孟愉婉将餐巾轻飘飘扔在桌上,起身上了楼。

沈植平静地吃饭喝汤,他的母亲一直格外在意他做得好不好,因为他的优秀程度关乎沈家的脸面,更关系到孟愉婉个人的脸面。在培养儿子这件事上,孟愉婉费尽心思,她要十全十美,要沈植永不出错——但沈植偏偏出了错,并且是很严重的错。

"公司的事,都差不多了。"沈洺放下筷子,擦了擦嘴,说。

"嗯,"沈植点头,"爸,这次谢谢你。"

"你妈今天让你回来,大概是觉得有些事要我来跟你说。"沈洺喝了口茶,慢慢说,"你从小到大头脑都很清醒,做事情也有分寸,最近到底是怎么回事?"

沈植垂着眼没回话,沈洺看向他:"许言这种心怀不轨,想依靠你人脉成事的人,离开是好事。"

"没有。"沈植说。

沈洺皱了皱眉:"大学毕业,你突然说不考研了,回来接手公司,我们以为你是有心要好好继承,结果你只是为了还那套房子的钱。"

沈植的别墅是家里送给他的十九岁生日礼物,他进公司后的所得很大一部分都交还给父母。在怎样的环境里长大,就要接受怎样的规则,他看过太多同龄人光鲜亮丽、物质丰厚,实际上只要家里一拦手,他们就会立刻失去依附,一无所有,最后灰溜溜低头认错——沈植不想做那样的人。

沈洺的一番话，好像把沈植这几年的生活重新梳理了一遍，他意识到自己做出的每个决定，或多或少都跟许言有关系，是无形中的。比如他的志向并不在经营公司，而是读法律，当初父母强硬要求他学经济类，沈植于是打算读完本科再试着换，可临近毕业时他却干脆地选择了放弃，因为他忽然觉得有些事情需要提前。

"从小都是你妈在管你，她说她有自己的教育方式，不需要我插手，好，我不插手，那我现在就想问问，沈植，你到底在想什么？这段时间以来你的状态只能用'一塌糊涂'来形容。"

"我会处理好自己的私事。"沈植说。

"还要怎么处理？现在难道不是最好的结果？"沈洺的脸上隐隐有些怒意，"沈植，你把公司的事处理好，没必要在别的事情上耗费时间。"

"我没有——"仿佛被掐住喉咙，后面的话无法再说出口，沈植突然很奇怪地顿在那里。

过了一会儿，他抬眼看着沈洺，说："工作我会做好，但私下的时间，我耗费在哪里，是我自己的事情。"

"沈植，"沈洺盯着他，"别再让我们失望。"

沈植还是清清楚楚地回答道："除了工作，其他的我不能保证。"

他起身拉开椅子，朝沈洺点了一下头，说："爸，我先回去了，你和妈好好休息。"

他突然急于求解某件事，或许不是求解，而是想要确定，所以他必须要见许言。沈植有种感觉，在许言离开之后，他每见许言一次，脑海里的某种东西就会更清晰一些。虽然不知道那到底是什么，可总会有答案的。

一顿晚饭吃完，兄弟俩喝多了，起因是许年在小蛋糕被送上来后突然拉住许言的手，恳切地说："哥，我的生日愿望是，你可以拥有一个自由的、阳光的新生活。"

许言当时觉得两眼一酸，差点就要没出息地哭出来，总归还是有感触的，于是就喝多了。许年醉得最严重，因为是生日，有两个哥陪着，中途又来了女朋友的生贺电话，许言还答应他后天就回家给爸妈下跪——许年整个人快乐得找不着北。

回去是纪淮开车，许言让许年去自己那儿睡一晚，毕竟女朋友出差了没办法收留他，也不能送去爸妈家，会被打。出了电梯，许年烂泥似的挂在纪淮身上，许言茫然地在各个口袋里摸索找钥匙。许年脸色通红地看他几秒，说："哥，我也有你家钥匙，我的给你开。"他伸手掏钥匙，结果错把手掏进了纪淮的裤兜。

纪淮握住他的爪子，低声说："别乱摸。"

许言不指望他弟，终于在自己的口袋里找到钥匙，结果一抬头，看见有个人站在自家门口。

是沈植，化成灰他都认得的沈植。不知道他又来干什么，正迷茫着，身后传来一声撕裂般的叫喊："沈！植！"

许言耳边刮过一阵风，许年从他身旁蹿过去，挥着拳头就要往沈植脸上砸。许言还没来得及制止，耳边又刮过一阵风，是纪淮上前把人拉住了。

幸好这几天邻居不在家，不然这场面绝对会被骂扰民。

"你来干什么！"许年恶狠狠地挥舞着拳头，"你还有脸来！"

面前的场景很滑稽，像动画片，纪淮是条绳索，许年是恶犬，但被纪淮牵制着，而沈植刚好站在危险范围外，哪怕许年的手伸得再长也够不着他。沈植越过许年的肩膀，看着许言，喉结动了动，叫他："许言。"

"你不许叫我哥的名字！"许年大喊起来，"你赶紧消失！不然我今天跟你同归于尽！"

亲弟一喝醉就犯"中二病"，许言终于回过神，踉跄过去拦在沈植面前，劝许年："年年，算了算了。"结果说完以后脑子里突然浮现出一张图片表情——一只小狗拦着一只小公鸡，配文是"鸡哥，算了算了"。这么一想,他突然很不合时宜地笑了出来。

"你还有心思笑?"许年站直了,呆呆地看着许言,说,"哥,你怎么还笑得出来?"

"哥,你知道我多讨厌以前的你吗,好像全世界除了沈植就没有你在乎的了,可你是我哥……我,还有爸妈,多希望你过得好一点啊……"许年说到最后直接掉了眼泪,一边哭一边喘粗气,纪淮轻轻拍着他的背,没说话。

走廊里一时间安静下来,许言没回头看沈植的表情,也不敢抬头看许年,他于心有愧。那是他最亲的弟弟,许年嘴上不说,可心里的难过也从不少,许言都知道,只是从前都是他的错。

许言侧过身,拿钥匙打开门,转头对纪淮说:"带他先进去,洗把脸。"

纪淮点头,弯腰把还在呜咽的许年扛到肩上,进了屋。许言关上门,有点疲惫地靠在墙边,低头看地,问:"你又来干什么?"

"我……"声音哑得不能听,沈植咽了咽嗓子,才勉强继续道,"我想来看看你。"

"现在看见了,然后呢?"许言抬起头,双眼通红,因为沈植,他失去了从前的自己。

所以说过去的自己仿佛得了一场大病,得不到治愈,就注定委顿沉寂,腐烂成灰。

"许言,"沈植看着他,眼底有不自知的痛色,"我不知道你……"

"无所谓,都过去了,"许言淡淡打断他,"没什么要紧的。"

沈植盯着他发红的眼尾,手指蜷起又松开,艰涩如陈旧的提线木偶。他抬手要去拍许言的肩,被许言冷冷避开,问:"到底有什么事?"——只是想来看看他?谁信。

"如果你没事,我有事。"许言接着说。

沈植愣了一下,问:"什么?"

"书房的桌子,右边最底下那个抽屉,有个小盒子,里面有一摞单反内存卡和几个 U 盘。"许言说，"麻烦你回去以后找一下，给我寄过来，地址我短信发给你。"

他之前走得太急，导致细碎的东西落了不少，前两天陆森突然问他有没有以前的作品，想研究一下，许言才想起储存卡和 U 盘都还在沈植家。从他第一次拿起相机拍照开始，几百 G 的回忆——几十个城市的风景，无数在镜头里出现过的人，太珍贵了。

"其他没了，希望我们以后别再见面。"许言说完，转身推门回屋，沈植却很快拉住他，难得有些急切地说："许言，等一下。"

"不等。"许言回过头，他没挣扎，然而那眼神已经是决绝地将两人隔离在千百里之外，头也不回地进屋，关上门。

许年正躺在许言床上，嘴里嘟哝："沈植是冰块吧，除了叫我哥的名字就没吭声过……还有他怎么长这么高啊。"他这会儿清醒了点，庆幸自己没真的往沈植脸上砸拳头，否则又要害许言纠缠不清了。

"我刚刚是不是说话太难听了？对我哥。"许年闭着眼，鼻子红红的，问纪淮。

"没有，"纪淮低头看着他，说，"你没说错。"

"那就好。"许年安心睡着了。

许言在大门后面安静地站了会儿，然后往主卧走。头有点晕，他轻轻推开房门，见纪淮帮许年调整好睡姿，站起来，给他盖上被子……

就是犹豫了两秒，许言没走成，纪淮直起身看向房门，两人视线交会。

客厅阳台上，许言点了支烟，又给了纪淮一支，纪淮接过去了，但没点。

"我脑子有点乱。"许言说。

纪淮点点头："应该的。"

一个小时之后，许年的女朋友叶瑄来了，她特意提前回来给许年一个惊喜。纪淮给她倒了杯水,说:"许年喝了点酒,睡着了。"

"嗯,那我就看他一眼,把礼物放床边。"叶瑄喝了口水,淡淡笑着说。

结果许年的鼻子比狗还灵,说是在睡梦中闻到了姐姐的香水味,一下子就醒了。两人手牵手出了房间,许年的腕上还戴着纪淮送的手链。他说:"哥,我回去了。"

"头还晕吗?"许言问他。

"不晕,醒了。"许年乐得跟傻小子似的,"姐姐说回去给我做小蛋糕!纪淮哥,那我走啦。"

"嗯,"纪淮轻笑,"生日快乐。"

沈植不仅在抽屉里找到了内存卡和U盘,还发现了一部备用机,也是许言的。他犹豫几秒,把手机充上电,开机。

手机里很干净,一些单反导出的照片,几个修图软件、游戏软件,沈植点开微博,发现是一个用数字和字母杂乱凑成的用户名,没有粉丝,也没有关注,像个僵尸号。点进用户主页,沈植意识到这是许言的小号,里面所有的微博内容全都是仅自己可见。

第一条微博在六年多前。

2014年。

"军训,好累。烧烤,好香。"

"在食堂遇到沈植了,还不小心打翻了他的橙汁……"

"我以为沈植不会来万圣节派对,竟然来了,竟然穿的是古装。我跟他说话了,我说你扮演的唐太宗蛮好看的,沈植说谢谢。后来室友跟我说,沈植扮演的是锦衣卫……"

"平安夜,想着往沈植的车门上挂个苹果,结果过去一看,已经被别人挂满了。"

"沈植,生日快乐。"

2015年。

"十二点的时候给沈植发'新年快乐'。"

"寒假怎么这么长?想开学了,看看沈植变帅没有。"

"又跟沈植打球了。不知道哪个家伙踩了我一脚,气死我了。"

"沈植,生日快乐。"

2016年。

"我生日,跟沈植说想做好朋友,失败。没事,这很正常。"

"躲得好累。"

"沈植,生日快乐。"

"果然不真实,不是在叫我。"

"沈植说我们可以做朋友试试。我说好。"

2017年。

"给沈植发'新年快乐',还是没回我。"

"沈植不记得今天是我生日。"

"沈植,生日快乐。"

2018年。

"给沈植发'新年快乐'又没回。"

"有点累,不知道为什么。"

"沈植依然不记得我的生日。"

"沈植,生日快乐。"

2019年。

"搬进沈植家了,开心,这算是把我当兄弟了吧?"

"有点难受,明明从来没吵过架,但比吵架还难受。"

"沈植是冷暴力专家。也不能这么说,他一直这样。好吧,是我太小心眼了。"

"我只不过想听你说一句'生日快乐',你怎么总不记得?"

"沈植,生日快乐。"

2020年。

"过年,等了两个多小时,沈植依然没回来。"

"累,有点喘不过气。"

"有时候觉得我在你面前还不如一个陌生人。"

"想让我爸再给我一巴掌,这次说不定能把我打醒,但已经两年没回家了。许言,你傻瓜。"

"原来你也不是不喜欢过生日,只是不喜欢我给你过。算了,生日快乐。"

"竟然都要订婚了,但是作为朋友的我到现在才知道。"

"感觉这样的友情真的不值得继续维持了。拜拜。"

今年的几条微博,看客户端,是许言用常用的手机发的,他大概忘记自己的备用机放在哪里了。微博数量不多,但沈植坐在书桌前看了很久很久,逐字逐句,最后放下手机时眼睛酸涩难当,太阳穴疼得不行。他慢慢趴在桌上,脸埋在双臂间,浑身发颤地喘了口气。

有些事情他不是不知道,只是当看见那些情绪以许言的视角被记录下来,仿佛是跟着他重历了这六年多的时光。

那天晚上沈植吃了安眠药,可奇怪的是他仍然无法安睡,反而深陷入一个又一个的梦境。

安眠药彻底失效,午夜梦醒时沈植坐起身,在漆黑的房间里一遍遍问自己,他怎么能接受就这样失去许言这个朋友。明明许言是真心把他当好友的……只是有人因为四年前的那杯酒而耿耿于怀,因为别扭冷淡的性格而习以为常,一直逃避……

隔天是周六,但许言起得早,要跟陆森去给艺人拍片。七点多,他收拾好东西出门，天气冷，许言盘算着要去小区门口的早点摊吃碗馄饨。门一开，他差点吓得又退回去——沈植站在门口，眼眶下一小片淡淡青黑，头发没打理，穿得也随便，像是那种发生了什么急事所以慌张套了外套就出门的样子，很少见。

昨晚许年朝沈植破口大骂的场景还历历在目，晃得人脑袋疼。许言看他两秒，关上门，扭头往电梯走，沈植突然伸手拉住他的手腕，许言"嘶"了一声——

"松手。"许言挣扎了一下，没挣脱，他冷冷看向沈植——沈植怔了片刻，把手松开了。

许言懒得琢磨，迈腿又要往前走，沈植却叫住他，声音低哑："许言。"

"有事就说，没事我要上班了。"许言回过头，皱着眉。

沈植抿了抿唇，似乎不知道怎么开口，顿了几秒才找出个开头："你的储存卡……"

"拿来了？"稀奇，明明寄过来就行，还大清早跑一趟。许言不懂，也不想揣测，他朝沈植伸出手："给我吧，谢了。"

沈植盯着他的掌心，喉咙动了一下，抬眼说："没找到。"

"什么？"许言彻底转过身，看着他，"你让人打扫过书房？"

"没有。"

"书桌右边最底下的抽屉，我不会记错的。"许言说。

"没找到。"

许言敛着眉，仔细思索自己到底把储存卡放在哪儿了，但想来想去都应该在那个抽屉里才对……过了会儿，他说："那辛苦你在别的地方也找找，哪天找到了就寄给我。"

沈植却说："都找了，没有找到。"

许言沉默了一下："算了。"大多照片电脑里也备份了，如果真的找不到，也只能算了……或许是沈植让人打扫卫生的时候顺便丢了，有什么办法，是自己粗心落了在先。

"你可以……自己回去找找。"沈植突然说。

"什么?"许言脱口问,然后他有点奇怪地看了沈植一眼,"不用了。"

他又看看手机时间,说:"麻烦你今天跑这一趟了,再见。"

他说完就走,态度疏离毫不留恋,沈植第一次发现原来"谢了""麻烦你""再见"这些礼节性的词也那么刺耳——从许言的嘴里说出来时。他稍微犹豫了下,跟在许言后面,一起上了电梯。

许言靠在墙边低头看手机,陆森说二十分钟以后来接他,许言算了算,自己今天是能吃上馄饨的。沈植就站在他左手边,不远不近的距离,许言隐约感觉他在看自己,又觉得想太多,总之怪怪的——但无所谓,反正他懒得再深究。

叮——电梯门打开,许言走出去,从他住的楼到小区门口并不远,两分钟的样子,沈植一直走在落后他半步的位置,许言权当没看见。周六一早,大家都在睡懒觉,馄饨摊人不多,许言跟老板打了个招呼:"一碗馄饨。"说完就去旁边的小桌子前坐着了。

他听见沈植也要了碗馄饨。

许言两手窝在袖子里,非常憨厚朴实的"农民揣",街边实在太冷,但谁让这家馄饨好吃,就是不知道老板到底什么时候开窍去租个店面……

他还在为老板构思商业前景,沈植走过来了,在他身旁的位置坐下。许言侧头,清楚看见沈植正低头盯着脏兮兮、油腻腻的小木桌皱眉。

呵呵。许言心里冷笑一声,他早该发现自己和沈植不适合做朋友,各方面。

"早饭没吃啊?"许言淡淡说。

好像没想到他会主动开口,沈植愣了下,低低地"嗯"了一声。

但许言问完突然自己也愣了,他打开手机——七点零八分,从沈植家开车过来大概要一个半小时,这说明他可能五点半就出门了。虽然理解他跟汤韵妍相思之苦、久别重逢,但这种积极性和主动性还是深深地震撼到了许言。

"你俩的馄饨好了！"老板回头喊。

许言应声站起，结果身后有人正急匆匆端着馄饨走过，他直接撞了上去，那人"哎呀"一声，手一歪，整碗滚烫的馄饨倒下来，根本来不及躲避。

这一刻许言心想完了，拿相机的手要废了，TIDE 痛失一位正在冉冉升起的摄影之星，什么什么的……但眨眼间，一只手迅速从身后伸过来，挡住他的手背。滚热的汤最后只溅了几滴在许言袖子上，他诧异转头，看见沈植紧皱的眉。

"哎呀，对不起对不起！"对方急忙道歉，"这这这，赶紧给处理一下吧。"

"没事，是我们没注意，"沈植垂眼看着正飞快抽了纸巾低头给他擦手的许言，说，"把我的那碗先给他。"

许言默不作声地把纸巾扔进纸篓，过去端了馄饨，一碗赔给路人，一碗端回自己桌上，又让老板再做了一碗。

他回去时沈植正在擦衣服，白皙的右手手背上一片灼红。沈植向来十指不沾阳春水，可偏偏是右手，又是右手，替他受了两次伤。

"去医院看一下。"许言说。

"没关系，不严重的。"沈植垂着头说。

许言坐下来，把馄饨推到他面前，拉过他的手替他擦干净袖子上的汤，最后盯着他的手背仔细看，看了几秒又拿自己稍凉一些的手背在上面贴了贴，算是给降降温——总之是很习惯性的动作。沉默很久，许言说："我陪你去医院，上点药。"

一码归一码，他和沈植虽然已经没有交集了，但这一下确实是对方实实在在给挡下来的，是下意识也好，别的也罢，许言不想欠他。

这次沈植没拒绝，他一直看着许言，说："好。"

许言松开他的手："你先吃，我跟同事说一声。"他拿手机给陆森发微信，说抱歉临时有点事，半个小时后自己去场地。陆森回复：

OK，那我先过去，你解决好再来。

新的馄饨很快就做好了，许言端上桌，见沈植正拿着塑料勺子舀馄饨，手腕微微有些不稳。许言突然问："你去找刘医生做复查和针灸没有？"上次刘医生给自己打电话催复查已经是一个多月前的事了，助理肯定会转告沈植，但许言怀疑凭沈植忙起来就不顾事的性格，或许压根儿没放在心上。

沈植顿了下，说："没有。"

他以为许言会着急，会像以前一样问他怎么还不去……诸如此类的话，但许言只是坐下来很平静地用勺子拨弄着馄饨散热，不冷不热地说："挺好，迟早痛死你。"

沈植怔了怔，手上的动作停住，右手腕好像真的一瞬间隐隐作痛，又或者是别的什么地方，潮水上涨似的，把那些将要出口的话语堵牢，一切都变得难以言表。

吃完馄饨，许言开沈植的车去医院。沈植坐在副驾，从他的角度看去，许言抿着唇，表情透着些冷淡不耐。两人一路上没说话，到了医院，挂号，看医生，配药，来来去去都是许言在跑。

护士上药时许言过来把车钥匙放桌上，又立刻转身出去，沈植扭头朝门口看着，不知道他去哪儿。上完药，沈植站在走廊上，没见到许言，给他打电话，被挂断，很快一条短信发过来：医药费已经结了。

许言一声不吭地走了，道别都懒得说。

沈植看着那条短信，很久，发信息问：你什么时候下班？我去接你。

许言坐在出租车里，看了眼屏幕，极度烦躁地皱起眉——他不懂沈植到底要怎样，话早就说清楚了，清楚得都要爆炸了，为什么还来一次次踩他的防线？这一点都不好玩。他想起沈植的手，心里难受，那句"迟早痛死你"并非本意，沈植的手当初因为他受伤，许言知道自己这样说很没良心，但他又有什么立场再去关心对方的身体，何况沈植也不需要他的关心。

深吸一口气，许言在手机上打了几个字，然后锁了屏，闭眼靠在椅背上。

医院的电梯拥挤,沈植站在角落里,手背被身旁的人无意中狠狠蹭撞了一下,他皱着眉抽了口气,把手移上来一些。手机响了,锁屏上浮出一条信息框,是许言的回复:不用,我不想见到你。

叮——一楼到了,周围的人鱼贯而出,电梯顿时空旷。大厅的风灌进来,暖气混合着消毒水和人群的味道,沈植还站在那里,看着已经暗下的手机屏幕,直到有人问他:"你不下啊?"

他慢慢抬起头,说了声"抱歉",走出电梯。

## Chapter 4
# 寒夜的树

沈植日记：自从借到嘴之后整个人放开了不少，感谢各位读者的建议（和斥骂），还有我（没起什么作用）的牌友们（搓搓手把日记本揣进口袋，等许言下来接我）。

许言：我立马坐电梯下来揍你。

今天是小年夜,许言收工后一出摄影棚,就看见许年杵在车边蹲守——许年生日的时候许言答应他今晚要回家给爸妈下跪的。

"这么冷,坐车里等着不行吗?"许言拉开后座把相机放上去。

"出来看看不行吗?"许年斜着眼反问他。

陆森的车也停在旁边,他朝这边走:"小许总下了班还出来兼职司机啊?"

"啊对啊,补贴家用。"许年回答。

陆森没说话,伸手帮许年整理了一下围巾,许年严肃地瞅着他,突然问:"你那个,春节的时候有空吗?"

"怎么了?"陆森问。

许年说:"我婚礼缺个摄影师。"

许言直接一脚踹在他小腿上:"你脑子堵了吧,找 TIDE 的当家摄影给你搞婚庆?"

"你们公司有规定摄影师不能搞婚庆吗!"许年恼怒地拍着裤腿上的脚印,振振有词,"我按分钟算钱,多少都给!"

许言懒得跟傻瓜废话。

"没规定,可以搞。"陆森笑着说,"不过正月初三我和许言要去国外拍外景,大概一星期内回来,你什么时候需要?"

"时间不冲突,等我给你发请柬哈。"许年笑嘻嘻地拍拍他的肩。

许言还能说什么,反正许年永远不会知道自己有多伤人。

出了车库,许年挎住许言的手臂,扛包儿似的带他上台阶,狂按门铃:"爸,妈,我跟哥回来吃饭了!"

就这一秒,记忆好像倒回十年,兄弟俩一起放学回家,两人每次都把门敲得震天响,大喊"快开门,我们回来吃饭啦"。

"来了来了,"方蕙的声音由远及近,门打开,她还穿着围裙,一边擦手一边把两双拖鞋提过来一些,说,"拖鞋换上,还有一个菜就好了,你们先去客厅坐着。"

许言站在原地没动,叫她:"妈。"

方蕙的动作明显顿了下,然后直起身看向他,笑了笑才问:"今天工作辛苦吗?"

许言心里一酸,摇摇头,许年在他背上推了一把:"冷死了,哥你赶紧换鞋进去。"

保姆不在,菜是方蕙做的,许年摆碗筷去了,许言进厨房,方蕙在切葱。她跳芭蕾舞出身,当了快三十年的大学舞蹈老师,气质不减。锅里正焖着鱼,许言拿起勺子浇汤汁,问:"爸呢?"

"楼上书房呢。"方蕙说,"最近在画一幅山水,说要送给年年当结婚礼物。"

许燊无心生意,喜欢国画,但因为是独子,只能硬着头皮接手家业。打小起,许言和许年从许燊嘴里听得最多的就是:"赶紧长大,公司拿去玩,我想休息休息。"

其实许言很清楚自己出生在怎样的家庭,父母热爱艺术,思想开明,他从前说自己喜欢摄影,方蕙和许燊都表示支持,可惜到最后第一个放弃的却是许言自己。如果当初他好好跟父母谈谈,也许本不会有这两年的冷战,但没办法,他冲动了,那是长这么大以来许燊第一次对他动手。

许言觉得许燊打得对,他没后悔过,他后悔的是自己选择以伤害家人的方式来证明那些年轻的、不可一世、愚昧又冲动的决定。

菜好了,许言端上桌,正巧许燊也下楼了。许年站在他哥旁边,低声嘀咕:"下跪,下跪,下跪……"许言瞥他一眼。

"爸。"许言喊了声。

许燊置若罔闻，去厨房盛了两碗饭，一碗给自己，一碗给方蕙。许年朝许言吐了吐舌头，拉他一起去厨房，方蕙解了围裙，许言盛饭时她轻轻摸摸他的头，说："你爸就是这样的，回家了就好，其他的慢慢来，他会消气的。"

带饭香的热气蒸腾上来，许言眨了几下眼睛，把眼底的酸涩逼回去。他点点头，"嗯"了一声。

饭桌上的气氛难免有些僵，幸好许年是个很有眼色的傻瓜，不遗余力地活跃气氛。许言回家之前他就跟父母谈过，说："哥在外面摔了跤受了苦，不能回来了还要看家人的脸色，我们要给哥温暖。"

许燊当时说："我不想看见他。"

但现在还是好好地坐在一起吃饭了，说明这段父子关系还有救，许年很欣慰。

吃完饭，许言和许年收拾碗筷，两人在厨房鼓捣洗碗机。许燊坐了会儿，起身要上楼，方蕙问他："言言难得回来，你怎么吃了就跑？"

"他本来根本用不着这么'难得'。"许燊冷冷地说。

他说这话时许言刚拿了两杯茶出来，听后，他站在原地看许燊上了楼，方蕙坐在沙发上朝他招手："言言，来坐。"

许言走过去，把杯子放在茶几上，方蕙拉过他的手，仔细凝视他的脸，很久，才轻声说："怎么瘦了这么多呀……"尾音有些哽咽，眼眶也红了。

"那我多回家吃饭，你把我养胖点。"许言搂住她的肩，尽量轻松地安慰道。

晚上九点多，许言和许年离开家，门一开，冷风直往脸上吹，兄弟俩不约而同地挡在方蕙面前，让她不要往外走了。方蕙脸侧的碎发被吹得飘扬，还是那张优雅动人的脸，她一直被保护得很好，唯独许言背叛过她。她看着许言的眼睛，问："言言，今年会在家过年的吧？"

许言替她把一缕发别到耳后，笑着说："会，以后都会。"

他觉得幸运,有一个能够将温柔与爱都完整表达的母亲。

车开出花园大门,许言扭头,正巧看见二楼书房的窗帘露了道缝隙,很快又合上,只剩帘子微微晃动。

许年把许言送到小区后就掉头找姐姐去了,许言坐电梯上楼,在走廊里碰到邻居——风情万种的花店老板娘,叫虞雪,正袅袅婷婷地往电梯走。她穿了件灰色皮草,里头一件领子深不见底的吊带,许言光是看一眼就冷得打哆嗦。

"你这貂……"许言说。

"哎呀,人造的啦,谁忍心伤害小动物呀。"虞雪在许言面前悠悠转了个圈,问他,"好看吗?"

"好看。"许言操心地帮她把皮草薅起来挡住胸口,说,"裹紧点,怪冷的,别着凉了。"

虞雪"啪"的一声把他手拍开:"你懂什么啦!直男。"

许言闭嘴了。

"噢,对了,"虞雪突然想起什么似的,说,"今天等在你门口的那个男的,是干什么的呀?你不是在杂志社工作嘛,他是不是什么还没出道的演员?模特?"

许言说:"小混混。"

"乱讲。"虞雪从小包包里掏出化妆镜,一边检查眼妆一边说,"哪有这么帅的小混混啊,还专一,我问他要微信,他说他不是单身。"

许言明白这意思是沈植和汤韵妍已经复合了。

"就是不懂干吗在你这个男人门口等着,我凌晨三点喝完酒回来,他就站在这里了,冻死哦。"

"什么……"许言有点反应不过来,"三点?"

"是的呀,吓我一跳,我问他干吗,他说他等人,我差点报警了,但一看他的脸,哎……"虞雪捂住胸口,"真是好帅,可惜不是单身,有缘无分喽。"

她说完朝许言抛了个飞吻就走了,许言却站在原地一动不动,他以为沈植五点半出门是为了早点来见汤韵妍,此刻却意外得知他凌晨三点——甚至可能更早的时候就等在门口了,是为什么?

潦草的穿着,眼下的青黑,疲惫的神态,说接他下班……现在回想起来,许言发现自己确实搞不懂。

事实上,他从沈植第一次凌晨来家门口时就已经开始不得其解。

许言感到恐惧,如果这一切都来自沈植的不适应、不习惯,那么只能说自己在过去的几年里真的是个过于称职的保姆,导致"辞职"后对方仍然对自己念念不忘。

他自嘲地低笑一声,掏出钥匙开门,手机突然响了,是汤韵妍。许言盯着屏幕看了三秒,接起来,电话那头有些嘈杂。

"Chloe?"

"许言,抱歉这么晚打扰你,但……沈植喝醉了。"

"哦,"许言低着头,指腹摩擦着钥匙的锯齿,他平静地问,"所以找我有什么事吗?"

"你能不能过来一……"

"妍妍……"汤韵妍的话没说完,许言听见沈植的声音,醉的、含糊的,叫了这么一声。

"抱歉啊 Chloe,我和沈植现在已经不是朋友了。"许言笑着说,"沈植酒品还可以,等他再醒醒酒就好了。我这边还有事,就先挂了,晚安。"

汤韵妍收回手,沉默地看着通话结束界面,旁边几个人面面相觑,其中一个是和沈植关系很好的高中同学柯旬,今天找沈植聊天,得知他在这个市,大家就约了一起聚聚,没想到沈植是最先喝醉的那个。

汤韵妍无奈地叹气,她喝了口酒,摘下绾发的夹子扔到柯旬怀里,起了身,抬手搭住那个一晚上频频望向自己的混血帅哥掌心,对方礼貌地吻了一下她的手背,牵着她进了舞池。

柯旬看着汤韵妍潇洒的背影,再看看靠在沙发里目光涣散的沈植,最后他把酒杯塞进沈植手里,握着他的手腕跟大家一起碰杯。

许年的婚礼定在正月十二,他和叶瑄两人都觉得麻烦,所以最终跳过了订婚直接办婚礼。今天是个好天气,也是个好日子,许言午休时刷朋友圈,看见许年发了两张图——一张是两本结婚证,一张是戴着对戒的十指相扣。

纪淮和陆森都点了赞。

许言也点了赞,给许年发了个红包。许言收了手机准备去摄影棚,路过大厅时突然看见陆森靠在前台,朝他使了个眼色,许言扭头,瞧见一个戴着墨镜的精致小公主站在两米外,正双手抱胸微扬着下巴朝他看过来。

"墨登娱乐老总的妹妹,找你的,我正想跟你说来着。"陆森走过来跟许言耳语,问他,"情债?"

"我不认识她啊。"许言说。

对面的女生突然摘下墨镜,相当甜美漂亮的一张脸,许言愣了一秒,他认识,当时看一眼就忘不了——那晚被自己目睹见家长的、沈植的订婚对象。

"许言是吧,很帅嘛。"女生上下打量他一眼,开口,"我叫林绵,找你有事。"

怎么是找我有事?许言头都大了,要找也该去找汤韵妍吧。

"好好解决,"陆森按了按许言的肩,提醒他,"我们公司跟墨登合作不少。"

许言朝林绵挤出一个微笑,说:"好的,林小姐。"

会客室里,两人隔着沙发对望,林绵小尖刀似的目光差不多把许言全身上下无死角地扫了个遍,许言已经做好接受大小姐蔑视的准备,谁料林绵的第一句话是:"沈植什么时候能解决啊?"

"解决什么?"许言以为自己耳背,怔了很久,"林小姐,我不明白你是什么意思。"

林绵突然卸了那副傲气的表情,皱起眉十分焦躁的样子:"沈植答应我会解决的,但昨天爸妈突然跟我说过完年就让我跟他订婚,沈植他骗我！"

"不是……"许言一时无法理清他们的豪门爱恨，很茫然地问，"解决什么？"

"订婚，订婚！"林绵狠狠跺了下脚，气坏了，"我们爸妈提出订婚的时候，沈植让我不用担心，说他会解决的。结果呢？结果呢？！"

她咬牙切齿："我给他打电话他不接，到公司找他，助理跟我说他在忙，我看他根本没心思兑现跟我的承诺了，'渣男'！"

她嗓门越来越大，许言头疼地摆摆手："等下，林小姐，你们不都正式见过家长了吗？"

"什么时候？"林绵奇怪地问。

"呃……"许言回忆几秒，"就两个月前吧，在一家法餐厅。"

林绵用她那颗十分美观但看起来不太好使的脑袋想了很久，说："也就那次啊，我和沈植去之前根本不知道他们会突然谈订婚的事。"

"我看你们吃完饭还挺高兴的。"许言笑笑说。

"那是装的！中途我去洗手间，出来以后沈植在走廊上等我，我还以为他对我有什么想法，毕竟我长那么漂亮，又跟他青梅竹马，是吧？然后沈植跟我讲，让我别放心上，也别担心，叫我不要在饭桌上发脾气，好好吃完这顿饭。"

许言没说话，林绵继续滔滔不绝："沈植这个人，我们圈里都知道。家长们就只关心钱，为了钱让小孩结个婚算什么。他爸妈之前给他安排过多少次相亲你知道吗？沈植一次都没去，跟家里冷战好多回了。"

不得不承认，许言从不知情，不知道沈植拒绝了很多相亲，不知道沈植跟家里为此冷战过，不知道自己目睹的"见家长"背后有这样的隐情，但，又怎样？

"嗯，"许言点点头，"所以你找我，是希望我跟沈植说一声？"

"没错，"林绵欣慰地点点头，一副"我说了这么多你终于明白了"的表情，"就是这样，你是沈植最好的朋友，他肯定愿意听你的话。"

许言淡淡笑了笑："林小姐，不信谣，不传谣。"

"什么呀，沈植都往你这儿跑了多少趟了，那天沈植妈妈，就孟阿姨，跟我妈喝下午茶，她俩说的话我都听见了的！"

"他来这儿不是找我，你也不应该来找我。"许言疲惫地叹了口气，"能让沈植把你们的事嗖嗖嗖解决了的人不是我，林小姐，抱歉。"

"许先生！"林绵用力拍了一下桌子，怒道，"帮我个忙就这么难？！"

许言像是听到了什么绝世惊天大笑话，微张着嘴看了林绵好久，最后失笑："林小姐，我想你搞错了。沈植和我的关系没有你想的那么铁。"

谁知林绵以同样难以置信的表情看着他，说："你在开玩笑吧？"

"不是在开玩笑，事实就是这样。"许言仍然平静，他捏捏鼻梁，说，"好了，林小姐，我还要工作，你的忙我确实帮不了，抱歉。"

林绵表情紊乱地看了他几秒，气鼓鼓地抓起小包包走了。

许言在沙发上静坐了一会儿，起身去摄影棚。

整个下午许言都有些心不在焉，晚上他回了趟家，今天许年领证，带叶瑄回去吃晚饭。这次气氛好了很多，虽然许燊仍然不愿意跟许言说话，但至少会喝他倒的水了。

回到小区已经快晚上十点，许言耷拉着眼皮，就觉得好累，他难以自制地想起林绵的话，那个他也无法弄清答案的问题——沈植为什么会答应让自己住到他家。

想不通，他一直想不通，沈植四年前说我们可以试试，许言总是忧心忡忡的，怀疑沈植下一秒就会和自己翻脸。但没有，他们竟然就这么相处了四年。

那原本应该是很珍贵很好的四年，可其中却充满了冷漠、忽视、伤害，导致许言心有余悸，根本无法把这样的四年跟"好朋友"联系起来，这种组合怎么看都是荒诞笑话，说出去估计也就林绵会信。

叮——电梯门打开，许言踏出去，一抬头看见自家门口站着的人，他居然已经不感到惊讶了。

沈植估计是出了公司直接过来的，大衣里西装还穿着，和许言四目相对时他下意识动了动指尖。等许言慢吞吞走到门前，沈植才轻声问："今天很累吗？"

这是什么语气？闻所未闻。要是他过去四年都这样跟自己讲话，那林绵所谓的"好朋友"或许真的存在百分之一的可能性。但很遗憾，这是第一次，许言从他的声音里品到了罕见的、可以称为温柔的成分。

"你前两天喝醉的时候，我跟你说别再烦我了，你可能没听清。"许言抬头看着他，"要我今天再说一次？"

沈植垂下眼，低声说："听清了。"

许言笑了下，忽然说："今天林绵来找我了。"

沈植立刻抬眼，眉头微微皱了皱："她跟你……"

"她很可爱，"许言盯着沈植的眼睛，"但她好像误会了。她以为我是你最好的朋友，想让我劝你解决订婚的事。"

真没意思。许言自讽地笑笑，回身去开门，钥匙转动两圈，他按下把手，正要推门进去，手腕却突然被握住了。他低头看见沈植手背上薄薄的纱布，在阴影下显得有些模糊。沈植的手还是这么凉，也不知道手背会不会留疤……

很疲累又漫无目的地这么想着，许言突然听见沈植说："她说得没有错。"

——她说你是我最好的朋友。

——她说得没有错。

时间还在走吗？许言盯着自己和沈植，很虚渺地想。他把沈植的那句话，每个字、每个部首，横撇竖钩，弯折点捺，一点点拆分，又一点点重组，以确定自己没听错，没会错意。

他不记得安静了多久，一片寂静中，沈植低声开口："她没说错，你就是我最好的朋友。"

他如释重负，他知道许言一直在等这句话，而自己终于能说出来了。

也没有那么难，并不难，沈植想，只是几个字而已，为什么在过去几年里自己会避免触及，会那样抗拒承认？一旦说出口，胸腔里就像有瀑布汹涌，无数想要说的话水珠似的争先恐后地迸溅，反而不知怎么表达——可沈植觉得，这句话已经足够表达了。

"哦。"许言回答。

沈植一怔，下一秒，许言转过身，面无表情地问："所以呢？"

"我……"沈植试图从他脸上找出一些痕迹，比如惊喜的、诧异的、震惊的、难以置信的，可什么也没有，许言平静得不像话。

"你在期待什么？"许言漠然看着他，"你这么说，我就要当场失去理智感激涕零了？你觉得这句话很了不起？"他靠在门边，双手环在身前，很淡地笑笑："沈植，你这人挺有意思，我们相处了四年，你嘴巴紧得跟什么似的，现在才两个月，你倒是觉得我配得上做你最好的朋友了。

"早知道这样，我何必那么费劲，早点走不就行了，你觉得呢？"

"许言，"沈植蹙着眉，低声说，"我们好好谈谈，行吗？"

许言的目光在他脸上停留许久，很突然地笑起来："算了。"

他说完就转身进屋，之后立刻要关门，沈植迅速伸手抵住，将门推开，许言已经站进黑暗里，声音好像是用力克制过后才发出的，他说："你别过来。"

沈植停在门边的位置，有些担心地叫他："许言？"他感到正有一种濒临崩溃的、死灰般的绝望，从客厅的阴影里朝自己蔓延，像潮水——来源于许言。

"你怎么说得出口？"许言的嗓音轻微发抖，他说，"我宁愿你讨厌我。"

他宁愿沈植永远离开他的生活，宁愿沈植一辈子讨厌他，也不愿意在此刻听到他这么说。许言不是没期待过沈植会和自己变成最好的朋友，甚至他一直都在奢求，但他同时又无比清醒：沈植不可能是真心的——怎么会有人在不遗余力地展示着冷漠、反感、不耐之后，还能把你当真正的朋友？

许言也以为自己一直在盼望这句话，可当沈植真的说了，他才发现自己原来那么不想听。

"你有脸说把我当朋友？"许言一字一句，"我知道你喜欢喝什么牌子的酸奶，我知道你不爱吃芹菜，我知道你习惯坐在沙发左边……你呢，你了解我多少？

"你不尊重我，你冷暴力我，你让我陷入自我怀疑，每做一件事就要逼自己反省。"

门边漏进走廊的光，沈植就站在那道光里，可许言却怎么也看不清他的脸。沈植僵直着，像是挨了一巴掌，面色苍白，半晌才声音低哑地说："对不起。"

"是我性格的问题，我……"他吃痛般地闭了闭眼，说，"我不会处理这些事。"

"不会你不能学？"许言讥讽道，"别找理由了。"

他其实已经要站不稳，如果手边能摸到什么东西，他必定就砸过去了，可许言仍强撑着，冷声说："滚，我不想再见到你。"

真要命，身体里有什么在飞速瓦解……许言已经能够坦然接受沈植对自己的冷漠，接受种种意难平，可他无法面对这种事实——嘴里说着把他当朋友，竟然那样残酷地将他踩在脚底，整整四年。

这算是什么朋友？如果这就是沈植的友情，如果许言早知道……他一定一定，不会在沈植说要试试的时候，回答"好"。

"许言，"沈植还记得不久前许言眼里掉下的泪，混糅着脸上不合时宜的笑，复杂得刺目——许言第一次在他面前这样哭。沈植哑着嗓子说："是我的错，对不起。"他不知道此刻除了道歉还能做什么，他只明白，迟来的道歉是利刃，除了伤人，一无是处。

客厅里一片寂静，许言急促的呼吸声逐渐变为不能遏制的呜咽，他坐在沙发上,手肘撑着膝盖,眼睛埋在掌心里,说:"沈植,你真挺狠的。"

"我拜托你,就当我以前自作自受,今天是最后一次,你放过我,行吗?"

沈植感到一股难以言喻的恐慌自心头升起,他朝许言走过去,许言却突然抬起头,眼里和脸上的泪水在昏暗中透着模糊的微光,他说:"别过来,别让我恨你。"

他那点命悬一线的自尊,到底还是在今天破了防,唯一能做的就是借黑暗隐藏自己的丑态,如果沈植非要拆穿,许言真的会恨死他。

"走吧,沈植。"许言哽咽着说。

沈植的喉咙里干涩像沙漠,几乎发不出任何声音,他缓缓转身往门口走,从阴影走向光亮地带,然后关上门,留给许言完整的、可供躲避与独自发泄的安全空间。

他至此才真正明白自己错在哪里——不是不会关心人,而是在不会关心别人的同时冷情地伤人。他今天的话,击溃了许言那条硬撑的防线。他确实没资格说把许言当朋友,许言在这之前饱受失望、打击,而自己是罪魁祸首——冷漠自我、偏执盲目、别扭拧巴、作茧自缚,他对许言亏欠无数。

隔着一道门,沈植听见许言极度隐忍痛苦的哭声,没过几秒,门里传来一声重响,玻璃水杯砸到门上,又破碎落一地,仿佛将沈植那些绷着的神经也砸断。碎片在胸口炸裂,进入五脏六腑,血液里翻滚着玻璃刺,痛得他垂下头弓起后背,整个人都想蜷缩起来。

许言早上洗完脸之后对着镜子照,眼睛只是有点肿,状态还行——成年人总是必备自愈能力。简单收拾完,许言打开门,今天是本年最后一天上班,后天就是除夕了。

关门,许言略过面前站着的人,朝电梯走。沈植还穿着和昨晚一模一样的衣服,手里拎着一碗打包好的热馄饨,他开口叫许言的名字,然而嗓子太哑,"许"字出口时几乎听不见声,喑哑如气音。

许言很快迈到电梯前,按键,静等电梯上来。沈植走到他身旁,把馄饨递过去,低声说:"我送你去公司,你在车上吃。"

没回应,许言无动于衷,电梯门打开,他走进去,双手插兜,恹恹地靠在角落里,沈植站在他身边,垂着眼沉默。电梯降到车库,许言掏出钥匙解了车锁,沈植突然挡住他:"许言。"

许言这才抬头看他,沈植低头把装馄饨的包装袋挂到他腕上,说:"你在自己车里吃了再走。"

车库里安静得没声音,许言掂了掂手里的馄饨,然后走到一边,把它扔进垃圾桶。

他转身上车,驶离车库,后视镜里,沈植立在原地的身影渐渐遥远,许言只是看着前方,目不斜视。

今天没有拍摄,一上午都在对着电脑归档图片资料,午休时许言跟陆森站在茶水间里,陆森问他:"上次跟你说的事,考虑得怎么样了?"

许言摇摇头:"不知道,暂时还没想好。"

"没事,决定好了就告诉我。"陆森拍拍他的肩,"我个人觉得对你来说是不错的,去国外待一两年,回国了就能把你升上来,其他人也不会有想法。而且也算是去深造学习了,你之前没有专职摄影师的履历,趁这次去丰富一下。那边的杂志社有个旅游版块,你又爱拍风景,可以试试的。"

许言知道陆森是为他好,但他之前从没有出国的打算,突然有这样的选择摆在面前,多少会有些犹豫。

"嗯,我再好好想想。"许言说。

陆森点了一下头,朝门口挥手打了个招呼:"Chloe。"

许言跟着转头,看见汤韵妍正走进来,便朝她笑了下。

"我去看看后期那边。"陆森抬手看了眼表,"你们继续休息。"

陆森走后,只剩下他俩,气氛算不上尴尬,只不过许言不知道该说什么，干脆就不说话光喝水。汤韵妍接了杯水，跟许言并肩靠在流理台边，对着杯口轻轻吹了口气，说："沈植这几天都没回去。"

这开场挺直白，许言愣了下，说："哦，这样。"

"我和他从初中就是同学。"汤韵妍双手捧住杯子，看着地面，"高考后我跟他告白，他答应了。"

许言静静听着，虽然他不知道汤韵妍跟自己说这些是为什么。

"追他的人很多，我问他为什么答应跟我在一起，他说不知道。不过这确实是他说得出来的答案。"汤韵妍说着，笑起来，那笑容莫名有种对小孩子的无奈感，"后来我想想，他大概是觉得我跟他很像，理性，不幼稚，也不天真。

"但我其实没那么理智，那时候我觉得自己可以改变他，就让他试着叫我小名、约他看电影、买情侣手链……不过事实证明，沈植就是个花瓶，感情里的花瓶。

"光说他外表，看起来像是不缺感情经历，或者总是享受别人对自己的爱，但都不是，他对待感情很生疏、很陌生，所以总像个旁观者，好像在谈恋爱的那个人不是他。

"后来我跟他说了分手，但不知道为什么，我总有种自己被甩了的感觉。"汤韵妍笑笑，喝了口水，说，"我们这几年一直有联系，没做成情侣，做朋友反而更合适。"

杯里的水凉了，许言拿过她的杯子重新接了一杯，汤韵妍笑着说"谢谢"。

"沈植的性格有问题，比较冷漠封闭。他家教很严，初中的时候，他的手机还是保姆在管，加了什么人，收到了什么信息，全都不是隐私。出行要管，交朋友要管，看了什么书吃了什么东西要管，太压抑了，到高中才好一些。我们当时还说，沈植在这种家庭里没抑郁真是奇迹。

"所以后来听说沈植从家里搬出来了，我特别惊讶，但想想，又觉得那应该是让他最叛逆、最不可思议但又最快乐的事了。就好像看见他终于找到一把锁,逃出来了,虽然让人有点担心,但又忍不住替他松了口气。"

杯子里的水已经冷了,许言终于开口:"我没觉得他开心过,他有性格缺陷,但我不能一直为他的缺陷买单。"

"如果他愿意改变呢?"汤韵妍问。

"我受不起这份殊荣。"许言回答,他把杯里的冷水一饮而尽,笑着说,"Chloe,我们该回去工作了。"

下班后,公司年末聚餐,汤韵妍没参加,搭飞机去了,她家人都在国外,所以不留在国内过年。天气冷,不少人还赶着回家,谁也没喝酒,轻轻松松聚完餐就散了。一起去提车的路上,许言问陆森:"你回去见家人吗?"

"不回去了,待在这儿,过几天就要出差,来来回回飞没意思。"陆森说。

许言点点头,陆森抬头看着天,突然说:"听说今年过年会下雪。"

"好像是的,"许言也抬头,"难怪这么冷。"

回家后,许言收拾了一下客厅,昨天砸杯子砸出一地碎片,早上着急上班,也没来得及扫。他拎着垃圾袋下楼,刚出电梯,看到一辆车停在楼下,见他出来了,司机把车门拉开,孟愉婉坐在后座,看过来的眼神依旧带着居高临下的蔑视。

许言觉得这几天热闹极了,沈植找他,林绵找他,汤韵妍找他,现在连孟愉婉都来找他,不知道的还真以为他惹上小混混了。

他看了孟愉婉一眼,没什么表示,走过车旁,先去对面把垃圾扔了,再回来后,他发现孟愉婉的脸色果然更差了。许言双手插进兜里,说:"阿姨你好。"

孟愉婉下了车,站在许言面前,顿了顿才开口:"沈植住院了。"

许言揣在兜里的手指瞬间不自觉地蜷缩了一下,但他的表情仍然很平静:"哦是吗。"

"好几天没睡,又是低血糖又是胃痛的,就这样还要跑去林家说不订婚，回公司没多久就倒了。许言，我之前可能是小看你了。"

"我这不是，也小看您了。"许言淡淡一笑，"亲儿子都住院了，您还大老远跑来跟我这种无关紧要的人聊天。"

孟愉婉听了却没动怒，反倒放软了语气，说："沈植都这样了，你不如去看看他，有什么话，当面说清楚也好。"

"话早就说清楚了，有什么病也是他自己作的，跟我没关系。"许言说，"总不能还让我继续给他当保姆，没这样的好事，真的让人挺烦的。"

孟愉婉笑了一下，朝旁边的司机伸出手，司机将一部手机递过来，通话界面亮着，"沈植"两个字在屏幕里显得清晰分明。

"听到了吗？"孟愉婉对着手机问道。

过了好一会儿，电话那头才传来沈植沙哑的嗓音："听到了。"

许言一脸无所谓地看着她，仿佛早料到，等孟愉婉挂了电话，他才说："阿姨用心良苦了。"

"沈植他一时不习惯，没想通也是有的，把话说开了就好。"孟愉婉笑笑，又好像不经意似的，问，"听说你家公司现在都交到你弟弟手里了？"

许言心头一凛，表情冷下来，他已经把话说得够绝，孟愉婉却还是防贼似的要这么警告威胁他。他说："是。"

孟愉婉点点头："嗯，年轻人，做事都要小心一点，别出了什么差错，代价总归是不小的。"

"这句话同样送给沈植。"许言说，"万一我趁着沈植现在把我当朋友，突然改主意了，没准沈植脑袋一热，我俩和好了，这也很难说。您看他一次次来找我，讲不好是真心把我当朋友，您觉得呢？他是您儿子，您多少应该了解吧。"

许言别的没有，厚脸皮管够，在气人方面一骑绝尘——托沈植的福练出来的。他知道沈植或许算不上是孟愉婉的软肋，但孟愉婉绝对不会允许沈植在同一件事情上犯两次错。

果然孟愉婉不说话了，盯着许言看了会儿，最后笑了笑，说："我了解他，沈植不至于一直犯糊涂。"

许言点点头，往后退了一步，垂眼看着她："那阿姨再见，慢走不送。"

腊月二十九，沈植住院的第二天，孟愉婉和沈洺从始至终没露面，倒是林绵围在他边上，又是倒热水又是切水果的，十分殷勤。

"小植哥哥，你好帅哦。"林绵说，"你站在我家客厅里说不订婚的时候，真的非常帅。叔叔阿姨现在还没来骂你，可能是在等你身体好了，你得做好心理准备啊。"

沈植不搭理她，靠在枕头上眼睛都没睁一下。

林绵不介意，还笑嘻嘻的："虽然前几天我找你你都不理我，但我现在原谅你了。"

"是你自己说要再拖一拖，气气你男朋友的。"沈植说。

林绵一愣，脸上的笑也没有了，盯着手里的橙子看了几秒，才回答："是啊，这套对他没用，他压根儿不在乎。"

沈植睁开眼，看着窗台上那束过于嚣张的红玫瑰——林绵送的。他说："你怎么知道他不在乎？"

"他在乎的话就不会跟我说分手了，就不会用什么'你值得更好的'这种烂理由，就不会把我以前送给他的礼物都还回来……"林绵眼眶已经红了，表情却很执拗，"我不玩了，不会总想着要见他了，我马上就会忘掉他的。"

"那很好，你爸妈很快就会给你安排新的订婚人选。"

林绵顿时抿着唇不说话了，沈植问她："你们在一起多久？"

"两年七个月零九天。"林绵说，"刚认识的时候，他还没有车呢，现在都换了第二辆了，他说出去谈生意，总不能没有辆稍微体面点的车。

"今年生日的时候，他送了我一条项链，他第一次送我这么贵的礼物，两万多块钱呢。"

"然后你戴着两万多块钱的项链，出去聚会被你朋友笑话了，问你为什么戴这种便宜货。"沈植说。

"但那是他送我的……"林绵用力擦了一下眼睛，手背上蹭下一道眼妆的痕迹，"去年生日，他送我一条裙子，五千六百块钱，他为了这五千多块钱，熬夜做兼职，还天天吃泡面。他本来没必要这样的，可我约他出去吃饭，他总是不去。"

沈植却说："你随便吃一顿饭，可能是他大半年的生活费。"

"我又不需要他付钱！"林绵喊起来。

沈植看向她："这就是问题所在。"

林绵双眼通红地沉默，过了几秒才说："我是笨蛋，你也是，你自己的事情都解决不好，我不相信你说的话。"

沈植看着手背上的输液针头，没再说话。

除夕夜，许言和许年回了家，时隔两年回家过年，好像终于有了归属感。许言喝了点酒，方蕙一直在跟他说话，许年在一边插科打诨，最后还是许燊开了口，说："少喝点。"

许言抬头看着他，笑着说："知道了爸。"

十一点多，方蕙困了，兄弟俩收拾了餐桌，等爸妈上楼之后才出门。一开门，看见一地薄雪，天上还纷纷扬扬不断下着，今年除夕真的下雪了。

许年没喝酒，他送许言回家——送完哥哥再去跟姐姐一起跨年。他一边开车一边叽叽歪歪，许言没怎么用心听，靠在椅背上看着窗外的雪。

到了小区门口，许言让许年停车，自己走回去，顺便醒醒酒。两个人下了车，许年问："哥，你跟陆森要去哪里出差？"

"O城，"许言抬头看雪，回答，"有部还没上映的电影在那儿取过景，这次过去拍点海报宣传照。"

"那里的雪应该很大吧。"许年说。

"嗯，听说很厚。"

"上次跟陆森聊天，他说他和你提了出国的事……你怎么没跟我还有爸妈说啊？"许年终于问。

"这不是还没决定好吗，没什么好说的。"许言回答。

"如果你要去，以什么心态去？"

许言想了想："学习的心态，多去外面看看，对我的工作也有帮助吧。"

"那就好。"许年点点头，"我就是有点担心你。"

许言怔了下，许年继续说："我知道沈植来找你好几次，你不要为了躲他才出国，要自己做好决定。"

"不会的。"许言揉揉许年的脑袋，"好了，挺冷的，你回去吧，新年快乐。"

"你也是，哥，新年快乐！"

许言一个人往小区里走，隔条街就是广场，刚刚路过时看见不少人站在LED巨幕前，大概都在等新年倒数，许言看看表——快了，还剩十分钟。

走进小区大门，几米外的花坛边，一道修长的人影立在那儿。许言缩了缩脖子，下巴埋在围巾里，走过沈植面前，余光瞥见他手背上的医用创可贴，小小一块，许言却觉得它看起来好显眼。

许言往前走，沈植就安静跟在他身边，脚踩在雪上，有种很绵密的感觉。许言觉得累，又觉得茫然，他早把狠话说绝，也艰难地终于说服自己放下，但是如果沈植是真心拿他当朋友——如果是这样的话，许言突然想，如果沈植是现在才认可他这个朋友，他还能安慰自己……可惜不是，沈植就是做到了在过去几年里一边把他当朋友一边伤害他，这样一来就更残酷。

他们之间的感情时差太大，不是几秒几分几天，是四年多，足够证明双方是真的不合适。

"上次我妈来找你，我事先不知道，"沈植突然开口，大概是感冒了，声音有点哑,"她突然打电话给我,听见你们在说话,我才知道她是故意让我听的。"

"没事。"许言说。又不是什么大事,他无所谓,反正无论沈植在不在听,自己当时的回答都不会变。

嗓子很疼,沈植咳嗽了几声,又说:"我会跟她说清楚,让她以后不要来打扰你。"

许言笑了下:"那最好。"

这条路太短,寥寥数语间两人已经走到楼下,许言正要迈进去,沈植突然叫住他:"许言。"

许言回过头,看见沈植站在飘扬的雪里,他感觉沈植瘦了很多,很想跟他说低血糖犯头晕的时候就吃块糖,饮食不规律容易胃痛,要记得按时去找刘医生做手腕的复查和针灸……可许言什么都没说,只是看着他。

"新年快乐。"沈植说,然后他从外套口袋里拿出一样东西,闪闪的——是那枚史努比吊坠,低声说,"这个还给你。"

许言记得当时沈植亲手把它从车窗扔出去,没想到他竟然又找回来了,不知道是当时就找回来了,还是过了段时间……算了,不重要。

他接过来,指腹在冰凉的史努比吊坠上摸了摸,好像自言自语道:"又是我的了。"

然后他抬手,把它抛进了花坛里。

"它很早以前就是我的东西,怎么处置它是我的事。"——这句话是沈植当初扔掉它时亲口说的,现在许言原封不动地还给他。

意气用事、以牙还牙、反击报复——都不是。

他没去看沈植的表情,转身头也不回地进了楼。而沈植只是看着史努比最后落下的位置,似乎还没回过神。

到家时是十一点五十九分,许言去厨房煮热水,不经意往窗外看了眼,发现沈植还站在那里。

路灯昏黄,大雪一片片降落,停在他的头发上、肩上、脚边,很安静的一幅画面。沈植微微抬头，隔着风雪和四楼的距离，跟许言对视。远处遽然爆发出一阵欢呼，是广场上的人群——新年到了。

他们第一次一起跨年，竟然是在这样的场景里。

要是早一点就好了。许言关了厨房的灯，穿过客厅走向卧室，他想，要是再早一点，那就好了。

可惜错过了，过去的故事被一遍遍复盘，得出的结论是你无法原谅，你们注定走向分散。

脸颊有点痒，许言摸了摸，手心沾上一片湿润——像和沈植从小区门口走到楼下时，沿途中不断融化在肩头的雪。

正月初二时许言去了趟沈植的城市，当然不是找沈植，是大学室友的孩子满月。正好因为下大雪，出差的行程推迟了两天，否则时间过于紧凑，许言不一定能来。

刚吃完午饭从酒店里出来，许言跟室友们道别，下台阶找自己的车。手机响了，是林绵打来的。她自从那天找过许言后就不定时来电骚扰他，说一些十分没有营养的话……

"喂，林小姐。"

"许言，"电话那头风声很大，林绵说，"我要跳楼了。"

"哦，"许言问，"几楼呢？"

"三十六楼，天台。"

许言刚想让她别开玩笑，林绵突然哭起来，说："我爸妈又安排我跟别人见面了，我不想订婚，我能怎么办呀……"

许言猛地意识到她可能是来真的，他一下子攥紧手机，问："你在哪里？"

"许言，我好像不管怎么做，他都不会回头了。"林绵答非所问，说完就挂了电话，许言再打过去，立刻被挂断。

他一个脑袋两个大，虽然不知道林绵是一时闹脾气还是想不开，但她情绪太不稳定，弄不好真要出事情。许言想也没想就给沈植打了电话，很快接通，沈植犹豫了一下才问："许言？"

"林绵跟我说她要跳楼，不知道是不是真的，"许言语速很快，"我问她在哪儿，她不说，只说在三十六楼天台。"

"她这几天住酒店，我让人查一下。"沈植按内线，交代了助理几句，没过半分钟就得到回复，"她住的酒店正好是三十六楼，我现在过去。"

"酒店名字发给我。"许言说。

"好。"沈植说，"你开车小心。"

到了酒店楼下，许言抬头，没在顶楼看到人，他匆匆进了大厅，听到有人叫他："许言。"

是沈植，应该也刚到，他朝许言伸出手："已经报警了，上 VIP 电梯，会快一点。"

许言跑过去，和沈植一起进了电梯。

数字缓缓攀升，沈植说："林绵一直在跟家里闹。"

"她和她男朋友怎么回事？"许言问。

"她男朋友在创业，条件不太好。"沈植说，"两人的家庭背景相差太大，最后一次吵架的时候对方提了分手，林绵一时冲动就答应了，之后我们两家就谈起了订婚的事。

"林绵以为她男朋友会挽留，但直到现在，他都不见林绵。林绵压力也不小，可能吃不消了才这样。"

许言点点头，没心思想太多，电梯打开，两人迈出去，又爬了半层楼梯，终于到了天台。

林绵就背对着他们站在矮墙内，许言不敢刺激她，只能轻声地叫："林绵。"

林绵回过头，两眼通红，脸上还挂着泪，穿得也单薄，一头长发在风里飞扬，她哽咽着说："我好难受。"

"我知道，你先过来，站在那里很危险，"沈植说，"什么事我都替你解决。"

"你解决不了的。"林绵摇摇头,"爸妈要我跟别人结婚,他又不肯理我……我要被逼疯了。"

许言怎么也想不到前段时间还活蹦乱跳的小公主会变成这样,他问:"他不见你,你就跳楼吗,为了一个不拿你当回事的人?"

林绵抹抹眼睛,没有说话,今天天气不算好,乌云阴沉,她穿着白色睡衣,站在那里时就像唯一一朵白云。许言说:"我知道你很难过,但你今天要是冲动了,所有事情都不能回头了。"

"听话,"他朝林绵伸出手,"先过来,外面太冷了,你穿得那么少,要感冒的。"

林绵扁着嘴看他,眼睛里掉下泪来,她微微转了转身,好像被说动,可没等她迈出步子,楼梯口传来杂乱的脚步声,女人崩溃的哭声骤然响起:"绵绵!你干什么要做傻事!"

是林绵的母亲,许言下意识地回头看了一眼,再转头,猛然看见林绵飞快地踩上了矮墙,情绪激动地大喊:"你们来干什么!"

"你先下来,下来好不好啊,妈妈求你了!"

"你看看你像什么样子!"林绵父亲沉着脸,"赶紧下来!"

林绵却突然安静下来——那不是好征兆。她转过身,往前走了一步,睡袍被吹得翻飞,好像马上要飞起来。林绵母亲顿时尖叫了一声,虚脱地晕了过去,她父亲也终于意识到严重性,声音都发抖:"绵绵,你不要冲动,是我们错了,你先下来。"

许言冷静地说:"林绵,你妈妈晕倒了,你不看看吗?"

林绵一顿,回过头,在她回头的那刻,早绕到另一边的沈植迅速跨了一步,揽着她的腰把她拽了下来,抱着她就地滚了一圈。许言跑到他们身边,林绵已经昏过去了,他单膝跪地把人抱起来,沈植躺在地上捂着右手腕,说:"送她去医院。"许言点点头,抱着林绵离开了天台。

林绵被送进了私人医院,许言和沈植向消防还有公安解释完情况道了歉。沈植命途多舛的右手又缠上了绷带,因为摔地上的时候磕到了，幸好只是蹭破了皮没骨折脱臼。林绵很快就醒了，不肯见她爸妈，许言和沈植回到病房时，外面下起了大雨，林绵靠在枕头上，一张脸黯然失色。

"为什么只给我打电话？"许言问她。

"我觉得你肯定找不到我，我想找人说最后几句话。"林绵说。

许言走过去给她削苹果，说："以后别犯傻了。"

林绵看着沈植腕上的绷带，说："对不起。"

"去跟消防公安说，还有你爸妈。"沈植说。

林绵老实地点点头。

许言把苹果递给她，站起来准备去洗手，往窗外看时却突然愣了下："那人在雨里跑什么？"

林绵听了，飞快掀起被子下床，整个人扑到窗边，他们看见一个男人淋着寒冬的雨往医院大楼跑，途中遇到保安，停下来很慌张地跟他比画着什么，大概在找人。许言转头看向林绵泛红的眼眶——是在找她。

保安伸手要把伞递给男人，他摆摆手，一转身又冲进雨里。

林绵看了会儿，突然蹲下去，脸埋在手臂里，肩膀一动一动地哭起来。

"我跟他在一起的时候他穷得一分钱都没有，现在他自己开公司了，明明一切都在变好，为什么他不要我了。"林绵哭着说，"我知道他工作压力大，可我已经很懂事了，为什么他说分手就分手……"

因为人进入社会开始谋生后会逐渐意识到现实问题的严重性，许言很想告诉她，他或许是在奋斗过程中发现自己永远给不了你比肩原生家庭的生活。男人总在这方面有着可悲又无奈的自尊心，这是没有办法的。

许言和沈植出了病房，果然看见那人正浑身湿透地站在保镖面前，双唇发白，轻微哆嗦着，但仍然很沉稳地说："我是林绵的……一个朋友，听说她生病了。"

沈植示意保镖让他进去。

周琛站在病房里，林绵已经坐回床上，不看他："你来干什么？"

"你什么时候能成熟一点？"周琛的背绷得僵直，问，"为什么要拿这种事情开玩笑？"

林绵的肩沉下去——那是种期待破灭的失落。她说："是啊，我就是这种很让人讨厌的大小姐脾气，你不是总这样说我吗？"

周琛的喉咙动了动，转身往外走，林绵立刻叫住他："周琛！"

"我就想问你，"眼泪吧嗒吧嗒掉在被子上，林绵说，"你还爱不爱我？"

暴雨冲刷窗户，房间里一片寂静，很久以后，林绵听到周琛说："不爱。"

"我知道了，"林绵突然笑笑，看着他的背影，"以后我不会再烦你了。"

周琛没说话，打开门头也不回地走出去。

许言和沈植站在楼道里，有点暗，许言靠在墙边，沉默了会儿，他把沈植的手腕拉起来看了看，绷带打得严严实实，手背上有几个住院时留下的小小针孔，已经结痂了，之前的烫伤似乎没留下明显疤痕，还好。

看了几秒许言就松手了，然后说："下雨天会痛。"不是问句，他很了解，伤了骨头的一般到雨天都会犯疼，沈植也不例外，过去许言都会监督他热敷。

"嗯。"沈植回答。

"我有事，先回去了。"许言说。

沈植垂下手："我送你去酒店开车。"

"不用。"许言说。

初五，许言和陆森到了拍摄地，今年游客不少，好在摄影组提前订了房。男、女主演晚上到，住一晚，第二天傍晚就走，其余时间陆森打算去采点空镜和素材,到处拍拍,算下来总共待三天左右。

东西刚放下,陆森招呼他们泡温泉,泡完温泉一群人又立刻去吃料理,许言到现在为止连外面雪有多大都没看清,就被告知两位主演已经到了,要他们回去简单开个小会。

对了一下明天的行程和拍摄内容,又商量了服化,大家早早回房睡觉。许言冲完澡出来,听见有人敲门,是陆森。

"泡完温泉还洗澡啊?许年说给你打电话没人接,质问我是不是把你卖了。"

"他有病。"许言说。

陆森在蒲团上坐下来,给许年发了条语音:"你哥说你有病。"

许年很快回复:速速给爷滚!

房间里暖和,许言穿着浴衣跟陆森闲聊,聊明天的拍摄,聊公司下一期的封面准备,聊因为种种奇葩操作而被时尚界封杀的艺人。陆森是个没架子的人,摄影天分高,家世资源好,拍过的知名演员不计其数,但许言觉得他身上没任何时尚圈和演艺圈的浮华感,反倒有种温和避世的本质。就比如陆森坦白来这里拍摄完全是偷懒休息来着,还有就是想吃当地有名的甜品……

正聊着,微信突然来了语音通话,许言拿起来一看,愣了——沈植的助理。完全想不出她找自己会有什么事,许言犹豫了下,接起来,那边静了两秒,传出沈植的声音:"许言。"

……许言明白了,上司本人早被拉黑,于是夺了助理的微信来打语音,再加上自己到这里后找同事要了张当地的电话卡,国内的手机号打不通。

许言没说话,陆森见状起了身,意思是要走。许言抬起头看他,陆森突然说:"换上自己的睡衣吧,穿着睡觉舒服点。饿了吗,我去给你拿点吃的好不好?"

"?"许言摆摆手说,"不用,晚安。"

"什么事?"门关上后,许言的声音冷了些,问。

沈植沉默了会儿，问："你房间里有人？"

"刚才有，现在走了。"许言说，也不知道沈植为什么要问这种显而易见的问题。

沈植明显顿了一下，才问："和你关系很好吗？"

许言呼了口气，有些烦躁地捋了捋头发，闷声道："关你什么事。"

沈植一瞬间哽住，无法给出任何回答。

不过沈植没关注这些，他很轻地叹了口气，然后低声说："我就是，很想听听你的声音，许言。"

许言安静几秒，什么也没说就挂了语音。

他坐在床上发呆，扭头望去，阳台外是灯火璀璨的运河，还有隐约的雪色山林，很美好，美好得不像样。

不能再多想，没意思。许言下床洗漱，换上自己的睡衣，关灯睡觉。

第二天一早，许言和同事们先去场地定点布光。拍摄开始，拿相机的是许言，陆森反而只在一旁录些花絮。许言知道陆森是在给自己机会锻炼，主演们也不怀疑陆大摄影师挑的人，过程中很配合。许言拍得全神贯注，不觉得冷，也不觉得累。

他很高兴自己的爱好可以和职业重叠，也很庆幸能在入行后遇到陆森这样的前辈。毫不夸张地说，这两件是他每次一想起来就会笑的事。

在不同场地分别拍完几组后就到了尾声，看原片时主演和其他同事都表示相当不错。陆森拍拍许言的肩，笑着说："我就知道许摄影肯定行。"

临近傍晚，所有人一起吃了饭，两位主演告别大家出发去往机场。其他人收工后泡温泉的泡温泉，逛街的逛街。许言和陆森沿着运河走了一圈，去买了甜品和伴手礼，天黑得很彻底，也很冷，两人步行回酒店。

"没听说我们酒店还有别的演员来啊，模特也没有。"陆森望着前方眯了眯眼，突然说，"所以那是谁？"

许言顺着他的视线望过去——那个站在酒店门口的确实既不是演

员也不是模特,是沈植,想不出为什么要来这里的人。

"是我……"许言顿了顿,"认识的人。"

"那你们聊,我先上去。"陆森说。

他说这话时两人已经走到沈植面前,许言说了句"没什么好聊的"就跟陆森一起上台阶,沈植叫他:"许言。"

"嗯——"陆森笑了下,说,"还是聊聊吧。"

陆森说着拿过许言手里的东西:"我先替你带上去。"他看了沈植一眼,没承想对方也在看他,那眼神……谈不上攻击性,但被这么盯着的时候确实很有压力。

陆森回酒店了,许言站在台阶上,比沈植高半个头,但他很快跨下楼梯。因为这个角度看下去,沈植微仰着脸看过来的样子莫名显得温柔。

"别告诉我你也住这个酒店。"许言说。

"不是,"沈植摇摇头,"我没有订酒店。"

许言立刻抬眼看他,睫毛往上扬时眼底被灯光唰地照亮,他半张脸埋在围巾里,只露出一双眼睛。

"随你,"许言说,"这酒店已经订满了,你去别的地方看。"

沈植抿了抿嘴,回应了两个字:"好的。"

"沈植,"许言的手在袖子里握成拳,他冷冷地说,"我说过很多遍了,我们已经没关系了,你到底要干什么?"

沈植的睫毛往下垂了垂,站在那里时像幅安静的画,他很慢地说:"想让你继续做我的朋友。"

许言的心头涌上荒谬感,且不说他从没想过沈植会跟自己说这种话,他连沈植对哪怕任何人说这种话的表情语气都想象不出来。但现在发生了,在自己面前,沈植没必要也不可能勉强说这些,正因为如此,许言才觉得荒唐。

现在说这些有什么用?

"怎么想是你的事，"许言别开眼，"别来打扰我。"

沈植点点头，然后他看向许言，毫无征兆地说："我会证明自己是个合格的朋友，许言。"

这种感觉——许言觉得自己的脑袋和胸口突然被塞进几团乱麻，一下子根本反应不过来，他几乎是下意识地回答："那我现在就拒绝你。"然后扭头跨上台阶回酒店，他觉得自己多一秒都待不下去，太颠覆了。

沈植要证明？怎么证明？像过去的自己一样死皮赖脸、掏心掏肺？那不是沈植做得出来的事。但不管怎样，许言确定自己永远不会变成从前的沈植，永远不会像他一样冷眼旁观对方的好意。因为许言尝过那种感觉，太不好受，所以他不会在沈植身上如法炮制，更不会借此报复，调换地位，反过来让沈植去品尝那种苦楚。

沈植没追上去，他什么都没做，只是站在原地，静静地看着许言的背影。

许言回到房间后匆匆洗了个澡，他原本打算泡温泉的，现在完全没心情。洗完之后他打开电脑，把今天拍的照片导进去，发了一份给后期，接着开始修图。一旦找到事情做，许言很容易投入，这也是他大晚上放着温泉不泡而要在这里修一些根本不需要他动手修的图的原因。

房门被敲响，是陆森，问他："睡了吗？"

"没有，"许言起来开门，"在修图，练练手。"

"你的东西。"陆森把甜品和伴手礼递给他，顿了下，说，"我刚去阳台抽烟，看到他还站在楼下。"

许言一愣，他起身开门前看了眼时间，距离跟沈植说完话已经过去差不多两个小时……沈植还没走？

"外面真的很冷欸，"陆森说，"而且他好像没带行李，看航班时间，估计他下了飞机以后没吃晚饭就过来了。"

许言低着头不说话，陆森耸耸肩："只是如实表述，我回房了，晚安。"

关上门,许言在电脑前站了会儿,走过去拉开阳台门,冰雪冷气迎面扑来,他走到栏杆边俯瞰——酒店门口台阶下,石椅堆满白雪,旁边有盏路灯,沈植就站在路灯旁,像一棵长在寒夜里的树。他原本是看着地面的,此刻,却忽然抬起头来,那道目光顺着楼层往上即将要看向许言的阳台时,许言飞快地退几步,在四目交接之前回到房间——但凭两个人的距离,就算对视上了,其实也未必能看清什么。

许言关了电脑,洗脸刷牙,上床盖好被子,关灯。房间里很安静,能听见外面风吹过的声音,许言闭上眼,脑海里却浮现出沈植的身影,站在楼下石椅边,一地大雪,路灯在他周围投下一轮昏黄的光影。

别想,别想沈植。许言于是尝试想别的,各种事,各种人,乱七八糟什么都想,在脑袋里滚了个遍。最后他打开手机——上床已经快一个小时,竟然毫无睡意。

他从床上坐起来,光脚踩上地板,拉开阳台门,外面好像更冷了。走到栏杆边再望下去,许言在这一刻几乎有点崩溃,是那种很无奈、很焦灼的感觉——沈植还站在那里,连位置都没有变。

许言哑着嗓子狠狠骂了一句,转身回房,从衣架上扯下外套披上,打开房门迈出去。

## Chapter 5

# 漆黑的窗

沈植日记：那么多人给许言送礼物，我这一个小蛋糕，又，算得了什么呢？许言，好想跟你，说说话（独自走在街头，眼泪和雨一起落下）。

刚出房门,碰上正拿着寿司回房间的陆森,他怔了下,问许言:"你也饿了?"

许言摇头:"不是,我下楼一趟。"

陆森见许言这副匆匆的样子,了然一笑道:"我之前跟你说这个酒店满房了,不是在骗你。"

许言这会儿脑子乱得很,他朝电梯走,说了句:"让他来跟你睡。"

陆森特别大度地回答:"可以的,没问题。"

外面确实更冷了,许言出了酒店,脚步顿了下才继续往台阶下走。沈植低着头站在那里,不动,像静止的电影画面。听到声音后他抬起头,许言已经站在他面前,脸色是显而易见的差,但沈植好像没看见似的,只是轻声问:"怎么穿拖鞋就出来了?雪地很滑。"

"衣服也穿得太少了,外面这么冷。"

很多复杂的情绪,诸如无力和烦躁,突然被这几句话堵住。许言看着沈植冻红的鼻尖和脸,心里油然而生一种挫败感,他或许可以狠下心说无数决绝的话,但他确实没办法看沈植受苦——身体上的苦,可能是当了四年"保姆"留下的严重后遗症。

"你到底来这儿干什么?"许言问他。

"就是想到,之前你说想一起去看雪。"沈植说,"所以过来了。"

那是什么时候说的话?许言自己都忘了,只模糊有点印象。他经常在沈植面前叨叨想这样想那样,好像全世界没有一件事是他不想做的。那时他很清楚沈植根本没在听,所以很多话许言自己也是说了就忘，属于独自过嘴瘾。

许言没说话，扭头回酒店，沈植看着他的背影消失后，又低下头去。

到了前台，许言询问是否还有空房，服务员告诉他没有了。但许言没立刻走，还杵在那儿，弄得服务员有点困惑，问还需要什么帮助吗，许言摇了下头，说："麻烦给我房间加一床被子。"

他又走出去，站在台阶上，朝沈植说："上来。"沈植倏然抬头望向他，眼瞳发亮，但许言说完话就已经回身进酒店了。

一路沉默，到了房间，许言从衣架上取下泡温泉用的浴衣，全扔在床上，接着往外走，说："你洗澡。"

沈植一直站在门边没动，见许言要出去，忙问："那么晚了，去哪里？"

他的手太凉了，冰块似的，整个人也被冻得有些僵直，浑身冒寒气。许言不冷不热地开口："去我同事那儿。"

沈植看着他的侧脸，安静几秒，说："我这就走，你别去了，好好睡觉。"

"我找他有事。"许言说。

不饿的许言在陆森房里待了二十分钟，吃了他三只鲷鱼烧、四个手卷，最后要走的时候，陆森问："不带点回去给你……认识的人吃？"

"不了，不关我的事。"许言说，"我回去了，晚安。"

"晚——安——"陆森的语气相当揶揄。

门是掩着的，许言推开，往床上一看，被子已经送到了。再把视线收回来，他看见沈植正坐在小桌前的蒲团上喝水，头发半干，穿着藏蓝色浴衣，修长的手，平直的肩，薄削的下颌线，有种端方高雅的几何美感。

许言关上门，去洗手间刷了个牙。本来打算直接上床睡觉，但微信通话突然响了，又是许年那个烦人精。许言坐到床边，接起来，结果沈植正好问了他一句："要喝水吗？"

许年刚要说话，就听见许言那边传出另一个男声，立马警觉起来:"哥,你房间里有人?"这都快十二点了,之前微信上陆森告诉他大家早收工休息了,怎么许言房间里还有别人在?

许言不知道出于什么心态,回答:"没有。"其实如果说是同事也没什么,但沈植活生生地坐在他房间里,许年又那么恨沈植,许言突然就心虚了。

"不可能,我明明听见他问你要不要喝水。"许年说,"哥,你心虚了,你心虚什么?"

"你找我什么事?"许言岔开话题。

许年这下子哪儿还记得自己找许言要说什么,他兴奋起来:"是吧,你房间里有人,你还不想告诉我,是吧?!"

许言:"……"

"四岁的时候,你背着风筝爬上三楼的阳台要往下飞,我不应该拉着你的。"许言说完,挂了语音。

室内重归于静,许言脱了外套,拉开被子躺进去,闭起眼。很快他感觉光线暗了,沈植关了客厅那边的灯,躺在沙发上,也睡下了。

床头灯被关掉,陷入一片漆黑。许言睁开眼,他知道自己今晚肯定没法太快入睡,于是不再做无谓的挣扎,就这么发着呆,到时候慢慢累了也就睡着了。

过去大概两分钟,沈植动了一下,换了个睡姿,许言原本没在意,还直愣愣地盯着面前那片黑暗看。

"许言,"沈植低声开口,"我只是希望你给我一个机会,一些时间。我不像你,有那么好的性格,有那样的家人,我落后你很多,但我会学的。"

他的语气低沉又认真,许言却只觉得荒诞,他竟然有一天会听到沈植说他性格好——他还以为沈植一直觉得他是个讨人厌的二皮脸来着。

"你不用学,"许言终于说,"我们不可能做朋友了。"他想黑暗果然是有好处的,至少能让人流利地撒谎。

沈植正要说什么,许言又开口:"人总得为自己做的事负责,你之前怎么做的，就要接受结果。

"今天让你进来睡觉没别的意思，你不用多想。我困了，如果你还要说话，麻烦出去。"

他的语气很生硬，过了半晌，许言听见他说："好，我不吵你了。"

寂静的黑暗好像要吃人，这晚许言睡得并不好，他本身就睡眠浅，凌晨时蒙眬中听见沈植抽了声气，他维持着侧躺的姿势，感觉沈植动了动，轻微地嘶着气，又隐忍地咳嗽了几声，大概是晚上在雪地里站太久，感冒了。很快，沈植走到洗手间掩上门，打电话，许言含糊地听见他说了几句话，接着沈植出了洗手间，很轻地打开房门走出去。

没过几分钟，沈植又回来，许言听到拆药片和倒水的声音，他大概弄明白，沈植打电话让酒店送药上来，又怕服务生的敲门声吵到自己睡觉，所以提前站到门外等。

他听见沈植在咳嗽，那声音明明很小的——沈植显然在克制。

过了几分钟，沈植收拾好桌子，洗完手回到茶几旁，把枕头拿起来放到另一边，换了一头躺下睡觉。之后他的呼吸声在很长一段时间里都是不太规律的，时不时闷闷低咳几声，明显没睡着。

冬天夜比昼长，但许言觉得今晚好像完全没有尽头，尤其难熬。他们各自醒着，却没法再像之前一样，没有靠近的可能。

从前许言说想跟沈植一起来这里看雪，那时的他们都没料到会以这样的局面实现。

第二天早上许言九点多醒的，扭头看，沙发上被子叠得整整齐齐——沈植已经走了。许言躺在床上赖了会儿，起来洗漱，今天整个组要换个地方拍摄，但因为没什么实质性工作任务，陆森让大家尽管晚起。

大概是晚上实在睡得不好，所以早上沈植走的时候许言竟然没被吵醒。说不清心里是什么感觉，但许言觉得这样就好，这样最好。

洗漱完出来，许言换衣服，门忽然被轻轻敲了几下。既然没出声，肯定不是服务生，那就是陆森他们。许言边穿衣服边去开门，问："要出发了？我马上就……"

"好"字还没说出来，许言就闭了嘴——站在外面的是沈植。最后许言穿好衣服了，沈植也抬起眼，说："给你买了早饭。"

他眼下有淡淡的青黑，眼底红血丝不少，睫毛往下垂。

"不用。"许言转身回房间，从衣架上拿毛衣。他以为沈植走了，对方却拎着早餐回来，许言有种被否定的感觉——就是那种，你以为到此为止了，正要喘口气，结果突然被捂住嘴巴，对方告诉你："不对，你弄错了，还没有结束。"

简直透不过气。

"我早上出门的时候，吵到你了吗？"沈植关上门，把早餐放在桌上，问。

确实没听到动静，可想而知他动作放得有多轻，毕竟许言睡眠那么浅。许言套上外套，说："没有。"

"但昨天晚上你很吵，"许言冷着脸，"不知道你半夜突然起来干什么，弄得我一晚上没睡好。"

沈植怔了怔，面色有些苍白，但并没有解释，他说："抱歉，害你没休息好。"

许言俯身拎起单反包，抓着手机往外走："房卡我带走了，你走的时候关好门。"他听见沈植轻声叫了句"许言"，但他没迟疑，拉开门走出去。

沈植正拿起一个饭团和一瓶牛奶，想让许言带着，但下一秒门就被关上。他于是站在那里，眼神停留在门后，很久都没动。

一行人到了拍摄地，陆森把拍摄事宜扔一边，带他们滑雪去了。吃过午饭已经是一点多，陆大摄影总算想起拍片的事，但没拍几个小时，天色就昏暗下来，陆森让大家收工后聚餐，说有家酒馆不错。

到了酒馆，一群人开始聊八卦，在这圈子里混，最不缺的就是各种幕后和花边新闻。许言没怎么说话，光听，边喝边笑，不知不觉就开始犯迷糊,陆森问他:"头晕了?"

"一点。"许言说,他沉默了下,问,"我能不能借你的名字用一次?"

陆森挑了下眉:"什么意思?"

"不公开使用,不牵涉任何利益。"许言喝多了还条理清晰,"就是,在别人面前提一下,不会给你带来任何影响。"

"嗯哼。"陆森的指尖在杯口来回摩挲,他说,"可以,我同意了。"

喝了仨小时,过瘾了,几个人慢吞吞走回去。陆森最清醒,一路扶着许言,快到酒店门口时,他跟许言说:"哎,抬头。"

许言听话地抬起头,看见沈植站在昨天那个位置。大概是听到动静,沈植也抬头看过来,接着朝他们这边走。陆森对那几个喝得迷迷瞪瞪往这边看的同事解释:"许言朋友。"

沈植这才朝他们点了下头,说:"我先带许言上去。"

"你怎么还不走?"许言问他。

沈植顿了顿,说:"我跟你一起走。"

许言忽地笑了声,没再说话。

到了房间,沈植帮许言把外套脱了,将他安置在床上,接着去洗手间拿热毛巾。许言皱着眉歪过头:"别弄了。"

"好。"沈植把毛巾挂到一边,问他,"喝点热水吗?"

"不用。"许言抬手遮住眼睛,好像有点烦躁,"怎么这么亮?"

"我困了。"许言拉过被子盖在身上,"我对你现在充满了厌恶。陆森这个朋友比你好太多了!"

外面的风还在吹,很久以后,沈植回答:"好,我明白了。"

许言咬着牙没吭声,他感觉沈植走开时跟跄了一下。

过了好久,许言听到房门轻轻关上的声音,他深吸口气,摸索着打开灯,一侧头,看见床边的桌子上,有一杯冒着热气的水——沈植离开前放的。

正月十二,许年和叶瑄举办婚礼,伴郎团人不少,许言和纪淮是其中之二。一整天过得着急忙慌的，许年对许言说了不下二十次"哥，我好紧张"。

"我知道，袖子都给你抓皱了。"许言把许年的手拿开，"放轻松，我与你同在。"

许年又跟纪淮抒发："呜呜，纪淮哥，看到你比看到我亲哥还安心……"许言闻言回过头，看见纪淮正朝许年淡淡笑着，像年少时期他每次看向许年那样。

所以其实任何感情都有迹可循，只是有的人永远都不会知道了。

婚礼开始，许言和纪淮一人给许年一个拥抱，看他走上漂亮的礼台。陆森正拿着相机站在台下，对视间朝许言挥了下手，许言也举起手向他摆了摆。

交换对戒时，新郎这边的戒指原本该是许言上去送的，但纪淮突然问："能让我去吗？"

许言一下子没反应过来，纪淮笑着说："我上去可以吗？"

许言把戒指盒交到他手里，说："当然可以，年年都说了看见你比看见亲哥还安心。"

纪淮接过戒指，走上台，许年眼眶已经红了，许言怀疑他弟下一秒就能当众啜泣起来。纪淮拍拍许年的肩，把戒指递给他，许年回头，张了张嘴，许言看出他朝纪淮叫了声"哥"。

他们穿着礼服站在台上，许年接过戒指，为叶瑄戴上，而纪淮转身下台。

纪淮笑着说："我知足。"

故事总会有结局，喜的悲的，但故事里的人——记忆扎根在脑海里，浮沉漂游，即使无法预估那些回忆终将占据人生的几分之几。

婚礼流程结束，许言和纪淮去席间吃饭，陆森也坐下了。许言在中间介绍："陆森，TIDE 摄影师，我上司。"

"纪淮，我从小一起玩到大的哥们儿。"

"你好，"陆森朝纪淮伸手，"刚在走廊里听到你打电话，是在 L

城工作？"

"嗯。"纪淮礼貌地跟他握了一下手，很快松开。

陆森点头笑笑："发音很好听。"

将近深夜十二点，婚宴才算结束，几个伴郎因为挡酒纷纷喝醉，许年也没清醒到哪儿去，左手搂着许言，右手揽着纪淮，三个人歪靠在桌子旁。许年一个劲傻乐，跟坐在椅子上的叶瑄说："都是我亲哥！"

穿婚纱的叶瑄托着下巴垂眼看他，笑道："我知道，你说过很多次了。"

"纪淮哥最好！许言是大傻瓜！"许年大喊。

许言懒得搭理他，纪淮转过头，笑着对许年说："小年，新婚快乐，谢谢你让我当伴郎。"

不是每个人都能好运到所有感情都有回应，念念不忘未必会有回响。有人被命运愚弄又独自释怀，有人心死于长久的冻河，有人笑着说"新婚快乐"，有人得来一句迟到的"我爱你"。

不幸又侥幸。

陆森摸起相机，对着地上一塌糊涂的仨人，拍了张照。

宾客散去，许燊和方蕙也回了家。酒店门口，许年勾着许言的脖子，在他耳边嘀嘀咕咕，许言自己都头晕眼花，茫然问："什么？"

"哥……上次你出差，我给你打电话……你房间里的人，到底是谁呀？"

许言一言难尽地看着他。

"我听到他问你要不要喝水……当时……没听出来，后来，我想了想……"许年咂咂嘴，"那好像是沈植的声音。"

"是沈植吗？"许年问。

许言沉默了会儿："是。"

"他去找你了……他找你很多次了吧……"许年又凑近一点，非常小声地问，"哥，你要坚定自己的想法啊。"

许言没说话，许年嘟囔："他真的不适合做你的朋友，他以前对你一点都不好……而且，我跟你说，我有朋友告诉我，沈植现在在公司里被他爸……架空了，没实权了，真惨，也不知道是有什么家庭矛盾……"

"你俩干吗呢？"陆森转过身来，"司机到了。"

把许年和叶瑄送上车，许言站在原地，他醉醺醺的，只记得许年说沈植在公司里被架空了——为什么？他知道沈植父母严格强硬，也知道沈植曾经因为搬出去住跟家里闹矛盾，但毕竟是一家人，为什么会出现这种情况？

纪淮的司机到了，许言把他扶上车，正要关车门，一只手伸过来拦住，纪淮侧头抬眼，陆森站在车门外，懒懒朝他笑："你东西掉了。"纪淮没说话，表情淡淡地看着他。陆森俯过身来，将手里那朵白玫瑰别在纪淮的西服口袋上——是伴郎的胸花。

"你的白玫瑰。"别好后，陆森拨弄了一下花瓣，直起身，笑着说，"拜拜。"

纪淮慢慢看向他："谢谢。"

车子开走，陆森回头准备喊许言上车，送他回家，结果见许言正望着某个方向。陆森顺着他的目光看过去，果然看见不远处花坛边停了辆车，车边站着一个人。

沈植朝许言走来，一步步靠近，沈植的指尖无意识蜷缩着，等走到许言面前，沈植的喉结动了动，看着他，说："许年结婚了。"陈述不像陈述，询问不像询问，更像是不知道说什么会合适一些，于是只能这样开场。

"嗯。"

沈植的睫毛很长，因为精神不好而垂下来的时候，阴影会把瞳孔遮住，看不清。他脱下自己的外套给许言披上，说："我送你回家。"

"你不累吗？"许言突然问他。

不累吗？之前在O城自己直接说了厌恶他，许言以为那对沈植来说是莫大的打击，足够让他死心，可为什么没有？以至于许言现在再见到沈植,都替他觉得累,觉得辛苦,觉得备受煎熬。

沈植怔了下,别开眼:"不累,你以前都没觉得累。"

过去几年他对许言那样坏、那样冷漠,许言都没一句怨言,他凭什么说累?

"我说过,我会证明的。"沈植低声说。

"但是我已经不想做你的朋友了,即使我相信你是真心拿我当朋友。"许言漠然抬眼,"浪费时间而已。"

沈植后背一僵,很快垂下眼,回身去开副驾驶座的车门,他站在那里,露出一道侧脸,看起来缄默又消沉,像是在回避这句话。

"上车吧,许言。"他的嗓音有点哑,"让我送你回家。"

车开得很慢,许言头有点晕,靠在椅背上,安静了会儿,问:"你现在在公司里出了什么状况?"

沈植的表情很沉静,打了圈方向盘:"我准备离开公司了。"

许言睁开眼,看着他的侧脸:"为什么?"

"不为什么。"沈植回答,"很早就这样想了。"

多余的话没必要说,比如这段时间以来——或者说,从许言离开以来,家庭中不断涌现的种种矛盾。沈植一开始也以为是许言导致自己产生情绪问题,但后来发现并非如此,那些矛盾明明从他出生起就注定存在。

母亲完美主义,控制欲极强,父亲严苛强势,上位者姿态,精英式的家庭教育确实造就了他理性冷静的性格,然而同样也使他变得偏执、自闭、冷漠。前二十年,沈植一直按照既定轨道行驶前进,可许言的出现就像一颗横空飞来的弹珠,嵌进了致命部件,使沈植脱离了父母期望,驶入他们眼中"脱轨"的方向。

过年之前,他住院,得知孟愉婉去找许言后沈植给她打了电话,让她别再去打扰许言。

"只是想让你听听,他现在是什么态度,也好让你想清楚,当发现你没有利用价值的时候，就会一脚把你踹开的人，留在身边值不值得。"电话里，孟愉婉这样告诉他。

沈植问："许言有没有利用我，我自己都不知道，你凭什么替我下定论？"

"沈植，作为公司的管理者，你搞得清楚你现在的重心应该放在哪里吗？你是不是觉得你是我们的儿子，就可以高枕无忧了？"

"我从来没觉得高枕无忧。"沈植透过窗户望着远处的落日，突然想起有次傍晚，他站在二楼阳台，许言在花园里拍照片，抬起头冲他笑，说夕阳真漂亮，不拍下来可惜了……沈植这么想着，蓦地笑了下，说，"也没觉得我是你们的儿子。"

孟愉婉直接挂断电话，沈植知道她是气急了。

他们家从没爆发过任何激烈的争吵，争吵在沈洺和孟愉婉看来是十分失败且无能的，他们认为争执的出现代表着有人没做到完美，而这恰恰是他们所不能接受的。沈植一直在命令式、压迫式的环境中成长，他也曾以为这是解决问题的最好方式。

最终他是从许言身上学到——有时候人应该遵从自己内心的真实感受。

他的家庭没有教会他如何敞开心扉和别人相处，是许言一直努力地为他解疑，弥补他人生中的每一块空白。许言询问他、尊重他、包容他。

新年开工后，沈洺开始频繁出现在公司，并迅速提拔了几个职业经理，在业务与管理上瓜分沈植的权力，以逼迫他产生危机感，服软认错。但沈植始终没有任何表态，工作一如往常，只有助理知道，沈植正在准备各种交接文件——他已经做好决定了。

"那你以后有什么打算？"许言问。

沈植沉默地开着车，没回答，他还是想读法律。当初放弃，是因为自己不够独立而对父母做出的妥协，算不上勉强为难。可到头来沈植意识到，无论起始原因是什么，一旦他走入既定轨道，就注定了无法摆脱。

但如果那时他没有进公司，而是顶着压力读法律，会不会早就和许言分道扬镳了？沈植不能确定。人总在选择过后频频回首，不断设想假如自己选的是另一条路，结局是否会有所不同，可其实没意义，时光不会为任何人倒流，给予重来的机会。

许言从不知道他想学法律，如果这个时候说出来……沈植怕许言猜到自己进公司的原因，他怕许言心里不好受。

沈植其实期待许言能够理解他，这意味着许言还在乎，可他不想让许言有任何负担，更怕许言根本不领情，所以还是算了。

见他不说话，许言揉揉额角："汤韵妍跟我说过，说你小时候被管得很严。以前总觉得没立场，你可能也不爱听，现在反而可以说了。

"反正你做什么都能做好，就尽量让自己开心点，虽然也不知道到底什么会让你开心。"

这么多年都没弄清怎样才能让沈植开心，许言都不知道该说自己失败，还是干脆怀疑沈植是个 AI（指人工智能）。

好像过了很久，沈植一直安静开车，许言昏昏欲睡，却突然听到他说："你让我开心。"

许言缓缓睁大眼睛，视线渐渐聚焦在眼前的挂件上——那只史努比，除夕夜里被他扔进花坛的史努比。他上车后一直没注意，现在才发现，史努比摇摇晃晃的，一闪一闪地亮。

"当你在我身边的时候，我最快乐。"车在斑马线前停下，沈植看着鲜明的红灯，低声地说。

他感情迟钝，性格冷漠，身处其中时没有察觉，或是被芥蒂蒙蔽，一直抗拒承认。可无论什么时候回忆起来，许言陪在自己身边的时候，都是他最快乐、最轻松的日子，毋庸置疑。

垂在身侧的手被碰了一下，许言扭头，见沈植还是看着前方，可能是车里暖气开得足，沈植的手竟然没有那么凉了。他坚持说："许言，我还是想问你要一个机会。"

"如果……"他似乎有些不愿回想O城那晚的场景,蹙着眉停顿了一下,才继续说,"如果你还没有放弃我。

"给我一个可以继续做你朋友的机会,其他的,无论怎样,都不要紧。"

伤害也好,痛楚也好,甚至是报复也好,沈植没想躲,没想逃,他能受着,也该受着。许言把一切都尝过了,自己只有不计年月地加倍咽下去,才算勉强挨着那条名为"扯平"的线,才有资格问许言要一句原谅。

红灯进入倒计时十秒。

许言看着沈植的眼睛。

八秒。

许言看着他的鼻梁。

六秒。

许言看着他的嘴唇。

四秒。

许言看着他的下颌。

两秒。

许言低头看了看自己的手。

绿灯亮起。

许言回道:"好好开车。"

沈植的睫毛动了动,发动车子。

许言仍然盯着摇摆不停的史努比吊坠,在O城那晚,他用那样拙劣的手段逼退沈植,他们本该就这样结束,永久地擦肩而过,然而沈植却固执地再次回过头,走向他,问他要机会,还要继续做朋友。

但那又怎样?

沈植说许言让他开心,却反过来不断地给予许言冷漠,让他痛苦。他说那四年他最快乐,可许言从没在他身上感受到快乐,并为此忧心忡忡、如履薄冰。这种说辞换过去的许言听了说不定要大笑欢呼,现在只觉得讽刺,无可奈何。

他倦怠地捏捏鼻梁,疲于回应,干脆换话题:"收到李子悠的结婚请柬了吗?"

没得到确切答复,沈植垂了垂眼,但还是回答:"收到了。你会去吗?"

"会。"许言说。他和李子悠虽然有联系,但从不涉及私人感情,许言不知道她现在的男朋友是谁,收到请柬时还有些担心,点开后看到新郎不是邱皓,他莫名地松了口气。

许言始终觉得邱皓那样的人,实在配不上李子悠。他不知道是不是自己当初那封匿名邮件起了作用,不知道李子悠和邱皓是不是因此分手的,但许言不后悔,至少他于心无愧。

"我们能一起去吗?"沈植问,"我来接你。"

许言侧头看向窗外,一盏盏路灯飞驰而过,午夜的街道寂静无人,挤满一地斑驳的树影。

"不用。"几秒后,许言回答。


三月,许言跟陆森又去另外一个国家出了趟差,回来后他调休了三天假,顺便参加李子悠的婚礼。

婚礼那天,许言很早出门,去公司拿了点东西,接着回父母家吃早饭休息,之后家里的司机送他去高铁站,许言临时买票上动车。

到婚礼场地时是中午,来宾里有不少大学的熟人。李子悠穿着礼服,一见到许言就上来拥抱他,因为抱的时间过长,新郎表示吃醋。

"许言,真的很高兴你能来。"李子悠眼睛亮亮地看着他。

许言有点摸不着头脑,笑了下,说:"当然要来。"

"沈植呢,没跟你一起吗?"

他点了下头:"没一起来。"

"也是,现在你们都不在一个地方了。你怎么突然搬走了,然后那个谁来着,去问了沈植,沈植还让我们别去打扰你。"

"嗯。"许言淡淡笑,应得含糊。

他去了位子上坐下,侧头看了眼,旁边的椅子上贴着沈植的名字。坐了没一分钟,手机响了,许言接起来:"喂?"

沈植一听电话里传来的喧闹声就明白了,但还是问:"你已经到了吗?"

"是。"

"好,我开车了,待会儿见。"

电话挂断了,沈植看了一眼许言的家门,转身走向电梯,手里还拿着一袋已经凉了的早餐——在门口等了太久,早饭凉掉了也是没办法的事。

沈植到的时候午餐已经开始半个多小时,许言靠在长桌旁跟大学同学聊天,沈植走到身边时他只是抬头看了眼。边上有人问沈植怎么这么晚才来,沈植回答:"有点事。"

吃过午饭,又喝了会儿酒,婚礼正式开始。下午出席露天婚礼的大多是新郎新娘的朋友同学,没什么长辈,气氛轻松。李子悠抛捧花的时候大家都挤在前头,许言看他们觉得好玩,嘴角带着笑,他鼓完掌往椅背靠时下意识侧头看了眼,正好沈植也一直在看他。

许言有点不自然地别开视线,从头到脚都感到不习惯。

"林绵怎么样了?"许言拿起酒杯喝了口,有点突然地问。

"申请了学校,准备出国读博。"沈植说,"她父母被跳楼的事吓坏了,没再强迫她,但林绵自己想去国外留学。"

许言点头:"和她男朋友彻底分手了?"

"嗯。"

"也好,"许言说,"该努力的都努力了,虽然惨烈了点,至少不遗憾。"

沈植正要开口,那边突然一阵欢呼尖叫,一束捧花从人群里飞出来,长长的丝带在空中打着旋飘扬——李子悠抛得太用力,捧花飞得高，竟然一个人都没接着，反而是坐在椅子上的许言莫名其妙被花砸了满怀，手上的酒都晃洒了半杯。

众人回过身，见是许言接住了捧花。

许言一时间有种看热闹看到自己头上的感觉，骑虎难下十分尴尬，再加上喝了点酒，脑袋转得不够快，不知道该怎么应对。他正准备笑一下算了，沈植却带着许言站起来，拿过他手里的酒杯放在椅子上，抬头看着李子悠，不动声色地推锅："子悠，你和新郎好像都还没亲。"

不等李子悠回答，沈植继续说："许言喝醉了，太阳晒着有点晕，我带他去休息会儿，你们继续玩。"

他拉住许言的手腕往大厅走，许言拿着捧花跌撞几步，跟在他身后。两人拉扯着一前一后⋯⋯

两人从阳光踏进树荫，沈植没带许言回大厅，而是在一棵树下站定。三月开春，天气有回暖的趋势，阳光舒服得不像话，不远处传来嬉笑声，这么站着就很惬意。

许言抬头，发现沈植在看那束捧花，表情有点出神。

"怎么，想结婚了？"许言随口问。他不觉得自己有多了解沈植，但莫名其妙地，这一刻他有种沈植就是在想这件事的预感——虽然肯定不是，所以许言一出口就后悔了。

沈植愣了下，抬眼看他，他拿着捧花，和沈植面对面站在大树下，碧草茵茵，午后阳光温暖。

"许言，我是不是很糟糕？"沈植看着他很久，突然问。

他的表情认真，不是开玩笑也不是装委屈。许言的舌尖抵在牙齿上，想敷衍一句"我怎么知道，关我什么事"，但没成功。

许言回答："对，糟糕透了。"

糟糕透了，以至于许言回想起以前的自己就油然而生一种自我敬佩——他是如何陷进了不见底的深渊，盲目徘徊四年之久，这是个谜。

婚礼场地那边开始放抒情音乐，大概是到了需要走心的程序。许言侧头去看，风刮过耳边，有点冷，他听见沈植说："我这么糟糕，你愿意和我做朋友……那么久。"

许言其实有点愣,但他维持着扭头看人群的姿势,喉结动了动,看似漫不经心地说:"对,不过都是以前了。"

他没办法说出"算了,都过去了"这种话,过不去,快乐的记忆少得可怜,回忆起来都是冷的、沉默的、孤单寂静的。像一支火把在冰天雪地里燃烧,没尽头,只独自消耗着,一年又一年,等到最后一簇黑烟熄灭,他们就收获一个不坏不好的结果。

但许言离开的时候决绝干脆,也深知那把火并没有烧完,所以他不想见沈植,不想跟他说话,不想和他有牵连。就当是跳了个崖,许言迈得奋不顾身,是死是活自己兜着,总好过灰溜溜地离开,至于沈植在身后是什么反应,那已经和他无关。

可偏偏,沈植不肯松手,要他悬挂在崖边进退两难。再爬上去重蹈覆辙是不可能的,但沈植又不让他痛痛快快地往下落,把两个人都弄得狼狈又疲惫。

没人再说话,风吹得树叶簌簌响,音乐声突然被调大了点,他们终于听清这首歌唱的是什么。

> ……
> 许多事情都有选择
> 只是往往事后我才懂得
> 情绪很烦,说话很冲
> 人和人的沟通
> 有时候没有用
> 也许只有你懂得我
> 所以你没逃脱
> ……

好好的婚礼为什么要放这种悲情歌?许言眨了一下眼,不再看沈植，拿着捧花走回场地。

下午和朋友闹够了，傍晚，李子悠收拾过后，端庄地回了酒店，正正经经举行婚礼。许言和沈植还有其他大学同学坐一桌，因为晚上要坐高铁回家，许言没碰酒。沈植也没碰，两人面前各放着一杯红酒，从头至尾没动一滴。

结束后，李子悠跟着新郎敬过长辈，又一个人拖着婚纱来到许言这桌。其余人都起身跟熟人聊天去了，许言和沈植坐在位子上，见李子悠来了，两人拿起酒杯。

三人碰了杯，许言和沈植抿了口酒，李子悠一个人灌了半杯下去，接着她放下酒杯，很严肃地看着许言。

"许言，一直想当面跟你说一声谢谢。"

许言："嗯？"

李子悠轻声说："那封邮件，是你发给我的，对吧？"

许言一怔，有些恍然地笑笑，没说话。李子悠又说："我收到邮件以后，想了又想，那天晚上，好像一直是你拦着不让我喝酒，我就觉得可能是你。

"后来我直接去问邱皓了，问他是不是那么想的，是不是想把我弄醉？"

一直没说话的沈植微皱起眉，突然问："什么时候的事？"

"大三啊，你过生日那天晚上。"李子悠说，"邱皓一开始还狡辩，之后就承认了，他那晚还故意让许言拿身份证帮他开房间来着。"

沈植定定地看着她，心头涌起不知名的预感，很强烈，他托着高脚杯的手指僵紧地绷起，指关节把皮肤顶出没有血色的白。

"我让他给我看手机，翻了他跟他朋友的聊天记录，才发现他竟然还给我下药。后来听说他在国外又干了这种事，被抓进监狱了，真是报应。"

"恶心。"许言心里一阵恶寒，他问李子悠，"你那天晚上后来怎么样了？"

"倒是没怎么样,我跟室友回去之后就洗漱睡觉了,没什么反应,下了药的酒我应该没喝到。"李子悠想起什么似的,问沈植,"沈植,后来你有没有听说有谁不舒服?"

她话还没说完,"砰"的一声,许言回过头,看见沈植的酒杯在桌沿磕了一下,直直落在地毯上,一声闷响。杯里的红酒很快流干净,在地毯上洇开,晕出一圈深色的痕迹。

沈植明显不是这么不小心、连酒杯都拿不稳的人,许言有些诧异地抬起头——灯光下,视线里,是一张极度失神、苍白无色的脸。

"怎么了?"李子悠诧异地问。

许言没说话,目光随着沈植起身的动作往上。沈植几乎有些趔趄,手按在桌边:"我出去一下。"

他说这句话的时候眼神很空,不知道看的是哪里,但明显在躲避许言的视线,好像不敢和他对看。许言盯着他僵直的背影,片刻,俯身把酒杯捡起来放回桌上,对李子悠说:"我去看看。"李子悠点点头,许言站起来跟着走出去。

"沈植?"走廊安静,脚踩在地毯上没声音,许言叫了一声。

沈植停住脚步,没回头。

"你怎么了?"许言站在他身后两米之外,问他。

仍然没回应,太不对劲了,许言走过去:"你有急事?"

他才往前走了三四步,沈植突然伸手去推旁边的包厢门,迈了一步踏进去。

整个人被黑暗包裹的瞬间,沈植突然懂了,因为有些东西太难以面对,发生的时候,只想把自己藏起来,藏得严实一点,再严实一点。

比如迟到将近五年的真相。

光线放大,是许言推门进来。包厢里很黑,借着走廊那点光亮,许言看见沈植正低头站在一张桌边。

门关上,两人在黑暗里沉默,过了一会儿,许言问:"那杯酒是你喝了，对吗？"他只是突然联想到沈植那晚的状态，如果仅仅是喝醉，沈植不可能那么难受。

但抛却这些，许言其实是松了口气的，从沈植的反应来看，药量不是很大，而当时在他身边的是自己，许言还是庆幸那晚扶沈植去房间的不是别人。

就像他说的，他没后悔过跟沈植做朋友。

他等了很久，没等到沈植的"对"，却等来了一句"对不起"。

"对不起。"沈植的声音轻微发抖。

许言怔了下，随后他感觉有一块重物猛地砸上心头，同时又好像一脚踏空，整个人陷入失重。呆立半晌，他哑着嗓子问："你说对不起是什么意思，你觉得是我下的药？"

他突如其来迫切地需要倚靠些什么，以维持站定的姿势。

许言听见沈植错乱的呼吸，也听见他的声音颤抖得更厉害："是。对不起。"

黑暗化成有重量的实体，从四面八方密不透风地压过来，许言猛地眩晕两秒，喉咙里涌上一阵恶心。他抬手按住身旁的墙壁，有些茫然地喘了几口气，模糊回忆起那年他和沈植的对话。

——为什么这么做？

——我不是故意的。

——所以你就……许言，你非要把事情搞成这样。

——所以我说对不起，很抱歉，这件事怪我。

他一直以为沈植质问的是灌酒那件事，却怎么也想不到，原来沈植说的是一杯被下了药的酒。

他们一个问得隐晦，一个答得干脆，以至于让这个荒唐的误会横亘在双方之间，整整四年多，而自己毫不知情。

可沈植呢？他明明都那样以为了，为什么还会说要试试？

"你觉得是我给你下药，"许言勉强直起身，看着面前那个熟悉的轮廓，问，"为什么还说我们可以试试做朋友？"

事已至此，一切都很明了，不用沈植回答许言就能猜到，毕竟除此之外没有更合理的答案。

沈植立在原地没有开口，像是说不出话，许言蓦地低笑一声："你报复我啊？"

所以很多事情都有解释了，为什么沈植对自己冷漠、忽视、毫不在意，为什么自己百般讨好，都换不来他的一个笑。

因为从始至终，自己在他眼里就是个暗地下药的卑劣小人，不值得给任何好脸色。

原来是这样……竟然是这样。

他不久前还在为知道邱皓给李子悠下药而感到恶心，不承想自己在沈植眼里一直就是类似的存在。

"不是，"沈植的嗓音喑哑，"我没那么想过。"他自己都无法澄清那时的想法，混乱、犹豫、试探……唯独没有报复心。如果是为了报复，他根本不可能和许言做朋友，他当时只是不希望许言从自己的生活里彻底消失，他只是没来得及想清楚……这件事原本就是无解的。

"行了。"许言抬手捂住脸，双肩发抖地笑起来——他真的觉得很好笑，"什么性格问题，你不过就是为了那杯酒在报复我而已。"

"许言……"

"你说试试，那么我问你，"许言抬起头，慢慢地说，"试的结果你还满意吗？看我没尊严地为你鞍前马后四年，就差跪在你面前了，你满意了吗？"

"许言……"沈植痛苦得声音近乎嘶哑，"求你别这么说……"

"恶不恶心啊，沈植？"许言望着他，虽然看不清，可那张脸他多熟悉，不用开灯就能描摹得一丝不差，他问，"跟我一起吃饭，你是不是一直感觉恶心透了啊？是不是觉得我跟阴沟里的虫子一样又脏又可怜？你每次看着我的时候，想到我给你下药，不会想吐吗？"

"一定很想吧？"他又笑起来，眼里却滚出大滴大滴的泪，"不然你也不可能那么对我。"

他看见沈植朝自己走了几步，又站定，几秒过后哽咽着说："许言，我从来没那么想过，是我误会你了，对不起，对不起……"

　　有生之年竟然能看到沈植哭，许言抹了一下眼睛，嘲讽地问："你哭什么？你有什么好哭的？该哭的人是我。"

　　"我把你当朋友，结果在你眼里，我就是那种东西。"许言终于忍不住泄出哭腔，"你误会我，没关系，是我倒霉，我认了。

　　"可你为什么还说要跟我试试，为什么要拿这个报复我？四年，整整四年！我想破脑袋都不明白你为什么要这么做！你到底有没有拿我当人？！

　　"因为你觉得是我给你下了药，所以就把我当垃圾是吗！"许言哭着，失控地嘶声问他，"到头来你又说你其实把我当朋友，你是不是觉得自己很伟大，是不是觉得你在宽恕我，我是不是该给你磕头感谢你啊？！"

　　没有边缘，没有临界点，许言已经完全站在崩溃的中心，他不曾预料会走到这样难看的地步。他宁愿沈植冷漠到底，也不能接受原来自己的真心在对方眼里从一开始就是龌龊的、丑陋的。

　　"许言……"沈植走过来，"对不起，是我的错。"

　　许言却不说话了，浑身哆嗦着。沈植按住他的背，不断地道歉："我错了，对不起，对不起。"

　　他终于站不住，两腿一软往下跌，好像哪里疼得厉害，哭着说："沈植，你别玩我了……"

　　沈植陪他一起跪坐在地上，再说不出一句话。许言通过蒙眬泪眼望着无法看清的天花板，呜咽间全是颤抖的抽气。过去几年的记忆像走马灯，在眼前急速掠过，遗憾的、亏欠的、懊悔的，一瞬间都飞驰消逝。许言想，可能今天才是真正的结束。

　　他之前只是累，只是不想再继续，此刻却是彻底死了一次——他原来一直被误解，被当成不择手段的无耻小人，而他为之努力了四年，说不定根本就是起源于一场不清不楚的报复。

"我那天……"许言突然虚弱且平静地开口,"我那天不应该出校门的。"

那天晚上他不应该出校门的,如果没去吃那顿烧烤,就不会遇见沈植了。

沈植听出他声音里的悔意,心头猛跳,哭腔里语气慌乱:"许言。"

许言冷静地说:"我后悔了。

"沈植,这么些年,你不就是仗着我容忍你吗?"

许言终于能把这句话说出口,他以前觉得这句话很贱,说出来一定很痛快,原来并不是。被容忍的有恃无恐,踩着另一方的卑微和真诚任性无情,偏偏还总有人期待是不是能得到一点点回馈,然而回过头才发现那只是一场不堪的内耗。

在这之前,许言真的几乎就要心软,真的犹豫过是不是可以和沈植做朋友,所幸——李子悠还了他清白,沈植给了他真相,让他不至于继续受误解,也终于能够完整脱离,从此一秒都不用再纠结。

许言站起身,他俯视着沈植,像是在俯视自己这七年的时光,现在看来也不过如此。

"我们完了。"他慢慢擦干眼泪,如果沈植能看清,会发现许言的脸上带着些怜悯,"沈植,我建议你去看医生,你心理有病,你真可怜。"

他拉开门头也不回地走出去,将沈植只身一人留在黑暗里。沈植维持着跪地的姿势,他抬手遮住眼睛,然而挡不住从指缝往外流的泪,也没有勇气追出去——他深知自己百口莫辩,无论给出怎样的理由,许言都不可能再回头。

从他误解许言的那一刻起,从他开口说试试起,一切就已经奔赴向错误的终点。沈植可以发一千次誓证明自己不是因为报复才跟许言做朋友,但永远无法否认,自己多年来的冷漠、拧巴、别扭,不仅是因为性格,更或多或少的,确确实实源自那杯酒。

他迈不过那道由误会堆砌的高坎。许言是多堂堂正正善良坚定的人,可自己却站在受害者的立场上反向成为加害者,让那样的许言受尽折磨和委屈。

五月，锦耀集团总部会议室，高层们全数出席，但作为CEO（首席执行官）的沈植这几个月以来都被安排坐在离沈洺最远的位置。其他人早已从一开始的惊诧到如今的见惯不怪，谁都看出来沈董事长是在警告敲打沈植，只是没人猜得出这条战线为什么会拉得那么长。

但其实也很好猜，因为沈植对此始终漠不关心，工作一如既往，并不在乎自己手上的权力被分走多少。

沈洺正在听副总阐述项目战略，谈及任务分配，沈洺的食指在会议桌上轻叩两声："交给李经理和方经理负责，定期向我汇报情况，其余的让沈植配合执行。"

这句话对沈植的权力降级太明显，众人面上不露声色，暗地里纷纷试图观察沈植的表情。沈洺倒是头也没回，看着大屏幕，有意把难堪留给沈植。

沈植看完战略书最后一页，合上，平静道："这个项目至少需要一年时间，我不适合参与。"

会议室一时间寂静无声，沈洺转过椅子，隔着会议桌盯住沈植，开口："不适合的理由是什么？"

"理由是，我要离职了。"

一阵极轻的哗然，所有人朝他投去诧异的目光。

"下午我会递交辞呈，相关工作资料和交接文件已经全部整理好。"沈植站起身，扣好西服纽扣，"鉴于我即将离开公司，为避免公司重要信息外泄，之后的会议我将不再参与。"

他说完就拿了笔记本和平板电脑要往外走，沈洺沉声问他："你觉得自己能说辞就辞？"

沈植站定，和他对视："关于我持有的股份，转让协议已经拟好，下周董事会上我会向各位董事汇报。"

再没人出声，沈植拉开门走出会议室，剩下高层们在沈洺肃冷的脸色中谨慎地面面相觑。谁都没想到沈植头这么铁，开口就是辞职，连股份都不打算要，甚至没人敢怀疑他是不是在反威胁沈洺，因为这么做的风险太大，弄不好就是职股两空，沈植是来真的。

回到办公室半小时后，助理敲门进来："沈董让您过去一趟。"

沈植把桌上几本摊开的法律专业书合起摞好，披上外套："告诉他，我没空。"

"您要出去？"

"嗯。"沈植垂着眼，慢慢戴上手表。

去机场的路上，车里坐着四个男的——许言、许年、纪淮、陆森，后三者分别是许言的家人代表、朋友代表、同事代表。

纪淮原本过完年就要去L城，但公司在国内的分部出了问题，临时把他调了过去，一直到现在。大概再有一个月，纪淮处理完这边的事，就准备回L城。

许言决定去P城前，回家跟父母好好商量了一次，方蕙虽然舍不得，但既然是许言喜欢的工作，对他未来发展也有帮助，她还是表示支持。许燊没说什么，事关事业，没有阻拦的道理，只让许言在外面好好照顾自己。

方蕙和许燊没来机场送他，出发前方蕙就忍不住哭了，许言安慰她很久，方蕙摆摆手说："我不送你了，在机场哭起来更不好看，你去吧，路上小心。"

"P城跟L城来回其实还算方便，等纪淮哥回L城了，你俩就能经常聚聚。"许年开着车说。

陆森笑笑："拍景得全世界到处跑，许言真待在P城的时间估计不多。"他说完转头去看许言，但许言只是靠在椅背上盯着窗外。陆森想起两个多月前，许言在三天休假之后又向他请了一天的假，再回到公司，整个人看起来都没精神，进他办公室的第一句话是："我考虑清楚了，我去P城。"

他没深究许言决心出国的原因，原因不重要，重要的永远是决定,是结果。

许年:"哥那你有考虑做代购吗?利用一下职务之便。"

"我考虑去找全世界最厉害的杀手,把我弟宰了。"许言把视线从窗外移回来。

"哇,你这都要上飞机了还这么狠毒,趁我们还面对面的时候对我好一点吧。"

值完机,许言正正经经跟三人告别,许年抱着他不撒手:"哥,你才回家没半年,又要走了。"

"你不会哭了吧?"许言摸摸他的头,在他耳边轻声说,"傻瓜,太丢人了你。"

许年立刻红着眼直起身,瞪他,许言又笑着掐了一下他的脸:"行了,一两年的事,很快的。"

纪淮伸手抱了抱许言:"路上小心,飞机上睡一觉,我回L城了就去找你。"

"行。"许言说。

陆森在他肩上拍拍:"许大摄影,好好拍照。"

许言笑着跟他对了一下拳:"一定努力。"

告别结束,许言朝他们挥挥手,准备往海关走,却在扭头的一瞬间,隔着来往匆匆的人流,看见那个站在大厅落地窗前的人。

他们只对视了一秒,但这一秒被拆分成无数碎片,变得缓慢寂静。过往种种拉成长长的一道线,终点停留在两个多月前的那晚。许言忘了自己是怎么跟李子悠道别的,下楼,打车,坐高铁,回家。他只是出乎意料地平静有条理,洗漱完上床睡觉,最后却又好像想起了什么,他在深夜打开灯,去了书房,开电脑,找到一个名为"SZ"的文件夹,选中,点击鼠标右键,按下删除。

文件夹在回收站里也被消除的那刻,许言忽然抱着头蹲在书桌前失声痛哭,分不清到底是从心里拔出了陈年利刃,还是又插进了一把新的。沈植给过他太多痛苦,唯有这次让他真的看见血淋淋一片。崩溃的同时也解脱了,他总算能痛痛快快坠死在崖底,不用再为此耗费情绪。

他必须重新开始,追求完完整整属于自己的、没有任何误解与隔阂的——最重要的是,没有沈植的、彻底脱离过去的人生。

机场的播报声与嘈杂人声再次涌入耳中,时间恢复原有速度,他们就那样短暂地相视而过,许言转身,迈动脚步。

沈植站在那里,遥遥看着许言的背影,他们两个多月没有见面,没有对话,一直到这一刻,沈植才接受所有现实——他将无限期地失去许言,连同那错过的四年,都翻篇了,结束了。

结束代表着,以后或许不会再见,记忆里相处的细节一点点模糊,最后各自过上崭新的生活,余生数十年。偶尔梦见旧年往事,像深秋落叶,飘在地上没有重量,却切切实实让人感到悲伤,醒来后也无处可说。在遗憾里往前走,或者永远停留。

不过就是这样,也只能这样。

可沈植无法说再见,说不出口。他看着许言的身影彻底消失,看许年他们并肩走出大厅,他又看了很久,不知道在看什么,熙熙攘攘,有人离开,有人回来。

后来的很长一段时间,好几年,沈植总梦见类似的场景,梦见许言隔着很远的距离和很多的人,平静地看了他一眼,像在看千万个陌生人中的一个。有恢宏的夕阳余晖,金黄色,不知从哪个方向来的,照在许言身上,把他整个人笼住,像颗琥珀。耳边安安静静,心头满是愧憾,沈植张了张嘴,想说一声"再见",但出声之后,他听到自己说的其实是"对不起"。

忘记过了多久,沈植开车离开机场,半路上,一架白色客机呼啸着划过长空。沈植在路边停下车,抬头,透过风挡玻璃向上望。史努比吊坠摇摇晃晃,好像不是挂在车里,而是钩住了飞机尾翼,要随它一起去远方。

五月碧空如洗,许言乘着那朵巨大的轰鸣的云,飞向属于他的永不回头的新生地。

九月，P城早晚温差大，今天傍晚时还淅淅沥沥地下起了小雨。陆森下飞机后立刻把外套穿上，走出机场，看见纪淮正撑了一把深蓝色的伞在等他。

"给我的？"陆森看了眼纪淮手里的外套，笑着问。

"以为你没随身带外套，就拿了件。"纪淮说。

"你不知道我是在这里长大的吗？"陆森钻进纪淮的伞下，两人并肩往车边走，陆森说，"不过还是谢谢你。"

"不用。"纪淮打开后备箱，帮陆森一起把行李放进去。

上了车，陆森抽了纸巾擦手，纪淮正要发动车子，陆森突然朝他靠过来。纪淮侧头瞥他，陆森那双带点棕绿色的眼睛也正向上抬起，跟他对视——他在纪淮的肩上擦了两下，弯着嘴角笑了笑，说："这里沾了点雨水。"

纪淮在不熟的人面前向来有些冷淡，他点点头，说："谢谢。"

车子往市中心开，雨刷器规律地摆动，陆森手机响了，他接起来，笑眯眯的："许大摄影怎么还亲自给我打电话啊。"

"别闹，"许言说，"纪淮接到你了吗？"

"没有啊，在机场门口等了大半天，没见到人。"陆森懒洋洋靠在椅背，说这话的时候微微转头看着纪淮，"他是不是嫌麻烦不来接我了？"

"怎么可能，纪淮半个多小时前就出发了，堵车了？"许言在那边嘀咕，"你等下，我给他打个电话问问。"

这边陆森的电话刚挂掉，纪淮的手机就响了，他的手机夹在支架上，陆森伸手去点接听，许言的声音传出来："纪淮，你在哪儿？"

"路上。"纪淮说。

"还在路上？陆森已经到了，说等你大半天了。"

纪淮淡淡道："知道了。"

"你别知道了，抓紧点，下雨呢，挺冷的，别给我陆大摄影冻坏了，赔不起的。"

"嗯。"

他这漫不经心的态度让许言很是着急:"嗯什么嗯,我到时候就拿你去赔!"

陆森终于出声,说:"可以的,没问题。"

电话那头陷入死寂。

十秒钟过后,许言一声不吭地把电话挂了。

"哎呀,许言言生气了,"陆森没诚意地担忧道,"今天还是他生日呢,这样真的不好。"

纪淮很淡地笑了下,没说话。

许言的公寓很大,但因为他总出差,又是一个人住,就显得有点空旷。纪淮输密码打开门,许言从厨房里探出头来:"到啦?"

"还以为你生气了。"陆森说。

许言低头鼓捣虾滑:"对,生气了,你俩联合起来耍我,吃完了你们洗碗。"

"吃火锅啊?"陆森看了一眼桌子,转移话题。

"嗯,在外面跑来跑去,都吃不上一顿正经火锅,太想吃了。"许言把东西摆上桌,"来坐来坐。"

三人围着桌子坐下,陆森见茶几上堆着不少礼物,大概都是同事和合作方送的,再看见沙发边的行李箱,他问:"又要去哪儿?"

"后天去B城。"许言喝了口橙汁,"累。"

"有什么累的,"陆森笑,"大大小小的奖也得了,摄影展也开了,好歹是圈子里有头有脸的摄影师,你要是不想去,公司哪敢让你受累啊。"

"还是想自己多拍点,"许言说,"得靠作品说话啊,你不比我了解?"

"了解。"陆森说,"你出来多久了?有两年半了吧,想过什么时候回国吗?"

"两年零四个月。"许言往锅里加菜,"还早,怎么也得等明年再说。"

"那要是回去了,有什么打算?"陆森真挚地看着他,"是回 *TIDE*,还是来我工作室?我建议你考虑后者。"

陆森一年多前成立了个人工作室，名头上还是 TIDE 的摄影师，但重心总归不一样，这次他受邀来给某导演拍电影节海报，正好赶上许言生日，就提前过来了。

"主编找过我，说让我回去带外景来着。"许言想了想，说。

"别听她的，外拍有多难搞你又不是不知道，而且以你现在的身价，不合适。"

"但你那边不都是拍艺人吗，又是室内居多，我拍风景拍惯了，可能不适应。"

"得了吧，你不是一直也在拍人物，上次秀场那几套图都被夸上天了。况且我那儿也有外拍，还不少。"

许言意味深长："噢，外拍有多难搞你又不是不知道。"

"行了，"陆森凉凉道，"你在外面真的学坏了。"

许言笑笑，扭头问纪淮："你什么时候回国？"

"十二月，最迟明年一月。"

"回国工作？"陆森问。

"嗯。"

"调去国内分部当顶头上司，"许言感叹，"我们纪淮，成功人士，年轻有为，行业精英。"

纪淮往他碗里丢了个牛肉丸，让他闭嘴。

橙汁喝着喝着就换成了酒，大家在不同国家，聚在一起太不容易。许年本来也想飞过来给许言过生日的，但公司里实在抽不开身，于是他托陆森带了礼物给许言。

酒过三巡，许言打开许年送他的礼物，是一只短短的画筒，抽出里面的纸看了眼，许言面无表情地把它扔到一边。

陆森伸手又把它拿起来，上面是遒劲有力的毛笔字：长风破浪会有时，直挂云帆济沧海。

"他是傻瓜吧？"许言说。

陆森笑起来："还好，本来看这形状，我以为是那个。"

"哪个？"许言喝了酒，有点迷茫。

陆森把纸卷好放回画筒，严肃地说："打狗棒。"

"滚。"

喝到很晚，纪淮今天在许言家过夜，陆森回自己家。满桌狼藉，许言嘟囔："我之前说过了吧，你俩骗了我，今天你们洗碗。"

陆森无赖地靠在椅子上不动，纪淮站起身收拾碗筷："没事，我洗。"

他往厨房走，陆森转头看他，收回视线时见许言盯着自己看，陆森问："怎么了？"

许言没回答，看看陆森又看看纪淮，然后才说："没什么。"

没什么就怪了。陆森也不说话，看了眼手机，司机已经到楼下，该走了。

结果起身时他不小心撞翻杯子，半杯没喝完的酒倒在身上，大腿的裤子全湿了。许言凑过去看了看，说："我给你找条裤子换。"陆森点头，跟他一起进房间，许言扒拉了一条运动裤出来给他，然后走出去。

"碗洗好了？"陆森换好裤子走出房间，笑着问纪淮。

"许言说他洗，你行李箱还在我车里，我和你一起下去。"

"好。"陆森往外走，路过纪淮身边时他停住，侧过头来问，"你用的什么香水？"

纪淮垂眼看着他："忘了。"

"品位不错。"陆森又笑了一下，说。

跟许言道过别，陆森和纪淮下楼，去车里取了行李。雨早停了，陆森坐上车，纪淮只穿了件 T 恤，陆森降下车窗："上去吧，外面挺冷的。"

纪淮点了点头，转身回楼。车往外开，没开几米，陆森看见另一幢楼下，路灯旁，站着一个人，一手拎着一个小小的蛋糕，一手拿着一把黑色长柄伞。

车停住，陆森下了车。

他开门见山："找许言？"他哪会不知道眼前的人是谁，当初去

O城找许言,在许年的婚礼酒店外等许言……甚至陆森早料到对方会出现在这里——他们今天乘同一架飞机来到P城。

沈植的脸在黑色毛衣的映衬下看起来有些苍白,他没承认也没否认,只说:"今天是他生日。"

"对。"

"能麻烦你,帮我把蛋糕给他吗?"沈植抬起那只拿着蛋糕的手,低声说,"就说是你买的,或者是他同事送的。"

"许言吃饱了,不需要蛋糕。"陆森说,"或者你亲手给他,看他愿不愿意吃。"

沈植抿了抿唇,手垂下去,没说话。

"他住三楼,"陆森指了指某个窗户,"那个位置是厨房,许言现在应该在洗碗。"

沈植顺着他的手往上看,他知道许言住三楼,知道那里是厨房,他甚至能想象出许言现在低头洗碗的样子。

"还有半个小时就过十二点了,没跟他说一声'生日快乐',不遗憾吗?"陆森笑着问。

沈植只是望着那扇窗。

不遗憾吗?当然遗憾。他曾经有很多机会当面跟许言说"生日快乐",可是他什么都没有说。前年九月,许言来P城的第四个月,研究生考试前三个月,沈植也站在这个位置——不,比这儿更隐蔽一点,大概往左再走六七步,那棵树下,他看着许言拖着行李箱走过,那时候他们只有几步之遥。

那天许言刚出差回来,在公司过完生日,带着同事们送的礼物回家,一边走一边打电话,说了什么沈植没有听清,他只是借着路灯的光亮,很努力地想要看清那道侧脸。他看见许言穿了一件白衬衫,许言的嘴边带着笑,许言的头发长了一点,许言没有瘦太多。

他看着许言走近,又走远,进了楼,不久后,三楼的窗户亮起灯。

去年九月,许言生日,沈植在同样的位置等到凌晨,但没有见到他。后来沈植知道,许言那晚正在郊外的山脚露营,拍的主峰日出照在第二年世界摄影大赛里拿下专业组的风光类摄影奖冠军。

"他过得很好,做自己喜欢的事,有成就有前途,"陆森说,"应该也不希望被打扰。"

他说完后上了车,车轮压着路面薄薄的积水,很快驶离。

沈植仍然站在那里,二十分钟后,他看见纪淮下楼扔垃圾,过了半小时,三楼的灯熄灭。

许言的生日已经过去了,沈植安静地看着那扇漆黑的窗,P城的风和其他地方并没有什么不同。凌晨一点多,又下起小雨,沈植撑开伞,拎着蛋糕,转身离开。

**Chapter 6**

# 好久不见

沈植：嗨，许言，我出院啦。

许言：病秧子，真怕他哪天突然死了。

新年一月,许言在 A 城遇到了林绵。两人坐在街边的咖啡厅里,许言看了眼她无名指上的钻戒,笑着问:"结婚了?"

"还没有,他上个月刚求的婚。"许久不见,林绵整个人成熟很多,许言已经没法把眼前的人与当初寻死觅活要跳楼的小公主联系在一起。

"那提前祝贺你,"许言说,"新婚快乐。"

林绵却笑:"别提前呀,到时候我回国办婚礼,许大摄影不来吗?"

"来,"许言干脆地应下,"多忙都来。"他并不知道林绵的未婚夫是谁,但想来一定不会是那年淋着寒雨跑进医院的那位。

"时间过得真快,现在大家都好忙。"林绵看向窗外,忽然问,"你跟沈植有联系吗?"

许言都忘了多久没从别人嘴里听到这个名字,许年、纪淮他们是绝不可能提的,跟汤韵妍聊天时也只限于工作和圈子里的事,大家都或多或少地在刻意回避,许言知道。

他拿勺子在杯里搅了搅,笑了下说:"没。"

"沈植现在在读研二,"林绵说,"我从小到大都不知道他居然想读法律。"

她不知道,许言更不知道,沈植从没提过。之前还是某个大学好友在聊天时跟许言感叹,说沈植竟然直接撂下公司,扭头就考了法硕,真牛。

确实牛,许言觉得林绵也挺牛,他们这些人读博的读博,考研的考研,纷纷走上深造自我的道路,证明大家都有理想,有理想并为之付诸行动的人就很了不起。

但也只是这么觉得而已,没别的了。

见许言没说话,林绵又问:"你之后会回国吗?还是留在 P 城?"

"会回去。"许言喝了口咖啡,回答。

一月底的时候许言停止接约,之后,彻底完成所有工作和片约花了他小半年时间。六月中旬,在出国整整三年零一个月后,许言关上公寓大门,踏上回国的路。

三年里他回过几次家,还都是因为在邻国出差,艰难抽了空回去的,每次待不到两天就得走人。方蕙看他辛苦,让他别再这么赶了;许燊看他辛苦,让他照顾好身体;许年看他辛苦,让他帮自己要一张某演员的签名照,最好是"To 签"。

许言让他爬远点。

下了飞机是上午十点多,方蕙、许燊、许年、纪淮,四个人齐刷刷地站在到达大厅等他。许言走过去,把行李箱朝许年脚边一推,伸手摘了帽子,跟方蕙拥抱。

"瘦了点。"方蕙仔细端详许言的脸,眼角泛红。

"想你,哥。"许年一边扒拉许言的背包一边不走心地表白。

许言瞥他一眼:"签名照有,还是'To 签'。"许年听了两眼放光,扒拉得更起劲了,嘴里不停问"哪呢哪呢?快拿出来",结果许言接着说:"不过不是她本人,是她男朋友的,你要吗?"

许年瞬间往后跌了一步,不可置信:"多损!许言你说你多损!"

几个人走出大厅,纪淮还得回公司,跟许言聊了几句就开车走了。今天天气尤其好,初夏艳阳高照,许言坐在车里,吃着方蕙亲手做的糕点,听许年在耳边叽叽歪歪。

他看着窗外,一切都没什么大变化,毕竟也只是三年而已,不久。

不断停驻又开动的车辆,匆匆的,迎接或送别,离去或归来的人,许言看了会儿,把目光转回车里,但在视线即将收回时,他感觉余光里闪过一道身影。

许言顿了下,又侧头去看——还是那些来往的陌生人,并没什么特别的。

"哥,看什么呢?"

许言转回头,笑着说:"没有。"

大厅外,沈植站在一根立柱旁的阴影里,看着那辆远去的、消失在车流中的商务车。

三年真的太久了。久到他都无法设想如果自己能和许言对话,第一句应该说什么。

手机铃声急促,沈植接起来,那边的人喊得嗷嗷响:"沈大律师!我都过安检了你怎么还没进来?!"

"马上,"沈植抬手看了眼表,冷静地说,"别急,来得及的。"

"你必须来得及,你要是赶不及,那我也不上飞机了!"

"知道了。"

许言休息了没三天就重新上岗了,他跟陆森聊了聊,回国前有几家知名杂志社向他发出邀请,但陆森还是劝他考虑 TIDE。

"如果确定回时尚圈发展,现在需要的就是一家配得上你水平的公司,TIDE 是最好的选择。"

许言诚恳地说:"我觉得你的工作室才是。"

"许言言!"陆森终于被他激怒,"请你来的时候你不来,现在又耍我是不是?"

"没有没有,"许言乐了,"实话实说。"

"算了,你不知道主编多急,说上面让她务必把你聘回去。我现在没时间管 TIDE 那边,一星期有空过去一趟就不错了,只有你能顶上。"

"明白。"

"你刚回国,这几年在外面又主拍风景类,要是有跟你摆架子怀疑你能力的,记得把眼睛放头顶上。"陆森说,"这圈子里多的是心浮气躁的人,别浪费力气,哄人不是我们该做的事,懂我意思吧?"

"懂。"

回公司第一个星期，许言和组里的同事在为一支香水广告忙活。这款香水定在初秋发布，成片需要尽早敲定，接着要拍新代言人的宣传图、视频、采访，许言还打算全程跟着一起做后期，尽快融入工作。

公司给许言配了个助理，叫王雯安，很机灵的一个小姑娘，干活的时候勤快周到，空下来以后还能给许言讲八卦解闷。许言也是从她嘴里才知道公司要被人告了，原因是上期的一篇文章里出现措辞问题，惹怒了某位女演员，昨天律师函已经发过来了，不过告倒是还没真告，现在算是私下调解阶段。

"主编嘴角都上火起疱了，这两天大家都不敢往那片办公区走。"王雯安小声说，"刚刚我去送东西，看见懿新的律师过来了……好帅！"

许言不知道，他哪知道，每天一来就往摄影棚钻，要么就是跑外景，回来还得赶后期，实在没空了解公司八卦。但想来对方也不会真的起诉，毕竟 TIDE 不是一般杂志社，后续合作什么的都得慎重考虑，估计那边是实在咽不下这口气，所以拿律师函来泄个小愤，可以理解。

"那你也小心点，"许言喝了口水，笑着说，"别被主编抓去出气了。"

"Yes, sir！（是的，先生！）"王雯安一个敬礼。

"摄影棚除了公司职员和艺人团队，别人是不能进的，"汤韵妍慢悠悠地说，"但谁让你现在挂着法务部律师的工作牌。"

"谢谢。"沈植说。

"你说实话，"汤韵妍转头看他，"这次是你自己要求来的吧？"

"对。"沈植回答。

汤韵妍笑道："那你们懿新的律师还真是踏实勤恳啊，连这样的小案子都主动抢着接。"

沈植垂了垂眼，没说什么。他研二上学期末开始在懿新实习，懿新是国内顶尖的律师事务所之一，虽然他是非法本，但毕竟手里有案源，自带资源进律所，在这种人脉背景不可或缺的行业里总占优势。

TIDE 的法务长期有懿新的律师在参与，沈植在懿新里属于资本市场组，他雅思分数高，CATTI 过了二级笔试，本科又读的经济，所以一直往非诉涉外的方向发展，和 TIDE 的日常需求构不成什么联系，完全是两块领域。让他来处理这种案子，颇有点明珠弹雀的浪费意思——但谁让沈植主动提出要接。

以至于知道了这个消息后，组里的工作群蹦出了一连串的问号。

——沈植去？

——沈植去？

——沈植去？

——沈植，来你过来，我这里有几个 IPO（首次公开募股）项目想跟你分享一下。

——沈植，这种案子跟咱有关系吗？你要是被 TIDE 绑架了就眨眨眼。

——沈植，你想休假就直说，不可以拿这种小活儿掩人耳目。

……

汤韵妍按指纹解锁，门一开，传来各种谈话声和不间断的快门声。棚里灯光雪亮，虽然开了冷气，但温度仍然偏高。沈植下意识想挽起衬衫袖子，但摸到手腕的时候才发现袖子早已经挽上去了——他整个人好像有些茫然失措。

又走近了一点，视线穿过来往或站定的工作人员，沈植微微歪头，看见许言。

许言正拿着单反，单膝跪在精致的香水展台前，上身只穿了件宽松的背心，是一个设计师送给他的，虽然许言弄不懂上面的图案，但这并不影响他觉得这件衣服很酷炫。这两年他全身上下大多数东西都是品牌方送的，衣服裤子、鞋子背包、挂坠手链、戒指耳钉——说起耳钉，许言原本没有耳洞，但架不住总收到耳饰，放着太浪费，只能咬牙去打耳洞，打完还发炎了，疼得他以为要就此失去自己的耳垂。

光线亮，照得许言的侧脸和手臂白皙一片，他瘦，但并不单薄，褪下了过去疲累"社畜"的职业装，现在的装扮更适合他——新锐、大胆、朝气，有种恣意耀眼的飞扬感。

人在自己热爱的领域里，会闪闪发光。

拍完一组，许言起身去看电脑里的成片，助理在一边给他递水擦汗。沈植目不斜视地看着许言，汤韵妍轻轻推了一下他的背，低声说："你知道我现在是什么感觉吗？

"我感觉自己正带着一只流浪狗去找主人。"

沈植根本没听清她在说什么，两个人走近展台，王雯安率先发现他们，立刻朝汤韵妍笑："Chloe！"

其余人转过头，纷纷跟汤韵妍打招呼，许言看照片看得太投入，一时半会儿没听见，王雯安提醒后他才反应过来。他放下水杯，另一只手还按在鼠标上，扭过头，笑着说："你怎么有空来棚里看……"

他的目光掠过汤韵妍，停在沈植脸上，没说完的话就此打住。

这一秒的对视跨越三年时间，许言陷入片刻的耳鸣，周围说话声完全模糊，灯光过分刺目，以至于他觉得眼前的人看起来有些陌生。

沈植站在那里，沉静且专注的眼神，以凝视的姿态看着他。几秒过后，他说了很短的几个字，声音很低，不响，但许言听见了。

"好久不见。"


确实是好久不见。

久到那晚在漆黑的包厢歇斯底里、哽咽流泪都好像已经是上个世纪的事情，许言这几年的生活被塞得很满，满到没有闲暇去考究一个失败的选择，更遑论构想重逢的场景。他觉得身体里有地方被撬动了一下，那种瞬间悬空又飞速坠落的感觉，很难形容，总之不是兴奋，不是激动。

比起"好久不见"，"再也不见"更适合他们。

相视片刻，许言平静地偏离沈植的视线，忽略那句问候，又看向汤韵妍，笑容还在，但淡了些，他开玩笑说："来督工啊？"

汤韵妍轻笑："来看看你什么时候有空帮我拍几款。"

"明天下午吧。"许言转回头，把整组照片粗略看过一遍，问王雯安:"好了吗?"

"台子换好了,"王雯安很快回答,"光也调好了。"

"行,这组拍完就收工。"许言拿起相机,又朝汤韵妍说:"明天下午我去找你,模特约好了吗?"

"约好了,"汤韵妍气定神闲地拍了下旁边沈植的肩,"正好沈律师这两天有空,让他代劳一下。"

许言一下子没反应过来,只听见王雯安在他耳边压低声音说:"对对对就是这个律师,我当时看见他还以为是公司的新模特!"

应该说没空的——许言当下心里只有这个想法。但他已经当众答应了明天的拍摄,在知道模特是沈植之前。

实际上模特本人也才得知这个消息,沈植侧头看汤韵妍,对方给了他一个淡淡的笑。

"行,那明天见。"许言短短应了句,在沈植看向他之前拿着单反回到灯光下。

他很快投入拍摄,专心致志,一丝不苟。汤韵妍看了会儿,推推沈植的手臂:"走吧。"沈植点点头,眼神还未收回,顿了下才跟她一起朝门边走。

自动门缓缓合上的时候,沈植一动不动站在那里,隔着透明的玻璃,隔着走动的人,偶尔能看到许言——总之总有人挡着。但沈植不介意,就如同他不介意许言忽视自己的存在。

三年来他的生活被各种压力填满,学习、考试、论文、工作、项目、出差,以及其他种种,只有今天和许言面对面时,沈植才感觉自己终于短暂地脱离了现实,心跳都放缓,想把那几秒拉得长一点,再长一点。

"懒得选模特了,正好觉得你的风格合适,就当帮我个忙,只拍脖子以下,不露脸。"汤韵妍的表情意味深长,"明天下午一点,大概拍两个小时,沈律师能按时到场吗?"

"可以。"沈植回答。

"那你现在……"

"回律所。"沈植抬手看表,"我明天中午过来,下午五点的飞机,要出差。"

"看来你今天晚上又得熬夜了。"

"嗯,"沈植又抬头朝摄影棚里看了一眼,他说,"我先走了。"

在书房工作一整晚,沈植摘下眼镜看向窗外时天已经蒙蒙亮,快五点了。头疼,眼睛酸,他捏捏鼻梁,合上电脑,整理好资料。起身时脑袋眩晕了一阵,按着桌沿缓了会儿,沈植才走出去,回到卧室。

他往床上一趴就睡着了,累当然累,但成为常态之后就没工夫为此抱怨了。顶级律所的工作强度一向非同寻常,二十四小时随时待命,出差是家常便饭,工作任务随时有,私人时间靠硬挤。他今天花两小时去当汤韵妍的模特,就意味着需要用另外两小时来弥补,甚至更多。

但沈植心甘情愿。

睡眠不足有时比熬夜不睡来得更痛苦,闹钟响起的时候,沈植头昏脑涨——九点半。起来收拾完行李吃个早饭,再开车去 TIDE,到那儿正好是中午。

他照常查看新邮件,回复微信消息,汤韵妍的聊天框突然蹦上来:沈律师,今天不用过来了,许言刚跟我说要三点才有空,还说帮我约好模特了,你下午又要出差,这次就算了。

眼睛痛得慌,沈植起身摸了瓶眼药水,滴完之后闭眼躺了两分钟,又睁开,拿起手机,打开航空软件。

十分钟后,沈植回复汤韵妍:我下午两点半准时到。

汤韵妍:你推迟出差了?

沈植:没有,换了晚点的航班。

汤韵妍:这么巧?刚好还有个晚上飞的航班?

沈植:不是,飞另一个城市,下飞机之后再转高铁。

汤韵妍:……真不知道说什么好。

沈植也不知道说什么好，不知道许言是真的三点才有空还是不想见自己，但实在缺少见面的正当理由，虽然明白不该去打扰，可如果能找到机会，哪怕有点生硬，他也要试。

给客户发了新的到达时间，沈植起床洗漱，电动牙刷握在手上，他伸另一只手去拿牙膏，挤牙膏的时候发现手颤得厉害，说不清是使不上劲还是酸疼——习惯了，沈植闭眼晃晃头。洗脸时他听见手机在响，抬起头匆匆擦了下就走出洗手间，来电人是蓝秋晨。

"喂？"

"刚起床？"

"嗯。"

那边叹了口气："几点睡的？"

"五点。"

"你真是……这周什么时间过来？"

"周日早上十点。"

"好的，我让助理登记一下。"

挂了电话，沈植打开出差用的行李箱，检查过后合上拎起来放到走廊上，接着又去了书房，重新开电脑。

下午到了 TIDE 设计部，进门前，沈植抬起双手用力在眼皮上按了按，然后按下门铃。很快有人来开门，是昨天在摄影棚里见过的，许言的助理。

"沈律师你好！我叫王雯安，是许摄影的助理。"

"你好。"

"请进请进！"

汤韵妍的办公室很大，说是工作室更准确——工作台、衣帽台、化妆台、T台……该有的都有，大厅式，宽敞明亮。落地窗边立着一座漂亮的木质站架，上面停了只鹦鹉，颜色相当艳丽，见有人来了，立刻扭头看，眼珠滴溜溜的，嘴巴一张，尖声说了句："欢迎欢迎，热烈欢迎！"

汤韵妍和许言正站在工作台前看设计稿,沈植进来后汤韵妍抬头朝他挥手笑笑。许言靠在桌边,没动,一边看图一边笑了下:"我就说你家鹦鹉是礼仪小姐出身。"

"跟你说多少遍了,TOTO 是公的。"

"公的怎么了,公的也能迎宾。"

"你一说我想起来了,"汤韵妍伸手拿过一沓样衣图,"我下下个月要参加一个时装展,你什么时候有空,来帮我试下这个系列,看看效果。"

"公司模特这么多,你怎么总盯着非专业的?"许言接过去翻了两张,有点惊讶,"旗袍?"

"男式的,怎么,男人不能穿旗袍?"

"能,"许言说,"但你还是约其他模特吧。"

"就你了,只是穿起来看看效果。"汤韵妍直接拍板,她撑起身,看向走近了的沈植,明知故问:"沈律师昨晚没睡好吧?有黑眼圈了。"

许言仍然低头看图,沈植看着他,嘴里回答汤韵妍的问题:"还好。"

"我让助理带你去换衣服,我们这边准备下。"汤韵妍叫助理过来,把几件衣服的标号顺序给她。

许言从始至终没抬头,看完图纸之后就开相机调参数,沈植跟着助理去更衣室那边。

"我是觉得找没经验的人当模特会有新意一些,以前尝试过,效果不错。"汤韵妍说,"而且这次风格跟沈植真挺搭的,你知道,简洁、克制的那种。"

汤韵妍和许言这几年熟悉了之后颇有些投缘的意思,话也聊得开,汤韵妍喜欢许言的拍照风格,许言欣赏汤韵妍的设计理念,两人几乎互为对方第一选择的摄影师和设计师,合作过不少次。

"嗯。"许言点点头,虽然按从前的经历,他知道沈植跟这个风格没半毛钱关系。

设计师挑了模特,摄影师就认真拍,无论对方是谁,无论什么缘由——这点职业素养总归要有。许言去了布景前,整张幕布纸呈现出被揉皱的效果,几乎是纯白的颜色,右下角有块浓重的泼墨晕染图案。

汤韵妍这次的几套样衣都是黑色系,真丝棉麻结合,软与硬,缎光与哑光。沈植换好衣服出来,脚上踩了双黑绳编织的鞋,鞋底比纸还薄。这么一来倒凸显他是货真价实的腿长,人往透明的圆柱椅上一坐,许言看着取景器愣了下,把镜头拉远几厘米——按照预估距离,镜头装不下沈植那双腿。

虽说成片里不会出现沈植的脸,但拍摄时还是需要把整个人都拍进去,方便后期剪裁。许言在对焦,汤韵妍帮沈植整理衣服,助理们在调光。许言用的是黑白取景器,构图效果好,等汤韵妍她们撤下去之后,画面彻底被白色幕布和黑色衣服占据,安静得像默片。

同一个姿势,许言分别拍衣服的不同部位,往上移到领口的时候,镜头拉近,沈植的脸也变得近,变得清晰。许言单膝跪在地上,目光局限在取景器里,他抬了抬睫毛,隔着镜头,和沈植在黑白的画面中对上视线。

其实只要动作摆到位,表情不重要,沈植可以随便看哪里,甚至闭着眼都行,毕竟后期会裁掉脸部——可沈植一直很专注地看着镜头。

那双眼睛在单调的颜色里显得更黑更深,也疲惫,是显而易见的疲惫。许言在这一刻想起第一次和沈植在取景器里对视——大学篮球赛,那张广为流传的神图,沈植运球时的回眸。粗粗算起来,竟然已经过去快十年。

许言放下相机,翻看显示屏里的照片,他看得很快,确定没问题之后就抬起头:"麻烦左腿伸出来一点,右手搭在椅子边上,姿势放松。"

这是他隔了三年多后对沈植说的第一句话——职业又疏离。比起"好久不见",这样的语气和态度才符合他们的关系。

沈植顿了一下,按照许言的要求换姿势。

王雯安站在汤韵妍身边,看了会儿,小声问:"Chloe,他们是不是认识啊?"

汤韵妍抱着手,微微笑:"你觉得呢?"

"应该……不认识吧,看起来不熟,"王雯安蹙着眉思索片刻,又说,"但总感觉怪怪的。"

汤韵妍的助理也点点头:"同感。"

沈植是个合格的新手模特,身材好,体态直,姿势稳,领悟能力也强,许言简单说两句,他就能摆出正确动作,省时省心。

最主要的是免费,汤韵妍表示很满意。

六套衣服拍了两个多小时,汤韵妍看着电脑里直出的原片,问:"沈律师,有想过再转一次行吗?来当模特。"

沈植刚换好衣服走过来,他看着正在收拾相机的许言,心里居然真的很荒唐地认真考虑起汤韵妍的建议——如果摄影师永远是许言的话。

"今天可能没时间帮你修片了,"许言套上衬衫,对汤韵妍说,"你急着要成片吗?"

"没事,我自己修就行,辛苦你了。"

"啪"的一声,许言的手机被碰到地上,沈植迈了一步帮他捡起来,翻过手机看了看屏幕,完好的。他把手机递过去,许言很快接过:"谢谢。"

"五点多了,"沈植低声说,声音都有点拿捏不住地微抖,"一起吃晚饭吗?"

他说这话时,那边汤韵妍和两个助理都不动声色地停下了手里的活儿,就差把耳朵竖起来了。许言拉好相机包拉链,头也不抬:"不用,我有事。"

才说完,刚刚掉在地上毫发无损的顽强手机立刻默契地响了起来,许言看了眼来电人,嘴角弯起来,按下接听键:"喂?"

电话那头有点吵,一个娇软的女声很清晰地响起:"老公!"

王雯安惊恐地瞪大眼睛,汤韵妍下意识地看向沈植,发现对方正愣在原地，好像根本没反应过来。

许言对这个称呼似乎毫不陌生，仿佛已经听对方叫过无数次。他脸上笑意更深，表情有点无奈："这才几点，你怎么又喝多了？"

他说着拎起相机包，一边聊电话一边转头朝汤韵妍挥挥手以作告别，绕过工作台往大门走。TOTO站在架子上扑棱了一下翅膀，尖锐地叫："老公！老公！"

它看着许言的背影，又叫道："慢走慢走，有空常来！"

许言把相机放回办公室，手机没离耳，不断应着对面那个酒鬼黏黏糊糊的话。

"我又上热搜了你知道吗，说我抽烟……抽烟怎么了？！我在自家阳台抽的欸！"

"嗯嗯，看见了，把你拍得挺好看的。"

"那是……你这段时间干吗呢？想你了老公。"

"你清醒点，"许言喝了口水，笑着说，"林总要知道你天天这么喊我，我迟早被他暗杀。"

"谁知道他在外面有多少个女朋友。"虞雪声音软，说的话倒铿锵有力，"我喊你几句老公怎么了？"

许言拿她没办法，只能无可奈何地笑。世上总有很多预料不到的事，正如他没料到自己隔壁门那个美艳的花店老板娘会成为今天的大热女演员。

虞雪是电影学院毕业的，据说也曾怀揣着勇闯演艺圈的演员梦，还演过几部没名气的网剧，结果在某次聚会上因为拒绝投资方的无理要求而掀翻了桌子，导致事业夭折。她就此死了当演员的心，干脆开花店去了。两年多前，墨登娱乐的老总林衍进了那家花店，对光着脚躺在椅子上、正在吹泡泡糖的虞雪一见钟情。

林总是个实在人，在追求期间就替虞雪接了个古装偶像剧的女二，直接把剧本送到她家。虞雪也不是什么小白花，有人脉有资源的

"高富帅"，谁不要谁傻瓜。从女二到女主，从古装偶像剧到现代都市剧，虞雪凭着林衍的力捧和"恃美行凶"的清奇"画风"，愣是在圈里杀出条血路，跻身成了炙手可热的当红女演员。

"你的人生就像'爽文'。"在P城秀场见到被摄像机环绕的虞雪时，许言是这么评价她的。

"我只看剧本，没看过小说，'爽文'是什么？"虞雪问，"很爽的文吗？哦，现在我惹事都是林衍摆平的，我是有爽到。"

许言面色复杂："这种话你千万别在外面说。"

"当然，我又不傻，不然能混到现在？"虞雪勾勾他的下巴，笑得风情万种。

"说吧，打给我干吗？"许言问。

"不是说了嘛，想你了呀。"虞雪咕噜又喝了口酒，"下星期那个什么什么慈善晚会，你会来吗？"

"会，要给艺人拍候场照。"许言拿起车钥匙出了办公室，"我下班了，马上要开车，没什么事就先挂了。你少喝点啊，知不知道？"

"好哦，老公拜拜。"虞雪隔着电话跟他"啵啵"两声，咔嚓挂断。

许言打开微信，找到虞雪的助理，给她发消息，让她千万看好虞雪，否则明天又要热搜见了。

助理回复了几个大哭的表情：我会努力的！

许言喜欢把车停在公司门口，出入方便。今天是纪淮生日，难得大家都回国了在同一个城市，于是商量着去纪淮家吃顿晚饭——陆森也会到。

其实是许言的主意，他觉得纪淮和陆森好歹是见过几面的人，大家年纪差不了多少，聊得来就一起聚聚，至于还存了什么别的心思……许言自己都说不清。他问纪淮要不要请陆森来的时候，对方回复：我联系他。

嗯，确实，过生日这种事就应该自己开口邀请。许言觉得纪淮考虑得很周到。

许言问：你有他微信吗，我推给你？

纪淮：有。

嗯，不错，应该是之前在 P 城那次加的微信吧。许言这么想着。

一边看手机一边下了台阶，许言摸出钥匙正要解锁，就听见有人叫他："许言。"

很久没被这个声音叫过名字了，许言抬头，看着几步之外站在车旁的沈植："有事？"

夏天，太阳落山晚，天空还是亮的，热风一阵阵。沈植站在风里，穿着那么考究的西裤和衬衫，但许言觉得他似乎颓废极了，脸上都看不见血色。

"刚刚给你打电话的……"沈植的喉结动了动，停顿了一下，才继续问，"是谁？"

许言在意识到沈植的问题时挺嘲讽地笑了一声："几年不见，怎么上来就问隐私？"

他抬手按键解车锁，朝前走："我没义务跟一个外人汇报私事。"

"许言……"沈植伸手拦住他，有很多话想说，可不知道怎么开头，许言的那句"外人"就够让他"破防"。

沈植看着他，声音里都能听见不稳的气音："你……谈恋爱了吗？"

既然问得这么直白了——许言抬眼和他对视，似笑非笑："怎么，我不能谈恋爱吗？"

他把两人的距离刻意拉得很远。

沈植的眼睛一瞬间变得很红，就那么看着许言。他等了三年，不敢打扰，不敢靠近，用工作填满自己，像仪器一样不间断运行，避免任何有可能酝酿情绪的空暇。得知许言回国日期的那刻他觉得自己还有机会抓住这个朋友，却没想过会被这样疏远——他还什么都没来得及说，什么都没来得及做。

许言的一句话就否决了所有余地。

风从他们之间穿过，两人面对面站着，看起来近，其实和这三年隔着大洋的距离依然差不多。许言别开眼，绕过沈植走到车边，拉开车门上车。

车开过沈植身边的时候，许言看了他一眼。

好狼狈。

但看见他那样的表情，许言心里没任何痛快。

刺痛沈植的同时他也在自我伤害。

不过也都是过去了。

到纪淮家时许年和陆森已经在了，纪淮在洗菜，许言围上围裙——这里就他一个人做饭好吃点。

"还有几个朋友，晚点到。"纪淮说。

"我认识吗？"

"应该不认识。"

许言点点头。

只做两菜一汤，其他都靠叫外卖解决。许言盯着锅发呆的时候陆森来了厨房，从身后捏捏他的肩："这段时间怎么样？"

许言回了神："还行。"

真的还行，他拍景那几年，攀岩爬山钻树林，风里雨里大雪里，真要比起来，现在室内的快节奏倒显得更轻松。

"看你心不在焉的，以为累傻了。"陆森侧头看着正在切菜的纪淮，问："有充电器吗？我忘带了。"

"房间里，"纪淮洗了个手，"我去拿。"

许言拿筷子夹了块肉，边转身边对陆森说："你尝下咸……"

他杵在那里收了声——陆森早没人影了，估计跟纪淮去房间里拿充电器了。许年还在阳台上打电话忙着公司的事，许言沉默几秒，自己把那块肉吃了。

"喜欢玩这个？"陆森靠在桌子边，看着那套哈利·波特乐高，应该是刚拆不久，纪淮只组好了海德薇，其他的都没动。

"有空的时候会玩。"纪淮从床头拿了充电器，走过来递给陆森。

陆森接过去，两人却没立刻出房间，而是面对面站着。陆森从容不迫地问："有话说？"

"那天谢谢你。"纪淮说。

"哪天？在酒吧碰见你喝多了的那天？"陆森笑笑，"就是送你回了个家，不用这么郑重其事地道谢。"

纪淮点了下头，伸手要去开门，陆森却又开口："知不知道你喝醉以后说了什么？"

手放在门把手上没再动，纪淮转过头，平静地问："我说了什么？"

"还以为你记得，"陆森把充电线一圈圈缠在手指上，"原来忘了啊。"

纪淮没说话，放下手，转过身看着他。

"不过忘了也正常，喝太多了。"陆森抬起下巴往上看，好像在回忆的样子。

他又看向纪淮，眼尾带笑，指指自己的右嘴角："喝醉了还叫了个名字。"

"你叫我……"

陆森话还没说完，房门被敲了下，许年在外面大声嚷嚷："你俩躲里面干什么？纪淮哥，你有朋友到了，快点出来。"

"真不巧，"陆森松手，缠在手指上的充电线立刻散开，他打开门，回头和纪淮对视，"那下次再说吧。"

朋友们陆陆续续到了，三男两女。不久后外卖也送到了，许言端菜上桌，许年坐在桌边搓手手，趁周围只有陆森和纪淮，他谄媚地说："哥，你真贤惠，不知道以后谁会有这个荣幸与你相伴一生呢？"

许言脸一沉，作势要把手里的碗扣他头上，许年抱着脑袋尖叫一声："哥哥哥！使不得使不得！"

吃饭时大家有一搭没一搭地聊天，坐在许言对面的叫蓝秋晨，三十多岁，纪淮的朋友之一，看着很年轻，是三甲医院的心理医生，也有自己参与合作的私人诊所。

"找你们看病的人，看起来会有什么不一样吗？"有人好奇地问。

"不会，"蓝秋晨说，"没什么不同，就像你身边的每个人一样。

"人感冒生病会找医生，有的人心理感冒生病了，所以来看心理医生。"

许言缓缓转头看着纪淮，纪淮轻描淡写："我不是他的病人，我们之前在 L 城是同一栋公寓的。"

蓝秋晨笑起来："放心，我拿测试题给纪淮做过，他心理很健康。"

晚饭结束后，许言找蓝秋晨要了张名片。虞雪三天两头喝醉了打电话过来哭，许言也分不清她到底是无病呻吟还是真的哪里出了问题，只能先替她留个心。

一周后，许言和陆森还有另外几位同事飞去 B 市参加年中慈善晚会。特定的几层楼差不多被主办方包场，晚会结束后，不急着回剧组赶通告的艺人大部分会在这儿过一晚。

虞雪前一晚还在跟他聊视频，让许言给挑一下到底穿哪套礼服。许言当时手上正有活儿，就敷衍了她几句，结果被她识破，生气地挂断。

许言于是给她发消息：深蓝色的那套好看，再加显眼一点的发饰。

虞雪没过几分钟就发来一张精美自拍，深棕大波浪，鬓边别着一枝红玫瑰，脸上没什么表情，但并不显得刻薄，倒有种疏离的冷艳感——她正常起来的时候确实美得不可方物。

许言：没错，就是这样，越简单越好。

虞雪很好哄，从文字里就可以看出她现在有多开心：我也觉得！还是大摄影师的审美好！亲亲老公！

许言：回头记得把你这条消息删了。

他真的很怕林衍找人弄死自己。

虞雪：怎么了呀老公？为什么要删呀老公？雪雪不懂呢。

许言：麻烦你有点一线女演员的样子好吧？

许言负责候场照，陆森负责晚会内场和舞台。今晚来了两百多位艺人，挨个儿拍过去是不可能的，他俩毕竟是 TIDE 的主摄影师，只需要专注获过大奖的或是一线的艺人，工作量并不大。

虞雪姗姗来迟，许言先听到她跟其他人打招呼的声音，抬起头后才看见那抹深蓝色的裙角。

"老……"这位女演员在许言警告的眼神中快速改口，"许大摄影，好久不见呀。"

前一晚还在聊视频，哪来的好久不见。许言想笑，却突然有点发愣，毫无征兆地想起那天在摄影棚里，人来人往，沈植站在他右手边一米外的位置，低声说："好久不见。"

那才是真的好久不见。

许言说："好了，先拍照。"

"你这个戒指！"虞雪眼睛一亮，竖着中指就过来了，露出自己那枚戒指，"你看你看，一样的，情侣款！"

这款戒指包括整个系列在国内都还没开始发售，但陆森好像挺中意，发了图片问许言有没有喜欢的，一起让品牌方发过来。许言随手挑了个戒指，当时没注意它是男女同款，可以凑情侣戒。

"还真不巧，"许言微笑，"我等会儿就把它摘了。"

虞雪："你烦死了！"

"你今天很美。"等虞雪走到拍摄位置，许言说。

"噢！"虞雪夸张地倒吸了口气，按住胸口，惊喜地眨眨眼睛，"你夸我的时候我怎么那么心动呢？"

旁边的工作人员都笑起来，许言无语地拿起相机，他就知道虞雪这个人不能惯，你一惯，她就敢当众踩着高跟鞋站你头顶上摇花手。

晚会开始后许言的工作就告一段落，本来他也要去台下坐着，但虞雪又"作妖"，非让许言亲手帮她修图，说结束前得修好发微博。正巧许言对晚会也没太大兴趣，就顺势回房修照片了，陆森叮嘱他早点回来，落幕时要和艺人们同台拍合照。

房间在26楼，没住满，听说还有不少空房。许言拿着相机出了宴会厅，走到电梯前，按上楼键。他低头翻手机，看见虞雪给他发的微信，全是一些八卦且没有营养的内容，诸如"×××今天领子开得也太低了吧！早知道我也穿超低胸了"，或者"××那双鞋我也考虑过，但是越看越丑，就没穿"，又或是"天呢×××怎么发福了啊我的妈，他以前是我'男神'欸，心稀碎"……

许言：要是被记者拍到你在会场玩手机，你是不是觉得脸上特有光？

虞雪就此没了动静。

叮——电梯到了，许言收起手机，抬头。

门缓缓打开，电梯里的光不如走廊上亮，但被三面墙镜反复折射、反射过后，就充满了低迷又辉煌的落差。沈植就站在光线交错的中点，电梯正中央，鼻梁上架着一副细框眼镜。他看见许言时脸上的表情并不意外，但明显是没有准备好的样子。

就像你知道某天会有一场考试，你复习过，做过心理建设，可试卷发到手上的那一刻，你还是会忍不住紧张。

沈植手里只有一个平板电脑和一沓文件，没行李，显然是早就到了，刚办完公事回来。

许言权当里头站了个陌生人，一言不发地进电梯，站在左侧墙边。他正要拿房卡刷楼层，却看见26楼的按键是亮的。

不只在同一家酒店，还在同一层——许言不太懂，不是说这几层被包场了吗，为什么沈植还能住进来？

电梯门慢慢关上，周围安静下来。许言低着头，他有点累了，突然听见沈植问："哪里不舒服吗？"

许言皱皱眉，很短地应了声："没。"

"吃饭了吗？"沈植微微低头看他侧脸，"我订了晚饭，后厨会送上来，要不要一起吃一点？"

"不用。"

"或者你有什么别的想……"

"我说了不用。"26楼到了，门打开，许言抬脚走出去。

没走两步，手臂被拉住，他回头。沈植看起来很累，是那种束手无策、不得要领的累，他说："许言。

"可不可以别一直拒绝我？"

许言差点被逗笑。"难道要我都顺着你？"他转过身，"你不觉得这感觉很熟悉？

"被不想见到的人紧紧盯着，那种烦得要命的感受，你应该深有体会。你当时有多烦，我现在就有多烦。"

沈植一瞬间僵直了脊背。

"干吗一次次给自己找罪受。"许言的语气很平静，话却尖锐，"沈植，这么几年过去了，我们可以做回陌生人了。"

"不可以。"沈植哑着嗓子，没犹豫地回答。

许言的手指猛地蜷起，把手里的相机抓紧。他之所以这么问，只是想逼退沈植——他并不相信从前沈植有把自己当朋友，尤其是在那杯酒真相大白后，许言无法想象会有人是基于报复、厌恶、冷漠、抗拒与人交往，那本身就不合理。

更遑论现在的他们之间有长达三年的空白，没见过面，没说过话，没任何能够支撑起来的交集——何况他们之间的关系早就面目全非、溃不成军。

沈植靠什么接近自己？愧疚吗？

"那又怎样？"许言吸了口气，盯着他，"我就要接受你这个朋友？"

"不是，"沈植的睫毛动了动，垂下来盖住那双带着红血丝的眼睛，他说，"我只是想告诉你，我现在……"

他似乎在斟酌措辞，停顿了一下，才继续说："我不会再和以前一样。"

许言抿着唇,半晌后冷冷吐出两个字:"不用。"他转身走向房间,刷卡开门。

一片漆黑,许言靠在门后,房卡边沿深深嵌进手心,他真的最不想听的就是沈植说这些话,他是真的不想再与沈植有交集。

许言深吸口气,抬手把房卡插进卡槽,绕过玄关,去客厅开电脑。

修好照片,许言打包发给虞雪的团队,看了眼时间,离晚会结束还有一个多小时。一直没吃东西,许言打算订个晚饭,刚拿起手机,门铃响了。

许言起身去看猫眼,是酒店的服务员。他打开门,问:"什么事?"

"许先生您好,您的晚餐到了,方便的话我进房间为您上菜。"

"我没订晚餐。"

"是沈先生吩咐厨房为您准备的。"

许言粗粗掠了眼餐车,沉默了会儿,侧过身让出路:"麻烦你了。"

如果沈植是普通房客,大不了许言拒绝后服务员去跟他说一声就行,但之前许言随手翻了下茶几上的酒店介绍手册,发现它在锦耀集团名下——难怪沈植能在被包场的楼层里住宿,因为这儿根本就是他家的酒店。

所以沈植不仅不是普通房客,甚至还算是这家酒店每个员工的上司,自己要是不吃这顿饭,服务员作为下属,多少会为难。

"沈先生特意嘱咐要给您炖个汤,您尝尝合不合口味。"

许言坐在椅子上,看着那道热气袅袅的虫草花煲鸡汤:"谢谢,辛苦了。"

他确实很爱喝汤。以前跟沈植当室友的时候,他有空就要煲汤,变着花样煲,半个月都不带重复的。那会儿,沈植发现他有这个爱好,还问他:"你是G省人吗?"

"我倒宁愿我是G省人,"许言笑嘻嘻地说,"那多好啊,万物皆可煲汤。"

服务员上完菜之后就离开了,许言看着桌子上的大盘小盘,有点疲惫地捏捏鼻梁，拿起筷子。

许言回到会场时晚会已经临近尾声，大家上台拍合照。他跟陆森站在一起，陆森低声说："两小时后出去吃夜宵。"

"那会儿都凌晨了，"许言说，"让我好好睡觉吧，求你。"

陆森目视前方，微微一笑："你偶像会来，我约到了。"

许言："没问题，我一定准时在你房门口等待。"

偶像是一个大师级摄影师，许言从大学时起就崇拜的对象。在国外那几年许言有幸和他碰见过，但每次都匆匆忙忙，缺少交流的机会。

"他昨天刚到 B 市，时差还没倒过来，晚上睡不着，简直天赐良缘。"陆森说。

许言目光兴奋地点点头。

晚会结束，许言正要溜，虞雪一把拉住他："去喝酒！"

"不，我今天太累了，"许言哪有心思喝酒，他说，"让我好好休息一下吧，我最近老是胸闷气短，身体吃不消了。"

虞雪狐疑地看着他，正好有人过来和她打招呼，许言趁此机会扭头溜了。

他回房洗了个澡就躺上床，入睡时嘴角都带着期待的笑。但很快，一个多小时过后，手机铃催命似的响，许言摸起一看，是虞雪助理的求救电话，说虞雪喝多了。

许言挂了电话下楼，和虞雪的经纪人芸姐同时到车边，芸姐压低声音哀号："小祖宗！"

车停在 VIP 通道门口，防止被拍。许言把虞雪打横抱起来："先送她去我那儿，你们那层太多艺人和团队，万一碰上了不太好，狗仔也盯得紧。"

"你能不能少给我惹点事啊姑奶奶！"芸姐捶胸顿足，"我迟早要给你气到吃救心丸。"

许言想笑，心说不惹事就不是虞雪了。她还是个素人的时候就爱通宵喝酒,成名后依旧保持我行我素的"画风",有人喜欢,也有人看不惯,很正常。

她和许言在圈里是公认的交情好,许言在国外那几年,因为主摄风景,又很少回国内参加活动,大众知名度并不算高,是虞雪放着国内大把的摄影师不要,专门飞P城找他拍照。团队每次发相关照片微博时都按虞雪的要求一次不落地点名许言,直接或间接地为他搭建流量和商务合作——如果说作品是许言在摄影圈里站稳脚跟的基础,陆森是带他迈进时尚圈的伯乐,那么虞雪就是闭眼送演艺圈资源的情谊富人。

就跟那种看直播哗哗哗打赏火箭、法拉利的榜一大哥似的,简单粗暴,效果立马看得到。

出了电梯,许言抱着她往自己房间走,虞雪不知道哪根筋又不对了,开始大声唱歌。助理慌乱伸手捂她嘴,但还是闹出了点动静,走到门前时他们听见"咔嗒"一声,许言房间对面的那扇门打开了。

芸姐和助理双双血压飙升,许言抬头和沈植对视一眼,安慰她们:"没事,认识的人。"

虞雪也不唱歌了,眨巴眼睛盯着沈植看,那张脸着实有让人过目难忘的本事,以至于她虽然醉得不轻,却还是很快就回忆起三年前那个旧小区,站在许言家门口等了一夜的男人。

"哎,这不是……"

在她说出任何不像样的话前,许言把她抱进房间。

刚把人放到床上,手机又响了,主编打来的。许言让她们先看着虞雪,自己到客厅接电话。不是什么大事,只是有个压缩包拷丢了,许言去电脑里找出来给她发了过去。

有人按门铃,许言去看猫眼,接着把门打开。

"需要解酒药吗?"沈植问,"吃了会舒服点。"

"好,"许言说,"谢谢。"

沈植点头,回房间拿药,许言把门虚掩。助理去洗手间拧热毛巾,芸姐在打电话,许言坐到床边,抽了张纸巾想帮虞雪擦擦眼泪,结果刚一俯身,就被她搂住了脖子。

"刚刚那个人……我以前就在你家门口见过他呢。"

这人醉了也不改八卦本色,许言没说话,虞雪一噘嘴又掉下泪来:"老公,你是不是有什么事瞒着我呢?"

许言:"……"

沈植进房间时刚巧碰上助理在客厅倒水,对方顿时有点惊恐,沈植抬手摇了摇药盒,轻声说:"来送解酒药。"

"好的好的,"助理小声应道,"谢谢你!"她接过解酒药,沈植跟她一起往卧室走。

许言回头看了眼,没注意到推拉门旁的沈植,他对助理说:"毛巾给我。"助理将毛巾递过去,许言帮虞雪擦了擦眼尾的泪,把热毛巾敷在她额头上,问:"会不会想吐?"

虞雪摇摇头,目光越过许言肩膀,看见沈植,不知道为什么她忽然哆嗦了一下,也不叫老公了:"许言。"

许言隐忍地闭了闭眼,耐心地问:"怎么了呢?"

"空调,温度调高一点。"虞雪害怕地把跟沈植对视的目光收回来,喃喃地说。

助理立刻调了温度,许言看见她手上的药盒,才意识到沈植送药过来了,扭头一看,沈植确实站在那里。许言没多留意,伸手去拿水杯,跟助理说:"拆两颗出来。"

他握水杯的右手中指上圈着一枚漂亮的戒指,虞雪接过杯子,左手,同样是中指,戴着跟许言一模一样的戒指。

哄着虞雪把药吃下去,许言筋疲力尽地站起来,回身想跟沈植说声谢谢,但门边的位置已经空了,沈植走了。

"许言,"虞雪终于清醒了点,她靠在枕头上,难得严肃地问,"那个人,他是不是变态?"

"什么?"

"他刚刚的表情……"虞雪好像心有余悸,"我感觉是那种心理有问题,会把你关在地下室的人。"

"他是律师。"许言痛苦道,"反正关谁也不会关你,你赶紧闭嘴。"

沈植弓着背,双手撑在洗漱台上,脸上湿透,他盯着水池里那片波光粼粼……

果然在许言身边,已经没有自己朋友的位置了,他对三年前才认识的邻居都能这么好,对自己却如此冷酷。所想的都落空,沈植抬头看着镜子,他凭什么认为许言会原谅自己?明明在很久很久以前,许言就是个再果断不过的人,放了手就不会回头。

只有他,只有他在三年里辗转反侧、夜不能寐,想着挽回,或是重新开始。

沈植的听觉彻底失效,耳鸣声阵阵,视线里的场景开始变得扭曲——许言的背影、水杯、灯……像调色盘里的颜料,被笔刷混搅在一起。

最后沈植甚至连站稳的能力都快消失,他意识到自己再待下去会是什么下场,所以他退出。

沈植直起身,从洗手间回到卧室,目光放空,他在床边坐下,拿起桌上的药盒,里面一共九个小方格,每一格都塞满药片,圆的、椭圆的、方形。他从贴着"安眠药"标签的方格里取了两片,含进嘴里,喝了口水咽下。

他拉开被子躺进去,不关灯,闭上眼。

沈植在一阵窒息中醒来,胸口像压了重物,空调开着,但身上冷汗密布。他在眼睛尚未睁开时就察觉房里是黑的,灯不知道什么时候熄灭了。

他花了将近一分钟时间,才慢慢吐出一口气,又深深吸了一口,胸膛起伏时终于能感知心跳。四肢发麻,重得抬不起来,沈植竭力伸手去摸开关,可怎么也没找到,怎么也找不到,他开始变得急躁。

又回来了。这个念头无法遏制地在脑海里浮现,很快,生理反应印证了它，沈植重新回到呼吸不畅的状态，不同的是心跳得很快，快到似乎有什么东西在身体里猛踢。他像一条脱水的鱼，张嘴不断呼吸，但这并不是他要的氧气。

沈植挣扎着翻了个身，整个人摔在地毯上。听不见声音，看不见光，他甚至怀疑自己被关进了什么容器，伸长手往前够，没有边缘，无法感知这个容器有多大，它到底会有多大。

他摸到了一块硬硬的角，是茶几。沈植扶着边沿站起来，他看见一道细弱的光线，从大门的门缝底下溢进来，很细很细的一条，看起来也很远。沈植想，也许有一条完整的马路那么远。他跌跌撞撞地朝那道光去，一路上碰倒了椅子和水杯，还有其他的什么东西。两条腿异常沉重，沈植费尽力气拖着它们，分不清那到底是行走的工具，还是身体的累赘。摸上门把手的那刻，他感觉自己到达容器边缘，他找到了。

用力拉开门，眼前是酒店走廊，暖黄的灯，暗红的地毯。

"咔嗒"一声，沈植微微睁大眼睛，看见对面的房门打开。

许言搂着虞雪走出来，打照面的一瞬间他并不惊讶，脸上还是淡漠又疏离的表情。沈植惊觉自己逃离的或许不是什么容器，而是他赖以生存、隐藏自我的栖身地。他现在想退回房间里，退回他的容器，声音却先一步从嘴里跑了出来。

他听见自己沙哑的嗓音："你们……"

许言古怪地看着他："我们怎么了？"

"许言，"叫出这个名字的时候沈植感觉肩膀突然变轻了，他说，"我们能不能谈谈？"

"谈什么？"许言嘲讽地笑起来，"我干吗跟你浪费时间？"

他说着就要带虞雪走，沈植迈了一步伸手拉住他，声音发抖："就五分钟，许言，就五分钟。"

可思维里根本组织不出谈话的具体内容，沈植只是迫切地抓住救命稻草一般地，想要和许言独处，五分钟不行，那就一分钟，多短都可以。

"沈植，你是不是有病？"许言不耐烦地甩开他的手，"有病就去治，别烦我行不行？"

他从衬衫口袋里拿出一张名片，递到沈植面前："赶紧去看心理医生。"

沈植的视线聚焦在那个名字上——蓝秋晨。

怔愣几秒，他忽地苦笑起来："不用了。"他怎么能告诉许言，蓝秋晨本来就是他的医生。他转身走向电梯，按下楼键，他确实到时间看医生了，现在就得去。

电梯门打开，沈植走进去，但里面是空的，没有轿厢，于是他像跳崖般，自26楼直直坠了下去。

沈植从强烈的失重感里惊醒。

灯是亮着的，但他仍然呼吸不过来，额上冷汗遍布，四肢麻木无力。

几分钟过后，房间里的一切景象从扭曲变为正常，沈植很慢地坐起身，他整个人轻微哆嗦着，去够那个药盒，打开，冷静地把药片挑出来，三种，七颗，放进嘴里，又拿起水杯，将它们一口气咽下去。

做完这一切，沈植在床上坐了很久，回想起梦里的场景——他从26楼摔下去，最后一刻，他成了旁观者，看见自己砸成一团血肉模糊。

好像突然闻到血腥味，沈植的喉咙里猛地涌上一阵恶心，连拖鞋都来不及穿，他跑向洗手间，跪在马桶边，低头呕吐起来。

刚吃的药被吐了个干净，沈植站起来趴在洗漱台前，不断地漱口，用水洗脸。等到终于觉得够了，他关掉水龙头，听见门外传来隐约的人声。

沈植倏地抬起头，转身走出洗手间，穿过短廊，伸手去开门。

许言刚心满意足地跟偶像见完面聊完天吃完夜宵回来，虞雪在此期间已经酒醒，回了她自己的房间。和隔壁的陆森道了晚安，许言慢悠悠走到房门前，正要刷卡，对面的门忽然打开。

他转头看着沈植，对方脸上一片湿痕，刘海挂着水珠，眼底红血丝密布，唇色却很苍白，沉沉地喘着气——甚至他竟然是光着脚的。毫不夸张地说，许言觉得沈植根本就是刚从什么地方死里逃生。

　　可沈植现在只有虚惊一场的侥幸——在看到许言是单独一个人站在他面前的时候。

　　许言穿着干干净净的白色T恤，身上什么痕迹、什么饰品也没有，连同十指空空。他看过来的表情有点惊讶，但绝对是鲜活有温度的，浇灭一切病态和绝望。

　　他觉得自己回到了充满烟火气的人间。

　　电梯忽然"叮"了一声——出来的是某个媒体的工作人员，一边低头看手机一边走向另一头的房间，没注意到他们。

　　许言看了沈植一眼，沈植正微微低头，湿垂的刘海把眼睛挡住。许言沉默了会儿，转身要回房。

　　"许言，"沈植拉住他的手，像费了很大力气，说，"我们……能谈谈吗？"

　　和梦里一样，他并不知道要谈什么，他只想跟许言一起待着。

　　他的眼睛通红，看着许言，目光里透出隐隐的恳求意味。

　　许言按了按眉心，思维在酒精作用下运行缓慢，看到沈植的状态确实异样……算了。

　　"去你房间。"许言说。

　　"好。"他半晌才从嗓子里推出一个字。

　　许言擦过沈植的肩走进房间，在客厅的单人沙发上坐下，沈植倒了杯水放在他面前。杯子挨到茶几的那刻，沈植忽然直起身匆匆说了句"等我一下"就去了卧室——他把床边的药盒藏到枕头下。

　　明知道许言看不见，明知道许言不可能走进卧室，但沈植还是要藏，要藏得很严实，连同他的不安、彷徨、心虚、崩坏，都藏起来。

　　"很晚了，你要说什么？"许言看着茶几那头的沈植，问。

沈植双手交握，垂在腿间，他低着头，肩也往下沉，像精神耗尽，许言怀疑他下一秒就会往前栽倒在地。

"你和她……是什么时候在一起的？"

许言反应了几秒，明白沈植是误会了。

"这好像跟你没关系。"他回答。

"如果你说的谈谈就是探听我的隐私，那我无可奉告。"许言站起身，"我回去了。"

"许言，"沈植立刻放下手起了身，"等一下。"

"再待一会儿吧，"他像个落魄的、流浪已久的人一样，重复道，"再陪我几分钟。"

许言突然感到一种酸胀的钝痛，从腹腔中心的位置，往上涌。这种感觉有点陌生，但他体会过——很久前的一个深夜，沈植从公司晚归，可过了半个多小时，还是没听到沈植房间有任何动静。

许言睁开眼，下床，在走到衣帽间的时候，他看见沈植坐在地毯上，头挨着旁边的柜子，那张白皙的脸疲惫又安静，就那样睡着了。

"你是怎么回事？"许言把自己从久远的回忆里拉出来，问他。

"没事，"沈植别开眼，低声说，"可能是有点累了。"

"累了就休息。"

这句话随口得不能再随口，但在三年多没从许言嘴里听到类似话语的沈植眼里，它简直像关心一样可贵。沈植看着他重新坐回沙发上，顿了两秒，轻声问："你喝酒了？"

"嗯。"许言手肘支在沙发扶手上，掌心托着下巴，淡淡应了声。

"今天辛苦吗？"

"还行。"

"你们明天走？"

"对。"

许言不冷不热地回答了几个问题，沈植忽然沉默下去，他发觉自己还有无数的、零零碎碎的问题想要问，又担心许言会觉得烦。

于是他说:"喝口水吧,酒劲过去之后会有点渴的。"

许言垂眼看了看茶几上那杯一口没动的水,又去看沈植,淡淡地说:"不喝。

"怕被下药。"

沈植登时愣在那里,脸上才恢复的那点血色一秒褪尽。心头被这短短四个字豁出一道口子,有无数的近似委屈的情绪不断喷薄,同时他清楚自己没资格委屈,从前他向许言施加伤害的时候,许言一定比现在的他更委屈、更难过,并且——都已经那么委屈难过了,许言还要朝他露出笑来,还要继续关心他。

一段漫长的死寂过后,沈植嗓音喑哑地开口:"对不起。"

"没什么好对不起的。"许言很平静。

他不想提过去,三年前是,现在也是,他一遍遍告诉自己别回看,不值得看,一地狼藉罢了。

与其分分秒秒警告自己不要回忆,弄得这么累,永远僵持不下,不如摊开了说,说完算完。

如果到现在连这些都还不能正面相对,那这三年就算是白过了。

伤疤嘛,愈合了就没事了,哪怕手多去抠两下,也不至于鲜血淋漓,只是一块看起来特殊一点的皮肤而已。

"我不是要听你道歉,"许言看着他,"我是想让你愧疚。

"如果你真的愧疚了,你就应该再也不出现在我面前,不打扰我,对吧?"

沈植低着头,一字一句:"做不到。"

"误会你是我的错。"他声音发抖,深呼吸之后才勉强平复,"但是许言,我真的不是因为报复才那样对你的。"

"报复"这两个字一直像插在心上的刀,沈植甘愿揽下所有错,唯独这个不行,他不能认,因为他确确实实从没有过这样的想法。

许言的手指无意识地动了动,他说:"跟一个给自己下药的人做朋友,除了报复没别的可能。"

"不是，"沈植仍然很坚持地否认，他抬起头，发红的双眼直视许言，"我只是不想和你变成陌生人。"

他很少，几乎没有跟许言一次性说过这么多话。他记得蓝秋晨提到过，有时候吃了药会提升表达欲，会很想说话。大概是刚刚吃的药起效了，沈植想。

但他猛然又想到，吃下去的那七颗药后来被自己吐掉了。

许言却忽地低笑一声——沈植说一直以来都没有想过报复，哪怕觉得是他下的药，也仍然不想失去他。

这过于离谱，许言笑着问："不想和我变成陌生人，所以在后来的四年里忽视我、消磨我？

"沈植，你做的哪件事不是在把我往外推让我滚蛋？那是不想和我变成陌生人的样子？"

沈植手握成拳，死死压在沙发上，指关节发白，说话都困难："所以对不起……我明明是跟自己过不去，跟那个误会过不去，但是却伤害了你，对不起。"

"你有病。"许言看他几秒，突然说。

沈植的喉结滚动了一下，嘴角抿出淡笑，目光也空："是，我有病。"

他知道许言说的"你有病"只是口头语，但仍有被狠狠刺伤的感觉——毕竟他真的有病，有需要定时看医生、不间断吃药的病。

"……"许言觉得太阳穴生疼，"我困了，先回去了。"

肺里的空气像被立刻抽空，人都恍惚地悬浮起来，沈植脑子里只剩一个念头：许言要走了。可他找不到要许言再多留片刻的理由，苍白的唇动了动，也只能嘶哑地叫一声："许言……"

许言站在沙发边，盯着他看了会儿，走过来，走到他面前。

沈植仰头，表情就像在沙漠里日夜跋涉、筋疲力尽后终于等到雨来临的征兆。但许言只是俯视着那张瘦削的脸，用一种毫无波澜的语气，说："当陌生人就行了，沈植。"

这个提议注定不会得到任何回答，沈植狠咬紧牙关，装作若无其事地低下头。

"我等你。"沈植忽然抬头，看着他说。

许言一时没反应过来他这句话是什么意思，沈植顿了顿，又开口，每个字都咬得艰涩且用力："等你原谅我的那一天，我是不会放弃的。"

房间里只剩空调运行的声响，许言盯住沈植的眼睛，半晌才问他："你等我？"

沈植的下颌线绷紧："对。"

许言蓦地笑起来："沈植。"

"沈律师。"他这样叫沈植，带着不可置信的荒谬感，难以想象沈植这么骄傲冷静的人会说出这种话。

许言顺着他站起来的动作往后退一步，保持距离："没必要。"

像刀枪不入的盾，不论是眼神还是表情，许言都和三年前一样干脆果决，不留任何余地，不给任何机会。沈植按捺不住心头胀痛，喉咙哽咽："那我也等。"

沈植垂下眼，睫毛遮盖涣散的瞳孔，他全身肌肉变得僵硬，难以动弹，声音也低哑："回去休息吧。"可其实他根本不能辨别自己说出口的到底是不是这五个字。

许言在他脸上打量，见他脸色惨白，直立在那里，看起来疲惫万分，像碰一下就会倒。

"你也好好休息。"许言说，他转过身走出房间，关门时看见沈植仍然站在原地，低着头看不清表情。

门关上，沈植闭上眼，调整呼吸，他试图往卧室走，但很困难，必须要扶着什么才行。几步路的距离花了将近两分钟才走完，他撑着床沿，另一只手去枕头下拿药盒，开盖子的时候手腕不受控地颤抖了一下，那一格里的十几颗药丸零零散散全撒在床上。

沈植盯着它们看，渐渐地那些药和床单扭成了一团，像旋涡，画面转动时引出反胃感。他只得闭起眼，手肘失力，整个人倒在床上，放任自己下沉、下陷。

从 B 市回来后许言又一头栽进香水广告的拍摄里，花了一个多星期，终于完事。王雯安列出接下来的工作安排，许言看了看，下期封面邀请的是虞雪，早就定了的，拍摄地点在一个小岛上，但他还没提前去看过，因为实在抽不出空。

"要不让其他摄影师过去看看？或者我去？"王雯安建议。

"没事，我就这习惯，自己拍自己踩点，心里有数。虞雪的时间更紧，没空在现场等我们商量位置和角度。"许言翻着行程，"下周日吧，那天我休息，暂时没别的事，我自己去一趟。"

"估计会下雨。"王雯安立刻打开天气预报，"没错，是会下雨，但不知道是不是下一整天，天气差的话光线不好挑，很可能白跑一趟。"

许言点点头："我到时候再看吧。"

今天他下班早，跟许年约了回家吃饭。吃完饭一家人坐在客厅，谈起许言新买的房，许燊问装修得怎么样了，许言回答："它目前还是一个完整的毛坯房。"

许燊："……"

"哎呀，哥找的那个设计师太忙了，估计得等到秋天才能动工。"

"没办法，看了那么多样例，就看中他的风格。"许言说，"反正不急，设计师定好了，到时候都交给他就行。"

聊了会儿天，许言和许年离开家，两人走到车边，许言手搭在门把上，想了想，他回头问："你今天怎么了？感觉不太开心啊。"

不但话少了，还总走神，刚刚喝茶的时候数次误拿起许言的杯子。

许年耷拉着脑袋："不知道。"

"你老婆呢？"

"出差，还没跟我说什么时候回来。"

许言抬头看看天，叹了口气："上我车吧，找个地方喝酒。"

两人到了常去的清吧，许言让老板开了瓶酒，老板问想兑点什么，红茶绿茶还是其他饮料，许年摆摆手："不兑了，就这么喝吧。"

许言看他一眼——他弟今晚是奔着喝醉去的。

"吵架了？"许言问。

"没有，就觉得……"许年皱皱眉，"姐姐怪怪的。"

"怎么怪了？"

"其实也没什么不一样，和平常差不多，是我自己感觉出来的，不知道怎么说。"许年仰头灌了半杯酒下去，"她又总是很忙，要出差，我公司里事也多，没什么机会谈谈。"

"你想谈什么？"

"我不知道，可能就是……"许年挺委屈地看着桌面，"可能是想她了吧，太久没有两个人一起好好待着了。"

许言就笑："想老婆了就去跟她说，在这儿难受没用的。"

"这不就是问题所在嘛，我感觉她最近好累，不太想说话的样子，问她什么都说没事，我突然有很多话就讲不出口了。"

"理解。"许言说，"等她回来好好谈谈吧，结婚三年多，总不能连这点事都过不去。"

许年缓慢地点了一下头，拿出手机，打开微信："问问姐姐什么时候回来。"

问完，两人又聊了半个多小时，许年其间隔几分钟就看手机，但一直没收到叶瑄的回复。许言眼见着他弟的表情越来越颓丧，也不知道该说什么，毕竟是人家两口子的事，只能一边给他倒酒企图麻醉他的悲伤，一边安慰："估计还在忙，或者睡了，出差这么累，难免的。"

"我没事，我很好。"许年痛饮一杯苦酒。

他醉醺醺地撩起眼皮，见许言也正迷迷瞪瞪地支着下巴，另一只手握着酒杯，转来转去地看。犹豫很久，许年嘟囔着说："哥，我问你件事。"

"嗯？"

许年坐起来一点,看着许言:"你回国这段时间里,沈植有来找你吗?"

酒杯停止转动,许言盯着摇摇晃晃的酒:"怎么了?"

"没怎么,就问问。"许年从食盘里摸了根小鱼干,放在嘴里慢慢嚼,"我以前觉得他是个目中无人的臭脾气富家子来着。"

"不至于。"许言淡淡说。目中无人不至于,顶多是目中无他,臭脾气也不至于,顶多是冷暴力……

"嗯,后来我听说他放着CEO不做,跟家里断了关系,跑去读法律,就觉得他还挺……怎么说,挺敢的,肯定有不少人等着看他笑话。"

"我也跟他合作过,不带感情色彩地说,他的专业能力是真的很强……是不是脑袋好的人其他方面多少欠缺点儿?"

许言早醉了,混混沌沌地只能挑重点抓,他问:"你们合作过?"

"啊,啊对,"许年是个喝多了就什么都往外倒的主儿,"就……去年吧,那会儿,我……我干什么来着?哦,搞收购,然后不是请了懿新的律师做顾问吗,那边的合伙人给我推荐了沈植。

"哥,你知道我们得公私分明,是吧,虽然我对他非常有偏见,但合伙人那样子,摆明了就是要亲手带沈植,我就没拒绝……

"沈植写的所有材料,呃,尽调报告、意见书什么的,我都看过。当时还挺纳闷……他一个人怎么能在这么短的时间里做出来。后来……后来和律所合伙人吃饭,他跟我说沈植当时是推掉了其他业务,专心在做我这一个。而且……最开始,是沈植自己提出要负责这个项目的,说愿意无报酬接手。

"公司跟他对接的经理也说,沈律师每次发资料核对问题都是凌晨四五点,但……但你白天无论什么时候找他,也都能及时回复,好像不用睡觉。

"哥,他真的不用睡觉吗?"许年喝大了,什么都敢问,他瞅着许言,"他是不是AI啊?"

睡,不但要睡,偶尔还会赖床,要许言好声好气地在他枕头边提醒他今天早上有会,千万不能迟到。

许言揉揉眼睛,说:"忘了。"

"反正他做出来的东西真的很牛……后来还额外给了一份几百页的分析材料,都是他摸透公司情况之后……写出来的投融资建议和各种风险评估,我这辈子都没见过有律师会花心思给免费写这个的……

"再加上他好歹是管理过大集团的人……啊,真的,比投行分析师还专业,法务部看了都没话说。公司几个市场投资相关的部门现在……还在用他写的材料做参考……我也是,那沓材料确实很有用。

"他的脑子我真的很佩服,但是哥,要是他真来找你了……"许言猛灌一口酒,愤愤地说,"你也要想明白,或许他有别的目的。

"就算他拿着住院单来你面前装可怜,也不能心软,知道吗?"

许言皱起眉:"什么住院单?"

"哦……说漏嘴了,"许年懊恼地捏捏后颈,迷迷糊糊,"我听说他去 B 市出差,结果上星期进医院了,不知道现在出来没有,搞不好还在 B 市的某个病房里。

"他们那行本来就是透支身体,沈植在律所又是有案源、能创收的,估计压力更大吧,吃不消了也正常……"许年说着,头快磕桌子上了,昏昏欲睡。

许言在发呆,想起上次见沈植的最后一面——消瘦、苍白、脆弱、失态,骨子里透出来的疲惫。但在其他场合见到他时,比如第一次在摄影棚,第二次在汤韵妍的工作室,第三次在酒店电梯,沈植看起来都是克制、正常的。

又想到,第二天他和陆森去退房,听见旁边的大堂经理在打电话,类似"把行李送去医院,别落下什么东西,仔细点""营养餐让后厨准备一下,中午送到医院""有什么要求都认真记下来,一定要安排好"之类的,许言当时还在想是哪个 VIP 有这种待遇,现在联系起来,那人应该就是沈植。

"噢!"许年猛地坐直,看着手机,"姐姐打电话给我了。"

他接起来，高高兴兴应了几声，许言听到他报了酒吧的名字，接着许年的脸色开始暗淡，最后挂完电话简直面如死灰。他抬起头："哥，姐姐说她刚下飞机，现在过来，有话要跟我说。"

许言心里咯噔一下。

许年已经僵硬，痴痴呆呆坐在那儿，一句话也没有，许言想劝不敢劝，更不敢想叶瑄到底要说什么。

半个多小时后，叶瑄踏进酒吧，她身材高挑，一进门就尤其引人注目。许言抬手朝她挥了挥，低声对许年说："打起精神。"

许年勉强把头抬起来。

"我上个厕所，你们……聊。"叶瑄走近后，许言拿着酒杯起身，他醉得厉害，说话都有点不利索。

谁也没有问他去厕所为什么要带上酒杯，许年往沙发里头挪了点，仰头朝叶瑄苍白一笑："累不累？坐一下，吃点东西。"

叶瑄看了眼桌上的小食，说："不吃。"

许言靠在吧台边，不远不近地望着许年那桌，看见叶瑄先是说了几句什么，许年好像有点撑不住了，接着他猛地一哆嗦，直愣愣看着叶瑄，最后抬手捂住脸，哭了。

越看越心慌，许言已经在急速思考如果叶瑄真的提离婚了该怎么办。

许年哭了大概有一分钟，叶瑄一直很冷静地看着他，许言咬咬牙，直起身准备回座位，问问到底怎么回事，但他刚要迈脚，就见许年抹抹眼泪拿起手机，在屏幕上打字。很快，手机亮了，许言收到了许年的微信消息：哥，我要当爸爸了。

许言看着屏幕暗下去，半晌才松了口气，如释重负地笑出来，眼睛却酸酸的。

回到座位，他给丢人的弟弟塞过去几张纸巾，然后对叶瑄说："恭喜，辛苦了。"

"出差前临时做的检查，没等结果出来就上飞机了，后来医生联系我说确定怀孕了。"叶瑄笑笑，"我也很慌，要是跟许年说了，他估

191

计立马就要飞去找我,我决定还是回来再告诉他。"

她牵住许年的手:"这几天我都有点心不在焉,情绪也不高,很想见许年,所以今天提早结束了工作回来。"

许年哭哭啼啼地伸手抱她,眼泪蹭到叶瑄的淡蓝色衬衣上:"老婆,呜呜呜呜……"

最后叶瑄开车把两人带回去,许年怕自己醉醺醺的影响到她,就跟许言一起坐后座。他歪靠在许言肩上,抽噎着说:"哥,爱情太伟大了。"

许言:"……"

许年:"哥,我希望你也幸福。"

许言:"好的。"

许年:"哥,你现在开心吗?"

许言:"开心。"

许年满足地闭上眼:"我也是。"

叶瑄从后视镜里看了许年一眼,轻轻弯起嘴角。

车开到小区楼下,许言下了车,见他摇摇晃晃的,叶瑄说:"我扶你上去。"

"没事没事,真不用,走两步就是电梯了,我一个人行的,你们路上小心。"

许年神志不清地跟他挥手:"明早我让司机把你车开过来……停地下车库里。哥,晚安。"

"好,晚安。"

"哥,我跟你说了吗?我要当爸爸了。"

许言笑着,鼻子有点酸,不知道是感动还是替他高兴:"真的吗,恭喜你。"

车子开走,许言回了回神,磨磨蹭蹭往垃圾桶旁边挪,他的手心里一直紧攥着一根小鱼干,从叶瑄进酒吧的时候就攥着了。经历了以为弟妹要提离婚、弟弟要当爸爸了的大起大落,小鱼干就这么缩在手心里,直到现在,都被焐热了。

扔掉小鱼干,突然其来觉得很累,许言在花坛边蹲下去,头晕目眩。他垂下头闭起眼,困,但实在不想动。人喝多了就这样,看哪儿都像床,恨不得就这么躺下睡觉算了。

后颈忽然覆上一片微凉,许言轻微缩了下脖子,睁开眼抬起头——沈植的臂弯里搭着件西服外套,正俯身看着他。

草丛里有虫鸣声,飞蚊在路灯下打着转。沈植轻轻拍了拍许言的肩,说:"外面虫子多,回家吧。"

看,又变成了沉静稳重的沈律师。许言想。

他没说话,沈植握着他的手臂把他拉起来。白天下过雨,晚上的风有点凉,沈植把外套披到许言身上,见他一直垂着脑袋不吭声,就带他往楼里走。

"什么时候回来的?"电梯里,许言突然开口问。

"刚下飞机过来,正好碰到你回家。"

许言只评价:"这么忙。"

"嗯,事情多,耽搁了几天。"电梯门打开,沈植说,"到了。"

许年失算了,沈植并不会拿着住院单来许言面前装可怜卖惨。

头越来越晕,许言掏出钥匙,对着锁孔戳了半天也没戳进去,烦躁得快要骂人。最后一直没说话的沈植从他手里拿过钥匙,打开门。

门一开,许言就挣开沈植,跌跌撞撞冲进洗手间,跪在马桶前狂吐。他有段时间没放开喝酒了,今天猛地灌了那么多下去,有点受不住。沈植走过来蹲在他身边,拍着他的背,一边伸手按下冲水键。许言双眼通红地盯着马桶,水流的漩涡带走污秽,吐掉了,冲完了,就干净了。

沈植起身拧毛巾,用漱口杯装了杯水,给许言漱口,又拿湿毛巾替他擦了擦嘴角和脸,最后他把许言扶起来:"回房间休息,我去煮点热水。"

许言非常顺从，他的酒品优良，喝醉之后从不闹事，不大声喧哗，除了反应迟钝，其他方面都很让人省心。

看许言安安静静在床边坐下，沈植开了空调，去厨房煮水，他刚一走，许言就往后栽下去，天旋地转，他感觉电灯在天花板上跑来跑去，看得人不爽。沈植的外套硌在后背，许言伸手把它扯出来，甩到一边，有个黑黑的东西从西服内侧口袋里掉下来，"啪"一声砸在胸口。

许言摸索着把它拿起来，是个钱包。

他记得这个钱包。

一款知名品牌的经典黑色折叠皮夹，大概是六年前，他当作毕业礼物送给沈植的，背面上有他特意让专柜压印的字"SZ"。

翻过去，那两个字母还在，只不过没有刚买来时那么清晰了。

当初他把钱包送给沈植的时候，沈植怔了下，直白地说："我没给你买礼物。"

买了就有鬼了，许言压根儿没指望，但他装作冥思苦想了一会儿，说："那作为补偿，你现在就把钱包换掉。"

沈植倒是没拒绝，把原来的钱包扔给许言："随你。"许言惊讶于他的好说话，随后立刻把旧钱包里的卡都换了过去。

后来沈植一直在用这个钱包，这么看来，这钱包挺耐用的，质量很不错，虽然旧了不少，但没什么明显的磨损和裂痕。

翻来覆去地看了会儿，许言准备放回去，但大拇指不小心挤进皮夹的对折缝隙里，把它撑开了，跳进视线的是照片夹层中，一张很显眼的蓝底一寸照。

照片里的男生眼尾和嘴角带笑，眼神明亮地看着镜头——是大学时期的许言。

根本不用猜测沈植是通过什么途径拿到这张一寸照的，因为照片的边缘残留着四分之一的红色印章痕迹——摄影协会，"会"字只剩一半在上面。

所以照片是从大学摄影协会的证件上撕下来的。

证件照后面还有张照片，许言把它抽出来，发现是拍毕业照那天穿着学士服的自己——侧脸，抱着束花，在笑。焦没对准，画面有点模糊，右下角甚至还有半个路人的脑袋。从一个摄影师的角度来看，照片应该是匆忙拍下的。

他和沈植不同系，拍毕业照的日子也就不在同一天。他拍照的那天沈植要去公司开会，而沈植拍照时自己正跟上司在外面出差，两人于是刚好错过，许言曾无数次叹惜怎么就没能亲手拿单反给沈植拍毕业照。

无法解释这张侧脸照是怎么来的，是那天明明正在开会的沈植拍的，还是其他人拍了之后恰巧传到沈植手里的，总之它被洗出来了，剪裁成合适的尺寸，放在沈植的皮夹里。

透明膜上有被照片边缘微微撑起的凸痕，内侧被相片覆盖的那块皮质颜色比旁边的更深更新，证明它们放在里面的时间并不短。

许言的神志在此期间一点点变得清醒，又一点点变得糊涂，他以为已经过去很久，但其实也就五分钟不到。等他把照片按原样放回钱包，再把钱包放回沈植的外套，房门被推开，沈植拿着一个玻璃碗，里面是剥好的橘子和切好的梨块。

"先吃点水果。"

沈植走过来单膝跪在床前，许言的瞳仁跟着他的动作转。一瓣橘子送到嘴边，许言不张嘴，沈植换了个梨块，但许言仍然不张嘴。

他看了许言一会儿，问："想吃别的？"

许言不说话，抬手揉眼睛，没揉两下手就被沈植拉开了，许言用力眨眨右眼，咕哝了一句："痒。"

过了一会儿，许言慢慢把眼睛睁开，右眼有点红，但不痒了。他说："要吃橘子。"

酸酸甜甜的一瓣橘子放到嘴里，许言嚼了几口，问了一个从刚开始就该问但其实问了也白问的问题："你来干什么？"

沈植盯着许言的手："来看看你。"

"上星期才见过。

"想和我做朋友不需要这么麻烦的,其实只要心里有我这个朋友就好了。"

沈植内心一怔:这是接受我的示好了吗?

手机铃猝然响起,许言被吓得一哆嗦,他别开脸,伸手掏兜,拿出手机。

沈植看了眼来电人——虞雪,他站起来说:"我去倒热水。"

许言没看他,接起电话:"喂?"

虞雪今天终于是正常的:"在干什么呢?我进组一星期了你知道吗?"

"听说了,"许言笑,知道她拍戏累了,就把声音放轻,听起来格外柔和,"这不是很快就能见面了。"

他说这句话时沈植刚走出去掩上门,隔着门缝听见许言的嗓音,带着哄人似的安慰意味——和三年前几乎没什么不同,只是给了另一个人。

那边虞雪也笑了一声:"你说下期封面拍摄吗?确实快了。"

"对,那岛听说是私人的,上面具体怎样也不知道,我下星期先过去看看。"

"嗯,"虞雪应了一声,"是林衍的,他以前不让别人在岛上拍照。"

"原来是林总的⋯⋯难怪没人知道它长什么样,连照片都没有。"

"没什么特别的,上面有个阳光房,里面种了花,定期会有人过去照料。"虞雪说。

许言问:"种的什么花?我看看有没有能用来布景的。"

"丁香花,"虞雪好像快睡着了,语调轻得要飘起来,但许言觉得她更像是陷入了某种回忆里,她说,"只有丁香花。"

"好,我知道了。"许言说,"累了吧,收工了就早点休息。"

"好呀!"

挂了电话,许言闭上眼睛,刚刚说"拍摄""照片"的时候,其实他满脑子都是沈植钱包里那两张相片。他好像看见了很久以前的自己，眼睛里有光的，热切、真挚，也看见过去的沈植，冷漠、不耐。

他一秒都不想再经历那样的过去，所以只能拒沈植于千里，人总是要趋利避害的。

门被推开，沈植拿着一杯热水进来，见许言闭着眼，以为他睡了。沈植把水杯放床头，在床边坐下。

"渴吗？"他试着轻声问。

许言慢慢撩起眼皮，半响，很迟钝地"哦"了一声。他手肘撑在床上，支起上半身，微抬着下巴，张嘴，沈植把水杯靠过去。许言仰起脖子，之前还不觉得，一旦碰到水就好像格外渴。他整个人有点急切，往前凑，双唇含住杯沿，喉结上下滑动，嗓子里发出咕噜咕噜的吞咽声。

喝完了，许言舔舔嘴唇，一闭眼往后又栽在床上。

"还要不要？"沈植问。

许言摇摇头。

"洗澡吗？"

许言又摇摇头："你走吧，我晚点酒醒了再洗。"

他说完就翻了个身，抱着枕头要睡觉了，沈植看了他一会儿。他给许言盖上薄被，起身走到门边，关掉灯，带上门。

路过客厅的时候，沈植侧头看着那张沙发，陷入沉思。

## Chapter 7
## 可以试试

沈植（死机）：？！
沈植（已冷静）：是幻觉。

全新的一天，早上八点，工作日闹钟准时响起，许言脑袋猛一抽抽，皱着眉哔了声，他摸起手机关了铃，两片眼皮简直像粘在一起，睁不开。

床头柜上放着杯水，许言嗓子干得快冒烟，伸手拿起来喝，喝到一半，他低头看看水杯，杂乱的记忆慢慢拼凑起来——许年跟叶瑄回去后，自己蹲在楼下，回家还吐了，接了个虞雪的电话，后来就睡了。

好像还缺了什么来着……没空再想，十点多有拍摄，他艰难地爬起来，扒掉上衣去洗漱。刷完牙洗完脸，许言想了想，决定先煮个粥再来洗澡。他出了洗手间，开房门，同时听见厨房里传来水声，一瞬间还以为自己昨晚没关水龙头。但不对，许言扭头看着客厅茶几上的笔记本电脑和旁边的一沓资料，以及沙发上的西服外套……

外套——钱包——照片——

想起来了。

许言搓搓脸，潜意识真挺可怕的，大脑竟然直接屏蔽了昨晚有关沈植的记忆。

沈植洗完手走出厨房就看到许言光着上身站在房门口，低头揉脸。以为他是宿醉后头疼，沈植立刻走过去："怎么了，不舒服？"

"不是，"许言把手抽出来，"没睡醒而已。"

沈植松懈下来，问："饿了吗？我煮了粥。"

许言就抬眼看他，不知道这个十指不沾阳春水的金贵大少爷什么时候学会下厨了。他问："什么粥？"

"瘦肉青菜粥。"

许言没说话,往餐桌走,沈植站在他身后,看着他的背:"衣服不先穿上吗?"

"沈律师给我讲讲,哪条法律规定在家必须穿衣服?"

他的语气懒散随意,沈植莫名笑了一下,说:"没有。"

许言整个人蔫蔫的,头疼,尤其是昨晚酒后的对话开始渐渐在脑海里变得清晰,其实没什么,但确实不太应该。

"今天上班吗?"沈植问。

"上。你怎么还不走?"

"要在这边处理点事,晚上再回去。"沈植顿了顿,试探地说,"我送你去公司。"

"不用。"

粥有点烫,许言迫不得已吃得很慢,沈植坐在对面看着他,全程没有再说话。喝完最后一口粥,许言拿碗去洗,沈植起身:"我来洗。"

"不用。"许言绕过他走去厨房水池边,"你收拾好东西就走吧,我要去上班了。"

沈植在这方面有着充耳不闻的高超能力,他帮许言倒了杯热水,放在一边晾着,突然问:"还记不记得昨天晚上你说了什么?"

"不记得。"许言回答。

"你说……"

"你说了不算。"许言立刻打断他,"你学法的,应该比谁都清楚,说话要讲证据。"他知道那些话算不上出格,但仍然非常抗拒自己的酒后失言被提起,这是醉酒人最后的尊严。

沈植没说什么,拿出手机,许言警惕侧头,见他打开了录音机。

"你还录音了?"许言很诧异,不是诧异自己被录音了,而是诧异沈植竟然真的会做这种事。

但沈植随即又切回主屏幕,看着许言,很淡地笑了一下。"没有,开玩笑的,"他说,"没关系,你忘了也不要紧。"

反正他亲耳听到了。

许言洗完澡收拾好,在房间里给许年打电话,他笃定许年醉成那样肯定早就忘了让司机把车开回来的事,果不其然。等司机再开车过来可能有点来不及,许言准备打车。

他出房间的时候沈植正收拾完东西,虽然被拒绝过一次,但沈植还是说:"我送你去公司。"

"不用,我自己开车。"

"你的车昨天不是被开走了吗?"

许言停顿一秒:"司机已经给我开回来了。"

"我一直在客厅,没有人来敲门送车钥匙。"沈植说。

"……"果然,对律师撒谎是个错误的决定,许言于是直接说,"我打车。"

"一起去吧,正好我要去你们公司拿资料。"

许言怀疑他在说谎,但是没有证据。他沉默了会儿,没说好也没说不,开门出去了,沈植跟在他身后出了门。

"昨天晚上在你家卫生间洗了澡。"沈植开着车,忽然说。

许言还以为他在卫生间里发现了什么外星生物,但等了很久,沈植也没接着再开口,许言才意识到他是认真地在向自己汇报事实。

"知道了。"许言说。

沈植的手机响了,许言下意识抬头看了眼,但沈植动作很快,伸手按断来电,屏幕上的名字被他的手背挡住,许言只看见一个"蓝"字。

一路无话,半个多小时后,车停在公司门口,许言解开安全带,说了声"谢谢"就下车,直奔摄影棚。刚刚在车上王雯安给他发微信,说准备工作都差不多了,等他来了就开始。

号称要来公司拿资料的沈植坐在车上一动没动,看着许言的背影消失在视线里,他才拿起手机,给蓝秋晨回了个电话。

"刚刚在开车。"

"你不是说昨天回来吗?"

"嗯，昨天晚上回来的。"

"你在B市的病历我看过了，什么时候过来？我再给你安排做个检查。"

"下周，住院这几天耽误了点事，要处理一下，后天还要出差。"

"你……"蓝秋晨气结，"算了，劝不动你的。"说完挂了电话。

沈植倒是很平静，调回导航界面，重新开动车子。

周六晚上，许言翻着天气预报，显示明天下午有雷阵雨，原本他打算早上没雨的时候去，但临时有个拍摄要补，只剩半天的空。

许言决定中午过去，大致转一圈定个点，赶在下雨之前离开。虞雪给他弄了只小摩托艇，方便他来回，搞得许言还有点兴奋，距离上一次开摩托艇，都过去大半年了。

计划赶不上变化，第二天的拍摄超出了预期时间，许言到码头时已经下午一点多，好在太阳还挺大，暂时没有下雨的征兆。许言背好相机，跟着驾驶员粗略地熟悉了一下操作，就跨上了摩托艇，往小岛开。

很近，十多分钟的路程，许言把摩托艇停在沙滩边，往里走，穿过一条林荫道，看见一栋小别墅，别墅后面是处高地，一座完全透明的阳光房坐落在上面。透过玻璃可以看到阳光房里一簇簇淡紫色的花，是虞雪说的丁香。

别墅的门是锁着的，外围全是摄像头，虞雪昨晚把大门密码发给许言，完了又忽然想起来里面的门是双重锁，密码加指纹，外人打不开。许言倒是无所谓，他本来也没打算进屋。

岛不大，许言绕了一圈，风景跟海边没什么差别，最特别的应该还是那座花房。他走回去，输密码打开阳光房的门，迎面扑来一阵淡雅清香。许言从前没仔细观察过丁香花，今天一看，发现真的是很漂亮，简直像油画。

他在脑内构想了一下虞雪化淡妆站在花团中的样子——很完美。主编和策划这次想法不错，虞雪平常都是走美艳路线，照片风格难免会单一，这次剑走偏锋让她清新一把，算是换换口味。

时间也挑得准，正好在这屋丁香花盛放的花期。

许言拍了几个空境，认真地把每个角落都看过去，预设角度，布局构图，调整光线……调着调着，许言猛一抬头——完蛋，光线没了。

天阴得很突然，风起得也很突然，许言看着玻璃顶外的乌云，半响，又低头去看手机时间，他发誓之后做事情一定要定闹钟，不能放任自己沉浸其中。

匆忙收拾器材，许言试图赶在下雨前离开小岛，但是老天非常残忍，许言听到"吧嗒"几声，随后屋顶上立刻响起了类似下冰雹的声音，有水珠顺着玻璃墙往下流，暴雨开始。

幸好在房子里不用担心淋雨，但孤身一人滞留在阴沉沉的岛上确实算不上什么美好经历。许言不害怕，就觉得挺感慨，也许这就是人生，你越不想面对的事，它就越会想方设法地在你身上发生，以此力证命运无常。

他在一张木椅上坐下，现在三点多，天气预报上显示六点是多云，那么再等两个多小时应该就……轰隆——有道雷像劈在了地上似的，许言被这声突如其来的巨响震得心都快炸了，整个人变得呆滞，蒙蒙地看着外面风雨飘摇，闪电时不时飞过，照亮一片模糊景象。

"许言……许言……"

遥远的喊声伴随着笃笃笃的敲玻璃声隐隐约约传来，许言一愣，开始没出息地哆嗦，怀疑自己幻听了，不然就是见鬼了，总之这两种情况都不是太美妙。他从背包里摸出简易三脚架，抻直，握在手里，朝声音来源走过去。战胜恐惧的最好办法是面对恐惧，许言在心里鼓舞自己：胆小鬼是可耻的，今天不是你死就是我亡……

又一道闪电划过，那瞬间许言看见玻璃门外有道人影，非常高，在敲门，整个场景简直跟恐怖片没有区别。许言顿时不想面对恐惧了，他站在原地，开始思考走哪条路线往回躲比较好。

"许言！"

许言一怔，丢下手里的三脚架，跑过去，把门打开。

刹那间，风和雨来势汹汹地往里猛冲，许言还惦记着要保护丁香花，立刻把人拉进来，用力压上门。

许言回过头，看见沈植浑身湿透地喘着气，白衬衫贴在身上，刘海全部往后捋，露出光洁的额头。他身后是大片大片的淡紫色丁香花，光影绰绰，暗香涌动，混合着暴雨中的青草泥土气味，有种触之可及的真实感。

雨水顺着沈植白皙的脸往下滚淌，像眼泪。不知道为什么，许言在这一刻蓦地想到，三年前他和沈植决裂的那晚，在那个漆黑的包厢里，如果他能看清，沈植的脸上应该就是这样流着泪，哽咽着跟他说"对不起"。

"你怎么……"

许言刚开口，沈植就低头打开手上的透明袋，把里面干燥的西服外套拿出来，走了两步给他披上，紧接着又拿出一袋麦当劳，还是热的，递到许言手里。

"来的时候太急了，只买了这个，"沈植抹了一把滚到下巴的雨水，匆匆说，"你先吃一点。"

许言拍摄结束就过来了，到现在都没吃午饭，肚子空空。他伸手掏裤兜，想拿纸巾给沈植擦擦，但纸巾好像在背包里，许言说："去那边，有椅子。"

两人到桌旁坐下，许言还有点没缓过神，他把麦当劳的纸巾给沈植递过去："擦一下脸。"

沈植接过纸巾，但没立刻擦脸，而是从袋子里又拿了一瓶矿泉水出来，拧开，放到许言跟前。

许言也不吃，从包里掏出更多纸巾，堆在沈植面前："快点擦。"

"好。"

确实饿了，许言吃了几口汉堡，咽下去："怎么过来的？"

"快艇。"

"那不是要……"许言想说开那玩意儿要驾驶证,又忽然想起沈律师在还不是沈律师而是沈总的时候就考了游艇驾照,只是不知道沈总的那艘游艇现在有没有被卖掉。

许言说:"下那么大雨,开过来很危险。"

"开了一半才下雨的。"

"刚出差回来?"许言是这么猜的,毕竟沈植快一个星期没出现,按常理来说,必然是在出差,他都琢磨出规律了。

"嗯。"

"有空多休息,找我没必要。"许言说。

"有必要,你很重要。"沈植显然不想谈这个,他揭过话题,"快吃吧。"

许言不说话了,专心吃东西。暴雨还在继续,许言吃完后收拾好包装袋。他们坐在树下,很暗,许言看了沈植一眼,扭头去扒拉背包,终于在最底下找到一条毛巾。

"头发擦一下。"许言把毛巾给他,又脱下身上的西服外套,"衬衫脱了,外套穿上。"

沈植接过毛巾擦头发:"没事的,不冷,降温了,你披着。"

"你不觉得你这话很矛盾吗?"许言问他。

矛不矛盾的,沈植不知道,他只感觉头晕,身上一阵一阵地打冷战,脑袋好像又是热的。这次项目时间紧,他熬了好几个夜晚,每天的睡眠时间加起来不超过四个小时,又淋了场雨,他想自己大概是有点发烧。

许言感觉他不太对劲,但是光线暗,看不清沈植的脸色。他单手给沈植披上外套,心想算了,刚刚那顿麦当劳大概六十块钱,沈植冒大雨送来,加外卖费九块钱,吃人嘴软。

"累就回去休息,过来干什么?"许言说。

沈植闭着眼,他开始在心里做五分钟倒计时,但许言的提问打断了他的计时。沈植有些答非所问:"打雷了。"

"我不怕打雷。"许言没嘴硬,他确实不怕。

"我怕。"沈植说。

于是许言忽然想起以前,有天晚上也是下暴雨,打雷,特别响,沈植当时在书房,但没过半分钟就来找自己。许言正在看书,问他怎么了,沈植没说话。许言再次问到底怎么了,沈植只是安静地坐着,搞得许言一头雾水。

现在看来……可能是真的怕,许言都怀疑刚刚沈植敲门敲得那么着急就是因为打雷。

一回忆起以前——许言低头看着沈植的右手,问他:"你这手怎么样了?"

有没有按时复查做针灸?有没有注意避免提重物?下雨天还会不会痛?

沈植的手指动了动,手腕清晰作痛。他沉默几秒,说:"没事,没什么关系。"

又一道雷响起——还剩三分钟。沈植心想。头越来越晕,他想开口找话题来维持清醒,却突然听见许言问他:"你是不是很早就想读法律?"

许言清楚沈植是什么样的人,绝不会是一时兴起三分钟热度的。几年前沈植离开公司,许言以为他是打算独立创业,或是做其他相关的什么事,反正没想到他会进入一个全新的领域,当了律师。这证明沈植在很久以前就有这种想法,但自己从头到尾一无所知。

"对。"

许言淡淡说:"没听你说起过。"

要说什么呢?沈植很认真地思考起来,他大三的时候瞒着父母准备 LSAT(法学院入学考试),想申请 JD(法律博士),假使真的申请成功,意味着他会面临数年的异国生活。沈植在考虑到许言的情况下,转而申请了几所院校的法学院夏令营,如果顺利保研,即使不在同一个城市,也能在实习时调回来,不是什么大问题。

无论是出国还是去别的城市，沈植都不愿意构想许言为了他而放弃什么，陪他去别的地方。是他提出要试试在先，就不能只顾自己往前走。

但在收到几份入营通知后，沈植紧接着收到一份邮件，里面是许言相关的所有私人信息，包括家庭成员和他家的公司。那些文字、数据、照片，列得那么详细，甚至比沈植所了解的许言还要详细百倍。

沈植当天就回了家，一家人以谈判的姿态冷冰冰地各坐一方，孟愉婉提出要求——放弃读法律，毕业后立刻进公司，如果沈植做得到，他们可以暂时不干涉他的选择。

沈植暂时妥协，他一直是那种很快就能权衡利弊，做出决定的人，唯一一次犹豫就是在许言想要和他做朋友的时候。对于学法律，他原本也没抱太大希望，总会被家里知道的，他只是想尽力试试，现在既然多了一个软肋，沈植于是干脆地中止，想着缓到毕业再说，同时他和家里陷入冷战。

临近毕业，如果不妥协，许言可能会受到伤害——沈植再次回家，承诺自己已经彻底放弃，会安心在公司工作。到此为止，他心里没什么遗憾，人总要有取舍。

他承认自己的很多抉择都和许言有关，在许言完全不知情的情况下。但那都是过去了，并且即便如此——他规划好了方向，却没能够到及格线，让许言受了太多委屈。

所以光靠这点完全不足以抵消，现在说出来也就没必要，倒像是卖惨卖乖。他既然从前没说，如今就更不会说，沈植明白自己最该做的是在当下对他好，仅此而已。

"以前家里不同意，就没去想。"沈植垂下眼，"后来离开公司了，还是想做喜欢的事。"

"怎么没考本校，说出去好歹是名校。"许言说完自己愣了下，补充道，"不是说你现在的学校不好的意思，就问问。"

沈植抿了抿唇，省略一些不可说的缘由，只回答："现在的也很好,从法学专业上来说。学院里的一个教授是我外公之前的学生,关系不错的长辈,备考的时候跟他交流了很多,最后决定报这个学校,他当我的导师。"

许言点点头:"那确实。"

"许言,"沈植轻声叫他,说,"对不起。"

沈植慢慢坐直,转头看着许言:"我想好好跟你道歉,性格问题也好,就算你觉得我以前是在报复你,也没关系,因为确实都是我的错。

"对你的误解,让你难过了,让你受委屈了,让你吃了很多苦,全部是我一个人的错,对不起。"

"别说了。"许言的声音微微发抖,在房外呼啸的风声里也很清晰。

那么坚固的墙,在沈植失态失控时都能岿然不动,许言不明白他为什么会因为这几句没征兆的道歉而动摇。可能是沈植的对不起太认真,不是真相来临时哭着说的,也不是在提起旧事时带着痛说的,它们来得没有缘由,反而比以往的任何一次听起来分量都重。

"许言,"头晕晕沉沉,沈植闭了闭眼,"那几年,辛苦你了。"

"如果我没有误会你,可能当时就不是这样的了。"沈植笑了下,"但是这三年你过得很好,我替你高兴。

"我在想,分开之后你过得更好了,我希望你一直那么好……"他的声音低下去,"但我控制不住,总想着还能不能再跟你走近一点,对不起。"

许言皱着眉别过头,发现看不清东西,他眨了下眼睛,才意识到自己哭了。

沈植的后悔,沈植的歉意,不但压垮了他自己,也压垮了许言。许言一直以为一切都过去了,他可以在提起往事的时候面不改色,也可以对沈植冷眼相对,因为早就放弃了,他只想撇得干干净净,永远别相见。

但到此时许言才发现,原来这样的忏悔对他来说仍然存在攻击力。他撑得越久,就会在这一刻崩溃得越狼狈,有些事情是注定的,无法抵抗，就像今天的坏天气。

"是好事。"许言吸了口气，尽力保持平稳的语气，"我和你现在都在做喜欢的事了。"

沈植看着桌面，轻轻摇头："我不好，很不好。"

"如果心怀愧疚让你很难受，"许言隐蔽地擦了一下眼泪，"那我说，我原谅你了。"

外面的雨变小了，沈植转过头，怔怔看着他。

"我原谅你了。"许言再次说。

他以前比较激进，以至于得偿所愿地收获了一个相当痛苦的结局。人总要成长，哪怕从二十四岁开始也没有关系，许言想，应该学会跟年轻的自己握手言和。

如果沈植想要解脱，如果一句真心的原谅能让他好过一点，那许言就给他。

"其他的就算了，要是你没法接受当陌生人，"许言紧接着开口，"做普通朋友，多的没有。"

沈植还是愣愣的，完全说不出话。普通朋友……普通朋友，那也好，总之比陌生人好，证明许言愿意稍稍接纳他，这样很好。

但是"其他的就算了""多的没有"又像一盆冷水浇下来，沈植感觉自己的一颗心被抛上抛下，像飘忽的气球，始终不能落地，饱胀的兴奋里掺杂着失落。他知道自己该知足，但怎么就这么贪心，还想跟许言再索求一些什么，多一点的。

一切都静下来，雨停了，许言站起来："走吧。"

乌云过去，光线亮了点，他一瞥眼看见沈植脸上不正常的红，问："你发烧了？"

"没有……"沈植摇摇头，按着椅背站起来，短暂的安静过后，他望向许言。

"谢谢你原谅我。"他哑着嗓子说。

浪不算大，他们各自开回码头。到了停车场，许言见沈植一直垂着头,就多打量了他几眼,发现他的左手无名指上有条血痕,不知道被什么刮破了。

"等等,"许言叫住他,从包里找出创可贴,"手抬起来。"

沈植的白衬衫半湿半干,头发也是,唇色有点白。他不明所以地抬起双手,许言低头给他贴上创可贴,再次问:"你真没发烧?"

"没有,我没事。"沈植盯着那圈创可贴,半晌后抬起头,"你开车小心,回去以后洗个热水澡,不要感冒了。"

"你也是。"许言转身上车,头也不回地开走。

沈植站在原地捏了捏眉心,强打起精神坐上驾驶座。

两小时后,蓝秋晨下楼来了输液大厅,坐到沈植旁边:"你一年365天里有360天在生病吧。"

沈植没回答,目光往下,落在自己的无名指上。

"手怎么了?"蓝秋晨问。

"不知道,"沈植说,"我自己都没发现受伤了,他给我贴的创可贴。"他抬起头,像脑子烧坏了。

"……"蓝秋晨无语了,"我给你消下毒,换个新的。"

沈植摇摇头,手掌翻来覆去的,反正就一直在看创可贴。他洗澡的时候全程抬着左手,头发也是特意去理发店洗的,总算完美地守护了这张创可贴。

"他说原谅我了,"沈植的声音很低,"他真的很好。"

他之前头晕得厉害,一直混混沌沌的,精神不在线,到现在才回过一点神,脑袋里那层纸"刺啦"一声撕裂开来,终于清楚回忆起许言到底说了什么。

他被原谅了。

但这句原谅给沈植带来的完全不是解脱,不是松了口气,而是对许言更深更浓烈的愧疚。许言越好,沈植就越内疚。

蓝秋晨一愣,替沈植高兴,又忍不住揶揄他:"那怎么不让他知道你发烧了,跟你一起来医院,多好的机会。"

"生病是我自己的事，拿这个博同情没必要。"沈植很慢地眨了一下眼睛，"他工作很忙的，今天还那么累，应该早点回家休息。"

蓝秋晨："……给你换个创可贴吧。"

"不换。"

"……"蓝秋晨拍拍他的肩，"输完液上楼来，我给你安排做检查，不然你又忙得抓不到人。"

"好。"

蓝秋晨起身，走出大厅时他回头看了眼——沈植还在看手上的创可贴，非常认真。

从小岛回来之后，许言飞国外参加活动，结束后立马回了国，睡了没五个小时，起床，给虞雪拍封面。

到了岛上，别墅大门开着，许言上楼，化妆师正给虞雪上妆，虞雪手里拿着剧本在专心看。她是临时从剧组请假出来的，虞雪这人虽然平常看起来不着调，但演戏是实打实认真，对待本职工作出奇敬业，许言猜这是观众对她容忍度高的原因，因为演技和态度确实没的挑。

"好久不见。"许言拿着相机边走近边拍，就当花絮。

虞雪抬起头，眼神飘忽，没出戏似的，半晌才问："你回来了？"

她虽然本来就爱讲废话，但这句真的是太废话了。

"嗯，半夜到的。"许言把镜头聚焦在虞雪的白色小花耳饰上，"你去阳光房看了吗？丁香花开得很好。"

虞雪慢慢看向镜头，很淡地笑了下："看了呀，真的开得很好。"

"那我先过去看看，你妆发弄好了我们就开始。"

"嗯。"

二十分钟后，虞雪来了阳光房。今天天气好，许言前一星期踩过点，对场地熟，拍起来得心应手，但……他看着黑白取景器里的虞雪，总感觉她跟平时不一样。

虞雪这次的妆和造型都很简单，像个二十岁出头的学生。眼神不娇不浮,看过来时干干净净,像透过镜头在望着别的什么东西,很远,但并不空洞,莫名有些悲戚。许言在拍摄过程中数次被她带入情绪,风声和浪潮声都在耳边消失,他捕捉到了一种类似于怀念的东西。

放下相机时,许言在心里感叹,演员的眼睛确实会说话,会变成另一个人。

收工后,其余人在收拾东西,虞雪坐在椅子上,丁香花掉了几朵在桌面,她有些出神地盯着瞧。许言走过去,在虞雪身边坐下,替她开了瓶水:"累了?"

"没有呀,就是想到了一点事。"

"嗯。"许言应了声。

虞雪抬起头,看着满树丁香:"我第一套写真,就是拿丁香花做的背景呢。"

"那摄影师肯定没想到,自己拍的女孩子现在会成当红艺人。"许言说。

"对呀,他肯定想不到。"虞雪往前趴在桌上,一手撑着下巴,"大二的时候,他给我拍写真,就在丁香树下拍的。那时候丁香花开得正好,他说他喜欢丁香,我当时还觉得这个摄影师看起来高冷,品味倒是很小清新。

"后来我才知道,他不是摄影师,是警校的,但很喜欢拍照,比我小一岁。明明是他对我有意思,先找我拍的照片,但反过来成了我追他。他这人又傲又别扭,我性格也不怎么样,在一起以后两人总闹矛盾。

"毕业那会儿我拍了几部网剧,因为没名气嘛,挺受冷眼的,还要被性骚扰,有次我忍不住把桌子掀了,跑了出去,才发现他就等在门口。我说我不想演戏了,他说'没事,我养你,回家吧,外面冷'。

"再后来,他当警察了,特别忙,我那时候也找不到方向,心理压力大,每次见面总弄得不欢而散,大家都很累。有一次跟他吃晚饭,两人又吵起来了,就因为很小的一件事,他说'我们还是先冷静一下'。

"我说好,第二天我就回老家散心,一星期没跟他联系,结果等我要回去的前一天,他给我发微信,说在一起太累了,他也不想继续了,就分手吧,不要见面。我都忘了自己那段时间是怎么过来的,在老家又待了两个月,浑浑噩噩的。"

虞雪说到这里就停住了,许言沉默很久,说:"不合适的话,分开是好事。"

"要是故事到这里结束就好了。"虞雪抬头,透过屋顶看着天空,"后来我回去了,还是很想他,有次喝醉了给他打电话,是他妈妈接的,我就问阿姨他在哪里,能不能让他接一下电话,阿姨说不能,然后她哭了。

"我才知道我回老家的那天,他出任务的时候被嫌疑人恶意撞车,之后在医院抢救了一个星期,没了一条腿和一只手,醒来第一件事就是跟我说分手。

"他接受不了自己变成残废,没过多久,一个人摇着轮椅,深更半夜的,去了江边,跳下去了。"虞雪轻声说,"他自杀的那天,和三年前我们确定关系是同一天。"

许言有些错愕地看着她,说不出话。

"我去了他家,让他妈妈带我去墓地,阿姨告诉我,他在遗书里交代,让把我以前送他的礼物和情书,还有一束丁香花,都放进墓碑下面,他已经整理好了。阿姨还给了我一本写真集,是他为我拍过的所有照片,都洗出来整理在一起,我看见他在里面写了一句话——'丁香花漂亮,配你才漂亮,你最漂亮'。"

许言想给虞雪递纸巾,但虞雪并没有掉眼泪。

"奇怪,知道他去世了,我都没哭,每天喝得烂醉,醉了就睡觉。很久以后,有天我出门,路过公园,看见丁香花开了,满树都是,我突然就腿软了,人来人往的,我蹲在马路上,哭得站不起来。"

她的情绪撑得很稳,好像并不需要许言的安慰,仅仅是红了眼眶而已。

窗户开着，风吹过，树上又窸窸窣窣掉下几朵丁香。虞雪忽然笑起来，转过头看着许言："我跟你讲一个秘密。"

"什么秘密？"

"我告诉你，林衍第一次走进我的花店的时候，我还以为我看到他了。"虞雪竖起食指抵在唇边，"嘘"了一声，红着眼睛，表情很神秘，"只有你知道，不能告诉别人。"

"好。"许言笑着说。

回剧组的路上，虞雪坐在车里闭目养神，手机响了，她接起来："喂？"

"拍完了？"林衍问她，"你种的丁香开得怎么样？我今年都没去那岛上，你一有空就过去看，也不拍点照片给我。"

"开得很漂亮呀，但是配我才漂亮，等许言把照片发给我了，我给你看。"

"那是，"林衍轻笑一声，"你最漂亮。"

许言从小岛回公司之后一直有点心不在焉，在想虞雪的事。晚上去父母家吃饭，见他精神不好，方蕙问是不是太累了，叫他适当休息一下。许言点点头："是有点累，我过段时间调两天假。"

聊了没几句，许燊端着茶杯站在楼梯口，对许言说："来书房。"

许言一脸茫然，不知道他爸要说什么。进了书房，满室墨香，许言观赏着许燊作的画，说："爸，画得这么好，都能开画展了吧。"

"我问你，"许燊坐在椅子上，不为所动，"那个沈植，是不是经常去找你？"

拿着画的手一顿，许言抬头，有些猝不及防："啊？"

"别装傻。"

许言笑了下："您别担心，我知道该怎么样的。"

"你最好是知道。"许燊拧着眉，"他这个人不知道还想怎么利用你。别忘了你以前是怎么过来的，这么大的人了，为自己的脸面想想。"

他其实不想讲这些，自己的儿子心疼都来不及，但实在怕许言又重蹈覆辙，只能狠下心说难听话。

许言怔了几秒，抿起嘴笑得有些勉强："肯定的，您放心。"

他下了楼，跟方蕙道别，方蕙大概也猜到许燊说了什么，但她只劝许言注意休息，多回家吃饭。

许言出门，上了车，刚系好安全带，手机响了，是沈植的电话。上次从岛上回去之后沈植第一次给他打电话，问他有没有不舒服，有没有感冒，许言说没有。两人沉默了会儿，许言说要睡觉了，沈植道了晚安。

此刻，许言看着手机，一动不动，直到电话被挂断。

第二天一早，许言睁眼打开手机，看见同事给自己发的消息，是条微博，点进去，竟然是虞雪和林衍的新闻——有人拍到林衍去剧组探班，之后上了虞雪的房车。

许言倒是不慌，这种情况还不至于把恋情坐实，顶多算个绯闻。上了微博一看，虞雪公司已经发了澄清声明，之后剧组也有人出面做证虞雪的助理和化妆师当时都在房车上。

多大点事。许言关了手机，起床洗漱。

对他来说不算大事，但在沈植看来就不一样了。

虞雪难道背着许言……他不想许言因此难过。

沈植找到林绵，给她发了微博链接，毕竟林衍是她亲哥哥。林绵很快就回复：沈律师什么时候还关心这些了？

沈植确实从不关注八卦，但自从认为许言和虞雪在交往后，他有意无意会看跟虞雪相关的资讯——这是他记忆中第一次见到虞雪和林衍的名字一起上新闻。

他回复：只是看看，好像已经澄清了。

林绵：对，澄清了，那你发给我干啥呢？

沈植替许言松了口气。

他正要关手机，林绵却又回复：算了，看在熟人的分儿上，我告诉你一个秘密,虽然你可能不感兴趣。

林绵:虞雪跟我哥在一起挺久啦,独家机密,请勿外泄!

五秒过后,她又把这条消息撤回了。

沈植过了整整两分钟才重新打字:你没骗我?

林绵:虽然我撤回了,但我说的是真的。

一个多小时后,沈植到了许言公司门口,忽然发现自己还没提前弄清许言今天上不上班,有没有出外景,是不是在公司。

他给汤韵妍发消息,问她知不知道许言在哪儿。

汤韵妍:沈律师来得真巧,许言在我办公室。

她接着补充了一句:他在帮我试旗袍。

是汤韵妍助理开的门,喊了一声"沈律师好",沈植颔首,往里走。TOTO站在架子上,见沈植来了,扑棱翅膀大喊:"老公!老公!"

"没救了,"汤韵妍说,"自从上次以后它就再也不喊热烈欢迎了,见谁都叫老公。"

沈植盯着TOTO看了几秒,汤韵妍拍拍他的手臂:"许言在更衣室,刚试完两套,我看他好像有点累,让他先休息一下。"

"好。"

更衣室的门虚掩着,沈植敲了两下,没人应,他以为许言在里面睡着了,于是推进去。

眼前的场景着实有些出人意料。

许言穿了条黑色旗袍,虽然姿势实在不太体面雅观,但不可否认有种异样的艺术感,像黑天鹅。

"……"许言低骂了一声,扭过头,一愣,目光顺着那双黑色皮鞋往上,掠过笔挺的西裤和蓝衬衫,定在沈植脸上。

就离谱。

沈植感觉自己半晌才回过神,喉结滚动了一下,他蹲下去,问:

"怎么了？"

许言还跪着，手撑起来一点，皱着眉："耳钉掉了。"

"汤设计师亲手做的黑钻耳钉，要真给我弄没了，她会杀了我。"

"你起来，我来找。"沈植伸手扶着他站起来，自己又蹲下去，撩开一件件曳地的裙摆，最后在模特架后面找到了耳钉。

许言正对着镜子在扣纽扣，沈植走到他身边，抽了张餐巾纸，擦了擦耳棒，说："给你。"

"我出去了。"许言戴好后绕过沈植往外走。

"这套适合你，公司大半男模都试过了，就你符合我想要的感觉。"汤韵妍一见许言出来就满意点头，"幸好展子推迟了，不然都没机会让你这个大忙人帮我试。"

许言光脚踩上台，笑了下问："有让陆大摄影试过吗？"

"试过，"汤韵妍挑眉，"他穿那套深紫色的简直绝了，到时候我把照片发你看。"

许言心理平衡了。

沈植站在窗边，他不着急，他可以等许言把所有事情忙完。

这一套拍了半个多小时，其间沈植出去接了两个电话，第二个电话打完，他从阳台进来的时候许言刚好去了更衣室。

"不拍了，接下来许摄影的时间是你的了。"汤韵妍一边喂TOTO一边说。

"谢谢，辛苦了。"沈植说。

许言换上自己的衣服，出来，跟汤韵妍道了个别就往外走，沈植跟着出去。TOTO看着两人的背影，咽下嘴里的饲料，大叫："老公慢走！老公再见！"

走廊里不断有人来往，许言默不作声地往前，一直到尽头，他推开一扇门，回头看着沈植："进来。"

沈植走了几步进去，是间杂货屋，架子上零零散散地放着些箱子和木板。许言关上门，他靠在门后，表情看起来确实像汤韵妍说的，有点累,问:"找我什么事?"

"昨天晚上没睡好吗?还是出差太累了?"沈植答非所问。

许言垂着眼,睫毛动了动:"没睡好。你找我什么事?"

"我看见新闻了,"沈植慢慢说,"就去问了林绵,她告诉我,虞雪和林衍已经在一起挺久了。"

许言面色平静:"所以呢?我从没跟你说过我和她在一起。"

确实是这样,沈植来时没空多想,但刚刚在汤韵妍办公室里,他看着许言,把思路捋清,想起许言一直以来从未承认他和虞雪在一起,一切都是自己的猜测,许言仅仅是没有否认而已,沈植也懂其中的原因。

"嗯。"沈植笑了一下,问,"今天晚上什么时候下班?一起吃个饭吗?"

他已经做好了被许言拒绝的准备,没关系,还可以再努力,但他没想到,许言的回答是:"够了。"

"够了。"许言冷冷地说,"我记得我上次跟你说可以当普通朋友,如果你要这样,那就别当了。"

沈植僵了一瞬,胸腔里的欣喜迅速冻结冷却。他反应了一会儿,才说:"没事,如果你没空……"

"我有空,但不会跟你吃饭。"许言脑子里全是许燊说的那句"为自己的脸面想想",他可以原谅沈植,但也被点醒——与其不断后撤防线,死死坚守边界才最保险。

这个决心最终成形于刚刚的更衣室里。

"沈植,我知道你是什么意思,也知道你有什么目的,真的够了。"许言直白地说,"我已经过上新的生活了,我不想打破它,我不会那么做。"

沈植朝他走近一步,语气几乎有些恳切:"不用打破,你维持原样就可以,我会很小心的,不给你造成任何裂缝和缺口,我保证。"

"你拿什么保证,保证了又有什么用?"许言后背打战,声音很

219

低,"你也知道什么叫'一朝被蛇咬,十年怕井绳',你凭什么要我和你再来一次?"

"那几年我有多少次背地里都想扇自己巴掌,怀疑到底是自己做错了什么让你始终没把我当真正的朋友,我有阴影了,懂吗?"

情绪跌宕,沈植感觉一下子透不过气,他不得不深呼吸了一次,手按在旁边的架子上,以维持站姿:"许言,对……"

"不用再说对不起,我原谅你了,但是少来打扰我,好好过自己的生活。"许言说完,转身拉开门,没有回头,只最后说了句,"你要是继续这样,我不介意再去国外待几年。"

门关上,屋子里很安静,阳光透过玻璃,把无数细微的尘埃照亮,沈植盯着那些浮尘,觉得它们正在前赴后继地往自己的鼻子和嘴里涌,把鼻腔、喉咙、肺管都堵住。他的胸口剧烈起伏,但呼吸还是越来越困难,这间房子也变得越来越狭小了,像蚕茧一样裹卷上来。沈植闭了闭眼,往前迈,手碰到门把手,他把门拉开,跨到空旷的走廊上。

想不起自己是怎么走过走廊、坐电梯、出公司的,沈植走到车边时地面已经摇晃得非常剧烈,失重感和眩晕感几乎让他无法站稳。他伸手拉车门,打不开,才想起没解锁,在车钥匙上胡乱按一通,终于把门拽开。他坐进去,摸索着打开储物箱,拿药瓶时里面的药片哗啦作响,那种声音在耳朵里被放大几十倍,听起来过于刺耳,沈植痛苦地皱起眉。

吞了几片药,三片或是五片,沈植没能数清,嗓子干,想再喝一口水,水瓶就握在手里,但他完全没有力气拿起来。腿在发麻,沈植闭着眼,发抖的手慢慢移过去,把裤袋里正在振动的手机拿出来,费了很大力气才举高一些。

屏幕上的字歪歪扭扭,沈植模糊分辨出那是汤韵妍的名字。

他怕汤韵妍打电话过来是跟许言有关,竭力稳了稳神志,接起来,但立刻就后悔了,因为自己根本发不出声音。

"喂?沈植?"汤韵妍的声音忽远忽近,"我助理说刚刚在走廊上看见你好像不太舒服,你现在在开车吗?"

沈植抬起头,大口大口地喘气,想说话,但实在很难。他感觉自己被关在瓶子里,不断有淤泥从瓶口注入,瓶子里的空间被一点点填满,他也被封在其中,不得动弹。

"沈植?怎么了?许言不在你身边吗?"

沈植的额头抵在方向盘上,终于挤出一道嘶哑的声音:"救我……"

蓝秋晨拿着脑核磁和脑 CT 报告进了病房,汤韵妍从椅子上站起来,病床上的沈植半睁开眼,又合上。

"再这么下去,伤到前额叶,你这律师也不用当了。"蓝秋晨把报告扔在沈植枕边,"脑袋就一个,真要有了不可逆的损伤,后悔是来不及的。"

沈植伸手拿起资料看了看,抬眼问:"我什么时候能走?"

蓝秋晨被他气到说不出话,丢下一句"你自己掂量"就出了病房。汤韵妍转身看着沈植,半晌,才说:"从没听你讲过。"

沈植看起来那么正常,沉静礼貌,优秀出众,汤韵妍无法把"抑郁""焦虑""幻觉"和他关联起来,虽然明知有些心理疾病在一般情况下不会外露,但因为对象是沈植,她还是感到不可置信。她和保安赶到时看见沈植在车里蜷缩、战栗、汗如雨下的模样,真的差点惊呼出声。

"不是什么值得分享的事。"沈植说,"已经转中度了,是蓝秋晨反应太大了,没事的。"

"许言知道吗?"

沈植调整呼吸喘了口气,回答:"不知道。"

许言知道了会怎样?沈植不敢设想,他也许会比现在更不愿意看见自己、抗拒自己。

所以，沈植忽然间明白，许言真的很明智，自己的存在只会让许言受伤、受苦、受折磨。许言选择全新的生活，完全没有错，是非常理智的，是在对自我人生负责。

沈植觉得自己的脑袋还算健康，他终于能看开，能把逻辑理顺，在对许言再次造成实质性伤害之前——幸好不算太晚。

看着他苍白的脸，汤韵妍如鲠在喉，看着两人经历了这么多，不胜唏嘘。

许言不知道这一切，不是因为沈植没机会说，而是沈植根本就不打算说。

输液瓶快空了，沈植伸手按呼叫按钮，他对汤韵妍说："抱歉今天耽误你时间了，我等会儿就出院，送你回公司。"

汤韵妍此刻完全共情了蓝秋晨的心态，那种恨铁不成钢的、咬牙切齿的矛盾和郁闷，想责怪沈植，却又狠不下心怪他。

回去的路上，沈植很稳妥地开着车，汤韵妍的视线大多时间集中在他手背的医用创可贴上。两人虽然都不是滔滔不绝的人，但也绝不至于这样沉默，可汤韵妍现在确实说不出话。

"路上小心，慢点开，记得按时去医院。"汤韵妍说完，得到沈植的点头答应后，关上车门，在原地看着他驶远。

到了办公室，许言和助理正站在工作台边看电脑。见汤韵妍进来，许言抬起头："晚上临时插了个拍摄，辛苦你给搭几套。"

相比早上时的那种困倦疲惫，汤韵妍觉得许言看起来更累了，是一种情绪上的低迷。

她走过去："好。"

花了点时间敲定搭配，几个助手过来把衣服和配饰整理走。许言说："辛苦了，今天我得熬夜，等会儿叫个咖啡，你喝吗？"

"我就不喝了。"汤韵妍说。

"你之前出去了？一个下午都不在，我以为你今天不回公司了。"

"嗯，去了趟医院。"

"怎么了？"许言转过来看着她，"不舒服？"

汤韵妍很平静地跟他对视。"是我朋友不舒服，"她抿了抿唇，到底还是狠下心，把名字说出来，"沈植进医院了。"

她清晰地看见许言的瞳孔放大了一点，接着他整个人不自觉站直身子，脑袋小幅地左右转了几圈，好像在找什么东西，又有点不知所措的样子。最后许言的目光落回来，问："他怎么了？"

"不清楚，但应该不是小毛病。"汤韵妍说，"不过他说有事要忙，拔了针头就出院了，现在在回去的路上。"

"我记得明天下午你会去那边参加摄影展，要是有空，可以顺便去看看他。"汤韵妍回头看着电脑，很轻地叹了口气，"当然，如果你觉得没有必要，完全不关心，那还是别去吧。"

她说："以免给他任何希望。"

许言没有回答，他清楚汤韵妍绝不是会夸大其词的人，他在脑海里反复回忆早上和沈植对话时有什么异常，但唯一能作为线索的只有最后那几秒——沈植险些站不住的样子，以及逃避对视的眼神。

熬了个通宵，许言凌晨五点才收工回家，他累得睁不开眼，洗完澡后倒头就睡，按理说应该能睡得很香，但并没有。这一觉不太安稳，做了些乱七八糟的梦，梦里的画面断断续续，大学时宽阔的操场，篮球场上蹦跶的球，树影斑驳的一地落叶，取景器里模糊的脸，只有那双眼睛很清晰，墨黑色的，望过来。

他和那双眼睛对视，很久，沈植的眼睛。

你要说什么？许言想问他，他感觉沈植有话要说，沈植却始终沉默。

"不说就算了。"许言闭上眼。

"救我……"

低哑痛苦的嗓音，许言猛然睁眼，但已经不在梦里。

许言从床上坐起来，低着头发呆，他昨天把话说得那么重，归根结底是想法不够坚定。心刚刚软化一点，就被迫又僵硬起来，束得高高的，收紧，悬空，如此反复，太受罪了。

但凡他真的可以对沈植做到视而不见、心如止水，也不至于用再出国一次来做威胁。

听起来很坚决，仔细一想就会发现里面包含了多少心虚、动摇和矛盾。

已经十二点了，吃过午饭就要去摄影展，许言发了会儿呆，起床洗漱。

出门前收到一条快递短信，许言下楼去快递柜取件，他不太清楚是什么，拿到车上以后他把小小的快递盒拆开，在气泡膜的最里面，是一摞单反内存卡和几个 U 盘。

许言愣愣地看着那些东西，几年前他让沈植把这些寄过来，但沈植说找不到了，结果今天它们却毫无征兆地到了自己手上。

看了一眼发货地址，是沈植的小区。

许言往后靠在椅背上，他很想问问：之前为什么不给？找了三年才找到吗？现在寄过来是什么意思？

还想问问：为什么你又进医院了？

太久没来这座城市了，摄影展结束后，许言跟朋友一起吃了晚饭，对方喜气洋洋地给他看两岁女儿的萌照，许言一边看一边想到叶瑄也怀孕了，挺高兴的。

吃完饭又坐着聊了很久，出餐厅时已经是晚上十点多，许言跟朋友道了别，上车。这块地方他很熟，是离沈植家最近的大商圈，到了街尽头，右转，过一条跨江大桥，再开几里路，是个公园，绕过公园就是沈植的小区。

许言以前出来买夜宵，开到桥上时总要降下车窗，吹晚风，看灯火，听船笛。他不止一次地想，要是沈植能跟他出门买东西就好了，风景这么棒，应该一起看看。

沿着大道开到尽头，右转，许言看着前路，笔直往前开是跨江大桥，走右行道会进快速路。如果要回家，他应该变车道走快速路，接着上高速。

许言握着方向盘,前方大桥上灯光灼灼,无数车流汇入,开向桥的那一端。

该变车道去快速路了,但许言迟迟没有打转向灯。岔道口的那块蓝色指示牌很显眼,白色字体反着光,指示直行或右行,越来越近,离必须变道的终点也越来越近。

还剩七米。

"沈植进医院了。"

还剩六米。

"不清楚,但应该不是小毛病。"

五米。

"我记得明天下午你会去那边参加摄影展,要是有空,可以顺便去看看他。"

四米。

"当然,如果你觉得没有必要,完全不关心,那还是别去吧。"

三米。

"以免给他任何希望。"

两米。

"救我……"

许言的心重重一跳,深吸口气,维持直行路线,朝大桥开去。

桥上风景依旧,许言有点恍惚。下桥后开过公园,车在小区门口被拦住,门卫过来敲窗,许言怀疑自己进不去了,但门卫仔细看他几眼,笑起来:"许先生?"

许言才发现保安没换人,不禁感叹对方的记忆力。他点点头:"好久不见。"

他被叫下车做人脸识别——通过。沈植一直没让人删掉许言的信息,他依然可以自由进出小区。

车缓缓停在路边,许言转头看着房子,里面一片漆黑,不知道沈植在不在家。

许言下了车，推开围栏门，那棵白玉兰比以前高了。他走到大门前，感应灯亮起，许言盯着电子锁，抬手，食指指腹按上去，"嘀哩哩"几声，门打开了。

门外的灯光照亮玄关，也隐隐约约照亮客厅其他地方，总体还是看不太清。但许言有种很怪异的感觉，这种感觉从房子的各个角落里一点点向他聚集，像伸来的藤蔓，缠住他的脚腕。

你走的时候，就算没有刻意去记离开时房子里是什么模样，但无论时隔多久再归来，都会看出变化，因为日常的记忆已经习惯性地刻在脑子里。

同样地，当它完全没有任何改变，你也能瞬间察觉。因为眼前的场景会和记忆中的画面无缝重合，清楚告知你这里还是原来的样子。

就比如许言从脚下的玄关，到开灯之后整个明亮的客厅，看过去，如果不是这几年的记忆还在，他会怀疑自己根本就是刚离开了一两天，甚至再短一点——一顿晚饭的工夫。

窗帘、沙发、地毯、壁画、茶具，玄关的拖鞋、靠枕的颜色和数量，茶几上的杂志、懒人沙发里的遥控器、垃圾桶和落地灯摆放的位置……许言在客厅里走了一圈，开始变得难以置信——眼前的一切，它们的样式、数量、位置，跟三年前他离开时都一模一样、分毫不差，几乎让他错以为这栋房子几年间都没住过人，所以才能一直维持原样。但它干净整洁，垃圾桶里有几个纸团，玻璃茶壶里盛着半壶白开水，勉强可以作为有人居住的证明。

餐厅也是，厨房也是。许言站在冰箱前，看着门上的冰箱贴，有几个是他旅游带回来的，有几个是网上刷到觉得喜欢买的，看起来旧了些，但一个不少。冰箱右门上的留言板也还在，写着"记得喝酸奶！"，左下角画了个丑丑的笑脸，都出自许言之手。

以前沈植觉得许言画得丑，总会伸手把那个笑脸抹掉，他抹一次，许言就重新画一次，坚持不懈、百折不挠。

许言在冰箱前站着，站到腿都酸了、麻了。他转身上楼梯，到主卧门前，不知道沈植在不在里面，许言敲了敲门。

没回应，许言打开门，房间里漆黑一片，只有露台灯亮着，他径直走过去，阳台的茶几上歪着几个空酒瓶，风一吹就酒气阵阵，只是没见到人。

许言又走到自己之前住的房间，床上是空的，但隐约可以看见左边枕头上有个黑乎乎的东西。

心跳不受控地快起来、重起来，许言伸手摸到开关，视野骤然明亮的那刻，他看着那只墨绿色的小鳄鱼，感觉有一双手狠狠按在肩上，异常沉重的力道，将他整个人向下压，让他不能动弹。

很久以后，许言的目光才艰难移开，床头柜放着他以前常用的水杯，那本没看完的书倒扣着，许言还记得是看到第157页——之所以记得，是因为沈植曾经随口问了他一句看到哪里了。

许言走到床边，拿起小鳄鱼捏了捏，是原来那只，很软，丑丑的，肚子底下有点脱线，小小的破口里可以塞进一根手指头。

他看得出神，忽听见衣帽间里传来一声很轻的闷响，许言放下小鳄鱼走过去，打开灯。往里走，还是一左一右两个大大的衣柜，沈植的衣柜关着，但另一个衣柜是开的，里面的壁灯亮着，悬挂的衣服被全部推到一头，留下半个柜子的空间。

许言停下脚步，站在那里，一动不动，他的表情变得茫然和震惊，微微睁大双眼。

柜子里挂的依然是他从前的衣服，而沈植正蜷缩在空出的那一半位置里，膝盖曲起，头歪着抵住柜板。从许言的角度看过去，他的侧脸、耳朵、脖颈都是红的，显然已经喝了太多酒。

许言牙关发颤，甚至磕咬到舌头，细密的痛意漫上来。他走了两步，站在衣柜前，声音低哑："沈植。"

"……"

"沈植。"沈植没反应，许言又叫了他一声。

沈植的睫毛动了动，眼睛睁开，一点点抬起头，转过来看向许言。

那双墨黑色的眼睛里满满都是醉意和迷茫，他看了许言几秒，忽然笑起来，很不清醒的那种笑。他仰头看着许言，脸上的笑意不自觉加深："你来了？"

"真怕你不理我了，"沈植声音很低，"没想到……还能看见你。"

他还以为梦里的许言也会和现实里一样，不再见他了。

许言声音都抖起来："你喝多了，去床上睡觉。"

"你走了，"沈植的语气有些难过，眼眶也红起来，"他们要把你的东西都扔掉，我没有同意，我不同意。"

许言的喉咙动了动，说不出话来。

"你走了，"沈植神志不清地重复，醉醺醺嘟囔，"小鳄鱼……床上那只小鳄鱼，你那么喜欢，也不要了吗？"

酸胀的涩意在喉咙和鼻腔里猝然蔓延，许言仰起头，用力眨了眨眼。沈植好像很委屈："许言，我手疼。"

"你不是……"许言说了几个字就哽住，吞咽了一下才继续开口，"你不是告诉我没事吗，不是不疼吗？"

"疼，"沈植低下头，带着哭腔，"很疼的。"

许言看到了沈植的眼泪。心紧揪在一起，喘不过气，许言张开嘴大口呼吸了一下，以缓解胸腔里那种难以忍受的疼痛。

"许言……"沈植低低地哭出声来，"我不知道要怎么补偿你，怎么对你好……你不肯给我机会，不想见我，我不知道要怎么办……"

"那你要我怎么办？"许言问他，也问自己。

沈植摇摇头，哽咽着说："不怎么办，你照顾好自己，多休息，按时吃饭。"

他抬起头，满脸是泪地看着许言："我不会打扰你，你不要再出国了。"

许言红着眼别开头，颤巍巍吸了口气："我去拿毛巾。"

他脚步匆匆走出衣帽间，去了洗手间，开灯。他看见自己的毛巾、牙刷、杯子，都原原本本放在最初的位置，没有变过。许言打开水龙头拧热毛巾，关上水，拿着热毛巾往外走，但沈植已经站在门口，表情有些迷蒙。

许言过去替他擦脸，沈植一直垂眼看他，蹙着眉问："怎么哭了？是不是我又让你伤心了？"

"没事。"许言吸了一下鼻子，再次拿毛巾擦沈植的脸，"去睡觉。"

"还没吃药……"

沈植说着，侧过头看别的地方，好像在找药。许言拉住他："你生了什么病，要吃药？"

空气安静了一会儿，沈植看起来像是在思考，随后他说："嗯……安眠药。"

"喝了酒不能吃药。"许言把他弄到床上，盖上被子，无意间看见沈植脖子上的项链。

许言问："项链要不要摘下来？"

沈植躺在床上，摇摇头，接着他把吊坠从T恤领子下拽出来，认真地说："我都不摘的。"

吊坠反着光，转过正面时许言才看清，是那枚史努比。

"链子……很旧了，我就换了一根。"沈植喃喃道。

许言站不住，在床边坐下，呜咽着弓起身子。他想藏好自己的眼泪，于是咽了一下唾液，尽量平静地说："我关灯了，你好好睡觉。"

"那要把台灯打开，"沈植说，"我怕黑。"

怎么会，许言转头看着他，沈植的习惯他是知道的，睡觉的时候很挑，有半点光都不行，一定要完完全全漆黑一片才睡得着。

"为什么怕黑了？"

"不留灯……睡不着。"沈植出神地看着吊灯，回忆似的，"总想起那个时候，李子悠结婚那天……我一个人在那个黑漆漆的房间里，待了很久，就怕了……每次一关灯，就会想到你走的样子。"

许言后颈一僵，像打了场败仗，浑身脱力，眼泪无声地、不断地从眼眶里滚落。五指抓紧床单，又猛地松开，他打开台灯，关上吊灯，房间里只剩床头这一方小小的亮处。

他喝醉以后坦率得一板一眼，沈植慢慢闭上眼。

但没过几分钟，他忽然又睁开眼，有些紧张地问："几点了？"

许言抹了一下眼睛，去看夜视钟，带着鼻音回答："十二点零三分。"

沈植好像松了口气："刚好，差点忘了。"

他笑了一下，看着许言，轻声说："许言，生日快乐。"

沈植醒来时房里很暗，他刚要伸手去摸遥控器，窗帘就被人推了一把，随后自动打开。光线照进来，沈植把脸埋进枕头里，过了一会儿才抬起头——他的表情变得很茫然，目光转动，呆呆地看许言拿着一杯热牛奶走到床边，坐下来。

他维持着抬头的姿势，开始怀疑昨晚或许不是梦，是真实的——不，不用怀疑了，确实不是梦，是真的发生了，所以许言今天早上才会出现在这里。

"起来洗漱，洗完喝牛奶。"许言说。

沈植还是愣愣地不动，许言颇有耐心地等着他。很久后，沈植才坐起身，一开口声音沙哑："你……"

许言把牛奶放在床头："干吗这么看着我，没见过？"

沈植摇摇头，轻声问："你为什么……会来？"昨天晚上为什么会来？又为什么会留下？

"还能为什么，来看你。"

其实不管许言到底是出于什么原因来看自己，都不重要。沈植红着眼眶笑起来。

笑着笑着——许言消失了。沈植失重似的往床下摔去，但他只是平静地闭上眼。

咚——砸上地面的同时，沈植睁开眼睛。房间里一片昏暗，只有他一个人。

习惯了。

沈植习惯了，习惯了许言在自己梦里消失。

但梦醒后的一段时间里总是非常难挨，沈植按住钝痛的心口，喘了口气，慢慢坐起身。

他隐约还记得昨晚的梦，他梦见许言哭了，看起来那么难过。沈植想，幸好只是梦——他不希望看到许言这样伤心。但同时又很遗憾，梦里的自己能当面亲口对许言说生日快乐，现实中却不能。

洗漱完后他去了衣帽间，沈植俯身拿起昨晚自己抱在怀里的灰色卫衣，套上衣架，挂好，再把那些被推到另一头的衣服一件件移回原位。他站在那里看了好一会儿，最后关上衣柜门。

他出了衣帽间，拉开窗帘走上露台，桌上酒瓶歪斜，看起来混乱潦倒，像他。今天早上没有太阳，风吹过，阴沉且闷热。

又是新的，让人毫无期待的一天。

许言今天休息，他凌晨一点多才从沈植家出来。沈植说完生日快乐就睡着了，许言在他床边坐上一个钟头，确认沈植没有问题后才离开。

凌晨三点多睡，中午十一点醒，许言起床后去了父母家吃饭。

"哥，眼睛怎么这么肿？"许言正喝着汤，许年凑过来，问他。

"……没睡好。"许言说。

"怎么呢，有心事？"许年斜着眼瞟他，"你不是连续工作了很久吗，好不容易休息一天，竟然还睡不好，怎会如此？"

许言："不要在我生日的时候找抽，可以吗？"

许年缓缓坐直，沉默三秒，张口大喊："妈！哥要打我！"

休息了小半天，傍晚时许言去公司处理点事，弄完之后要去酒吧，纪淮他们给他过生日。

许年跟他一起上了车，一路上叽叽歪歪，他的话许言左耳进右耳出。昨天晚上太耗心神,他有好几年没哭成这样,整个人像要虚脱。

"干吗呢哥,到底怎么了?"许年独自叽叽半天,没得到什么回应,他伸手在许言耳边打了个响指,"你肯定不是没睡好,发生什么事了?"

许言盯着前路,很镇静地开口:"我觉得我可能要让你失望了。"

许年愣住,倒吸一口凉气:"你要反转了?"

"……"许言懒得回他,但因为话说一半,弄得许年非常难受,他抓耳挠腮如坐针毡,不断地说:"哥,你到底什么意思,你把话说完,不要不识抬举,否则我马上跪下来求你。"

这场面似曾相识——高中的时候,住校,有天晚上许言偷偷玩手机,给许年发了句:我告诉你一件事。

高二宿舍楼里也正在偷偷玩手机的许年秒回:什么事什么事?

许言:算了,不说了。

接着他任凭许年那边怎么信息轰炸都不再回复,于是夜里十一点,许年穿睡衣沿着水管从三楼爬下来,又沿着水管爬上高三宿舍楼的二楼阳台,跨越万水千山只为凑到许言枕边当面问他哥一句:"快跟我说,到底是什么事?!"

许言在黑暗里跟他弟对视了几秒,然后果断喊宿管来把许年遣送回高二宿舍楼。许年被保安架走的时候还不住地回头大喊:"到底是什么事啊啊啊啊啊!"

到了公司楼下,许年仍然在问什么事什么事,许言留下一句"你在车里等我"就开门走人,许年不干,愤恨地大骂一声,迅速跟着下车。

他蹲在许言身边,连体婴似的,叽叽咕咕说"快点告诉我快点快点"。许言边看手机边往前走,陆森说正好他也来了公司,等会儿一起去酒吧。

突然许年不说话了,安静两秒,小声说:"哎哟,这是你们公司模特?身材真……"

他的话音在迎面走来的那人抬起头时诡异地戛然而止,许言感到好奇，跟着抬起头，第一眼的时候他差点没认出对方。

沈植没穿西服，只穿了件白T，戴了副黑框眼镜，头发随意耷拉在额前。那副眼镜单看有点普通笨重，但架在他鼻梁上就显得高级起来，许言一瞬间还以为看到了大学时期的沈植。

许言凌晨才见过他带着泪痕的睡颜，短短一天不到，沈植恢复如常，看起来毫无破绽，没人知道这样的崩溃和自愈在他身上发生过多少个来回。

他把昨晚当成梦，许言知道，因为沈植说过一句"我不想在梦里还看见你掉眼泪"。

沈植今天没上班，他下午去了趟蓝秋晨的私人诊所，现在顺路过来替同事取盖章件。他知道许言今天休假，所以没抱希望会碰上他——但就算许言在公司，沈植也不准备怎样，他明确清楚自己不该再见许言。

四目相对，沈植率先移开视线。

虽然只对视了一眼，但沈植察觉许言的状态似乎不太好，看起来没什么精神。他想把昨天梦里的话亲口对许言讲一遍："你照顾好自己，多休息，按时吃饭。"

可他只能沉默。

倒是许年，怎么说跟懿新也是长期合作关系，抛开别的不谈，工作方面的交情是绝对要维持好的，何况沈植对他公司业务的态度有目共睹。于是许年主动打招呼："沈律，这么巧。"

沈植看着他，点了一下头："许总。"

短暂问候结束，三个人擦肩而过。进公司后，许年才说："其实他每次叫我许总，我都压力特别大，别人这么喊我我都没有这种感觉。"

许言没说话，许年呆愣了一会儿，忽地震惊道："哥你说的让我失望的事该不会就是……"

话还没讲完，他又立刻否定自己："不对不对，肯定不是，你俩看起来完全不像和好的样子。"

许言依旧保持缄默,但他真的打心底里热爱观看许年演独角戏的傻样。

上楼,许年跑去找陆森,许言去了趟摄影棚,又回办公室整理东西,是品牌方和艺人工作室送的生日礼物,之前已经陆陆续续收到了很多。

脑袋有点乱,许言站到落地窗前,点了支烟。俯视下去,他发现沈植还没走,正站在车边打电话。他能看见沈植的T恤下摆被晚风微微吹起来的弧度,落日的光线很柔和地铺在他脚边,像照耀一棵生长在夏天里的树。

沈植站在那里,挺拔修长,但许言想到的却是他缩在衣柜里的模样。

许言觉得沈植像一只孤鸿,困在过往的那片林,拣尽寒枝不肯栖。

人和人之间的关系其实非常简单,也非常残酷,只要有一个人永远不再给予余光,另一方总会放弃的,双方终将走向没有交集的未来。昨晚之前的许言就是这样决定的,哭着说"我不会打扰你"的沈植应该也已经做好了类似决定。

可谁都没法估量沈植还要这样下去多久,包括沈植本人。

到此为止,许言不可能再怀疑沈植,但使他犹豫的是,经历了这么多,两人或许已经不适合做好朋友了。

如果自己已无法把沈植当朋友,怎么办?他有过多顾虑,也承受不起失败。

但沿着所有支线往起点走,走到尽头,会发现问题其实只有一个——你愿不愿意试一试?

等许言静静抽完一根烟,沈植的电话打完了,他垂下手,头也低下去,挺累的样子。过了会儿,沈植又抬手看手机,像在犹豫,接着他点了几下屏幕。

没过两秒,许言的手机响起来,是个陌生号码发来的短信:生日快乐，注意休息。

许言直接拨了电话过去。

他把手机放到耳边，看见沈植在接到电话时整个人愣了下，接着下意识回头看了眼，但身后空空如也，沈植便抬头看向公司大楼。不过玻璃是单向的，许言站在窗前一动不动。

十秒后，沈植接起电话。

他没有说话，许言能听到他的呼吸声，压抑着的，但仍然有点急促。

"你把储存卡和U盘寄给我是什么意思？"许言问他。

"我想里面有很多照片，是你拍的，应该还给你。"沈植的声音有点哑，他原想道歉，但许言之前让他别再说对不起，于是他说，"前几年你让我找，其实我找到了，但那时候……"

那时的他没想到后来的一切会发展成那样，没想到许言会和他彻底决裂，远赴异国。

"后来你出国了，一直没有机会给你。"沈植说。

"现在给也晚了，我用不上了。"

"那可不可以……"

外面起风了，沈植的后半句话被吹散，许言问他："什么？"

"可不可以给我？"沈植顿了下，"如果你不要的话。"

许言觉得胸口闷，喘不过气。他都能想到，如果真的把那些储存卡给了沈植，沈植一定会拿回去，放在原来的书桌抽屉里。

"给你干吗？"许言问，"你是有什么旧物收集癖吗？"

沈植看着地面，夕阳下，他的影子被拉成很长很长的一条。他知道这大概是他和许言之间的最后一通电话了，原本应该感到难过，但好歹还能接到这个电话，是意外之喜。

他笑了一下，说："可能是有点。"

"好，"许言回答，"那我考虑考虑。"

有几秒钟的安静，电话里传来风吹过的声音。

最后，沈植说："许言，生日快乐。"

许言"嗯"了一声："谢谢。"

许言在纪淮家的客卧里醒来，他感觉胸闷气短，要憋死了，睁眼一看，身上正架着一条腿，许年的腿。

"滚……"许言踹他一脚，许年哼哼唧唧翻了个身，继续死睡。

昨晚有点失控，许年在酒吧打碟打得兴奋了，许言被几个朋友狂灌酒，导致断片。他现在躺在床上艰难回想了很久，也只能勉强回忆起一点点。

他记得喝酒喝到一半，虞雪打来电话祝他生日快乐，得知他在酒吧，蠢蠢欲动也要过来，被许言劝阻，说："我不想第二天跟你一起被挂上热搜。"

他记得许年一边为他放夜场版生日快乐歌一边对着话筒问"哥你到底要跟我说什么事求你了快点告诉我吧"。

他记得后来纪淮和陆森双双消失了一段时间，他去厕所的时候在过道里碰到纪淮，没走几步又碰到陆森，蒙眬中瞧见陆森脖子上似乎有道掐痕。许言于是特别关切地凑过去问他是不是跟人打架了，陆森笑笑说对，跟人打了一架。许言顿时怒火中烧，嚷嚷着要找对方报仇，要报警，最后被陆森拦下。

……

总之是很混乱的一个夜晚，碰撞的酒杯，震耳欲聋的音乐，喧闹汹涌的人群。

许言捂着脑袋从床上坐起来，见许年睡得那么熟，就往他背上招呼了一巴掌，许年惨叫一声，醒了。

两人推推搡搡洗漱完出了房间，随后杵在原地，看着并肩坐在餐厅饭桌前吃早饭的纪淮和陆森。

"早，"纪淮说，"过来吃。"

许言和许年走过去，在他俩对面坐下。

许言吃着早饭，抬眼间看见陆森脖子上的痕迹，不知怎么，许言觉得哪里不太对。

"你昨晚跟人打架了是不是？"许言问。

陆森懒懒地笑："喝多了，忘了。"

"不行，回酒吧调监控，看看到底是怎么回事，总不能莫名其妙被人打了。"许年严肃地说。

"不了吧。"陆森的语气轻飘飘，透着股半真半假的玩笑劲。

吃过早饭几个人就散了，许言回家洗了个澡，开始收拾出差行李，下个拍摄在国外的一个海岛，晚上的航班。

下午去了趟公司，检查、打包设备，结束后许言开车去餐厅，他约了自己新家的设计师一起吃晚饭。

"抱歉，迟了点，"许言匆匆在位子上坐下，笑着说，"公司里有点事。"

"没关系，我也刚到不久。"设计师很年轻，戴着一副细框眼镜，他朝许言伸出手，脸上带着淡淡的笑，"许先生你好，我是宋谨。"

两人之前只在微信上交流过，许言大致谈了一下自己的风格和颜色偏好，他不追求高端精致，喜欢简单，但越简单的设计起来反而越难。宋谨那边一直也很忙，真要开始着手装修的话还得再等等。

饭吃到一半，宋谨给许言看初步设计建模，许言第一眼就知道没问题，太舒服了，和自己想要的感觉几乎没差，那种心里构想的画面被具象呈现的感觉让人无比愉悦。

"特别好，等我回国以后，我们再讨论讨论软装。"许言心情舒畅，滑屏的时候手指不小心擦到平板底部，切回了主屏幕，他看见壁纸是张照片，一个男生抱着只橘猫，只露了点下巴。那只橘猫肥得很，丧眉耷眼的，又呆萌又可爱。

"你养猫啊？"许言把平板递回去，顺口问。

"对，叫葡萄柚，"宋谨喝了口果汁，"最近它正在减肥。"

许言笑了一声，表情认真地点点头："是该减了。"

沈植昨天去了蓝秋晨的私人诊所,今天去医院找他拿新配的药,正好是下班时间,两人顺道出来吃晚饭。

"我看你现在这边的工作挺多的,打算买房吗?方便点。"

"之前有想过,"沈植回答,"现在算了。"

"明白。"其中原因,昨天做心理疏导的时候沈植该说的已经说了,蓝秋晨叹了口气,"这段时间格外注意一点,按时吃药,别喝酒,少熬夜。"

这段时间对沈植来说无疑是最痛苦的阶段,蓝秋晨从没这么提心吊胆过,怕沈植难堪重负熬不过去,怕他彻底崩溃起不来。

沈植说:"我今天请了一个月的假。"

"真的?"蓝秋晨有点诧异,虽然一个月的假期绝不可能带来康复,但这个决定某种程度上意味着沈植的态度。

蓝秋晨盯着他:"这个月里你能不能做到定时来诊所?"

"我尽量。"沈植的脸色苍白疲惫,完全不像是即将拥有一个月假期的人。

结完账两人出了餐厅,蓝秋晨在跟女朋友打电话,约着去什么地方接她。打着打着他觉得不对劲,回头一看,沈植竟然站在原地不动。

"怎么了?"蓝秋晨挂了电话,往回走。

沈植没说话,他脸上的表情很平静,但蓝秋晨不妙地觉得那根本就是种死灰般的平静。他顺着沈植的目光往左看,餐厅门口,路旁那棵树下,站着两个男人,正面对面在笑着聊天。

穿黑T的那位,蓝秋晨看着眼熟,很快他想起曾经在纪淮的生日上见过,是纪淮的发小,*TIDE* 的摄影师。

"许言,他朋友过生日的时候我们见过。"蓝秋晨的语速很快,"他知道我是心理医生。"

沈植因为他这句话才回神,侧头看他,喉咙动了动,好像开口都困难。过了一会儿,沈植终于说:"你先走。"

其实他想说的不是"你先走",而是"你快走"。如果他是正常的,他会很坦然,无所谓蓝秋晨有没有和许言见过,无所谓许言知不知道蓝秋晨是心理医生。

但偏偏他病了,于是连和心理医生出来吃顿饭都成了瓜田李下,他做贼心虚,没有自若无惧的底气,完全没有。

"回车上以后给我打电话,"蓝秋晨低声说,"或者任何时候,觉得不对劲就联系我。"

就沈植这种状态,蓝秋晨很忐忑,怕他又像前两次那样出状况。

蓝秋晨说完就干脆地往另一边走,与此同时,感受到视线的许言转过头来,正好只看见沈植一人站在台阶下。

日落了,沈植身后是灯光明亮的餐厅,许言看了他片刻,扭回头,对宋谨说:"那就这样,辛苦你了,等我回来我们去房子里看看。"

"好的。"

"你等会儿去哪儿?我送你过去吧。"

"不麻烦了,有人来接我,应该快到了,我去商场那边跟他会合。"宋谨看了眼手表,"下次见,开车小心。"

"好,拜拜。"

目送宋谨往前去过斑马线,许言在原地站了会儿,转身朝沈植走过去,随意地问:"来这儿吃饭?"

沈植一直在出神,哪怕许言走到面前了都还怔着。他感觉许言的声音很远,反应了几秒,答非所问:"我不知道会碰到你。"

他怕许言觉得他是在制造偶遇,他刚刚应该一走了之的,在许言看见他之前,但实在迈不开腿,说不上是没力气还是心有不舍。

"我不是这个意思。"许言说,他看见餐厅里有一群人正往门边走,怕拦住他们的路,他伸手拉了下沈植,"走。"

沈植慢半拍地低着头,接着他听见许言问:"赶时间吗?"

"不。"沈植感觉自己的声音轻得要飘起来,他怀疑许言没听到。

但许言听到了,他说:"你跟我去车里拿个东西。"

要拿什么?沈植想不出来。他和许言并肩走在一起,整个人没有实感，脚下是虚浮的，只有在偶尔碰到许言的肩膀时才脱离那种恍惚，暂时性地回到现实。

没走两分钟，到了车边，许言打开副驾门，弯腰钻进去，到储物箱里拿东西。沈植站在一边，像考生遇见了一道能力范围外的题，不会做，思考无果，只能等别人给他答案。

许言很快直起身，把一个小小的快递盒递给沈植。

里面是那摞储存卡和U盘，沈植前几天寄给他的。

这是许言唯一问他要过的东西，沈植在决定把它们寄回时用了很大决心。它们就像一个句点，许言早就画了无数个，沈植一直负隅顽抗，最后终于狼狈认输，亲手把自己应该交代的句号画下。

但许言告诉他已经用不上了，说会考虑考虑把它们给他。沈植没抱希望，可是当许言真的递过来的时候，沈植才发觉自己没办法收下。

是他问许言要的，许言给了，为什么他却不想要了？原来是他费尽力气画下句点，以为就到这里，但许言更狠心，当着他的面又重复了一次。

"你不是说要吗？"许言见他半天不接，问。

沈植堪堪回过几分神，不等他开口，许言又说："我等会儿去机场，七八天以后回来。"

他本来打算出差回来之后再说的，但既然今天这么巧碰见沈植了，也算是种诡异的缘分，不如顺其自然把话讲了，反正是迟早的事。

沈植总算抬起手，接下那个快递盒，手颤得很明显，他不知道许言看见没有。沈植尽力平稳地呼吸了一个来回，说："路上小心。"

"好的。"许言回答。无暇顾及这种对话是否稍显生硬。

就像他七年多前一样，即便现在立场不同、情景不同、心境不同，但他看着沈植，那份紧张再次冒头。

试一次吧。

"沈植。"许言有些严肃地叫他。

沈植想往后退，害怕许言说出更多的让他无法承受的话。

夕阳的余晖被建筑物切割成一道笔直的线,刚好罩住上半身。他们面对面站着,晚风从两人之间吹过,吹散过往,喧嚣远去,这里很安静。

"嗯?"沈植半晌才艰涩地回答出一个轻音。

许言看着他的眼睛,说:"我们可以试试。"

## Chapter 8

# 荒野植被

一则公告：

无脑批评沈植的相关读者，已全部登记ID，不日将收到律师函。互联网并非法外之地，请谨慎发言。

来自某位不愿透露名字的沈律师

因为料想不到许言会说这句话,以至于沈植完全没反应过来。像踩在顶楼边缘,差一步就要纵身往下跳,他已经准备跳了,衣角却被很轻地捏了一下,其实那力道不足以拉住他,但偏偏勾起了他最后一点求生欲。

他回头,想看清拉住自己的是什么,可只看见一片白茫茫的雾。

"你……"沈植知道自己在说话,也知道说了什么,但他似乎听不太清自己的声音,目光难以聚焦,他涩哑地问,"你说什么?"

"不要装聋。"许言说。

眼前的雾忽地散了,沈植站在楼顶的风里,回头看去,拉住他的是许言——九年前的许言、七年前的许言、三年前的许言、此刻的许言。好多个许言重叠在一起,青涩的眉眼变得稳重,探询的眼神变得笃定,泪水变成倒映在眼底的那抹带着日落云霞的光,时差被调停摆正,那句话也被清清楚楚地回忆起。

许言说的是:"我们可以试试。"

沈植曾经怀着混乱交加、隐晦不明的情绪对许言说过同样的话,他的试探、犹豫、误解,在后来很长的一段时间里给予许言无数痛苦和折磨,让许言心灰意冷。

这句话是他们错误的开始,但许言现在让它成为新的起点。

心脏到这一刻才重新跳动起来,飞快加速,要冲破胸口。沈植像一个溺水已久的人,终于得救,被拽上岸,站在阳光下,重获暌违多年的痛快呼吸。但因为氧气摄入过于猛烈,脑袋眩晕,他差点没能站稳——是需要给蓝秋晨打电话的反应。

"许言……"沈植怕这是梦，碰到就会碎——他陷入两难的境地。

许言冷静地说："我和你不一样，我说试试，就是真心和你做朋友，会摆正心态好好对待。如果可以，就试一试，如果不行就算了，接受吗？"

要是现在的他们仍然无法接受对方成为自己的朋友，那说明的确不合适。

沈植努力地把许言的这段话听进去，逐字逐句，在脑海里进行严谨分析，终于确定许言是真的要跟他试试，如果，如果可以——他们会成为兄弟。

一颗心从万里高空被抛下，眼看就要跌到底，砸粉碎，沈植已经不打算自救，可怎么就被完好无损地托住了，再被轻轻放上云端，不可思议。

"你为什么一脸考试做题的表情？"许言看着他，"我的话那么难懂吗？"

"这是梦怎么办？"沈植问了一个在许言听来或许很愚蠢，但对他来说却至关重要的问题。

不过许言好像并没有觉得这愚蠢，他伸手在沈植身上不轻不重地捏了一下，问："痛吗？"

他比谁都能体会沈植现在的心情，因为那年，在听到那句"我们可以试试"之后，他也以为自己在做梦。

沈植点点头，痛，所以是真的——至少有百分之七十的可能是真的。

他忽然很委屈，觉得难过，他做了许多个类似的梦，一次又一次惊醒、失望。好多回他问许言这是不是梦，许言都说当然不是，沈植被骗了无数次。

许言回了回神，犹豫了会儿说："其他的等我回来再说，我要去机场了。"

"你去哪里出差？"沈植带着鼻音问他。

"S岛。"说完想起那年沈植去O城找他,许言立刻接着说,"你别来。"

沈植在脑袋里翻了一遍——签证早过期了,想去也来不及。

"我等你回来。"沈植说。

"那我先走了。"沈植红眼含泪看过来的模样简直不要太可怜,许言垂下眼,"你注意休息。"

"你也是。"

许言转回身,开车走了。

愣在原地的沈植是被电话铃声拉回现实的,他接起来,蓝秋晨问他:"怎样?"

"什么?"

"你听得见吗?"蓝秋晨紧张起来,"你现在是什么状况?"

什么状况?沈植看着手里的快递盒,慢慢说:"许言答应和我做朋友试一试。"

好家伙,出现幻觉了。蓝秋晨顿时着急:"你现在在哪儿?我马上来找你。"

"我很清醒。"沈植回答,"许言说,可以跟我试试。"

安静了好一会儿,蓝秋晨问:"这什么情况?怎么你决定放弃了,许言又答应了?"

"因为他很善良,他很好。"

"……"

实际上,比起眼下的惊喜,蓝秋晨更担心如果许言的心软是一时兴起,如果之后又出现了什么问题,那么对于沈植来说无疑是二次伤害,沈植绝对承受不起。

但现在也只得走一步算一步,他总不能往吊着沈植那条命的唯一特效药里泼冷水。蓝秋晨笑笑说:"记得做一下深呼吸,是不是快晕过去了?"

"差点,但我站稳了。"沈植看向天空,快黑了,还剩一片沉沉的暗红。

"很好,恭喜。回去记得吃药,按时来我这儿。都休假了,就别老熬夜,没事多跟你朋友聊聊天,保持心情愉悦。"

开车回去的路上,沈植看着车窗外。第一次,这几年来他第一次发现树叶那么绿,城市的灯火那么明亮,车流声那么清晰,人来人往,好热闹——原来自己也是其中一员,是活生生的人。

原来除了无际的痛苦和无尽的黑暗,他还能尝到期待、快乐、希望的滋味。

沈植虽然休假在家,但还是要处理不少事,除了不用飞来飞去出差,其他一切和工作时没太大差别。

那晚他发信息问许言登机没有,许言回复已经上飞机了,在等起飞。

沈植:飞机上睡一觉,不要太辛苦。

许言:好的。

然后就没了。

许言白天忙着拍摄,再加上有时差,等他收工回酒店,沈植这边已经是凌晨——他在调整作息,每晚吃安眠药按时睡觉,已经好几天没有晚睡了。两人聊得不多,但沈植每天的动力就是醒来后看看手机,用聊天记录证实自己不是在做梦。

第六天,沈植去诊所,见面第一句话,蓝秋晨对他说:"沈律师,可以了,把你的笑收一下。"

今天是第七天,沈植没特意问许言什么时候回来,他之前说要七八天,沈植研究了一下航班,许言应该后天下午到。

但傍晚时,沈植健完身洗澡出来,见手机亮着,拿起来看,是许言刚发的消息:我到了。

到机场了?沈植头发还没吹就捞起车钥匙准备下楼开车。去机场接人肯定来不及,何况许言有司机。沈植一边打字告诉许言自己现在去他家一边出了房间,然而客厅里传来解锁的声音,门被推开,许言拖着行李箱走进来。

这比他提前回国更让人不可置信，沈植站在楼上呆呆地看着他。

沈植毫无准备，怎么也想不到许言会在下飞机之后直接来这儿。房子里的一切都还是原来的样子，许言会怎么想？沈植觉得许言看起来很平静——不知道是没有发现还是觉得那不重要。

许言抬头看向他，顿了下说："提早回来了。"

犹豫是多余的，沈植快步迈下楼梯，走到许言面前，接过他手里的行李箱。两人默契且尴尬地沉默片刻，沈植说："先洗个澡休息一下。"

许言点点头，没说话，是真的很累。

上楼，沈植把行李箱放进衣帽间，许言跟着进来，打开箱子，找睡衣和内裤。沈植蹲在许言旁边，看着他下颌边一块小小的淤青，问："这里怎么了？"

"拍照的时候摔了一跤，不过幸好，"许言说，"幸好相机没事。"

"洗完澡我给你上点药水。"

老实讲，现在的一切对两人而言都是陌生的，双方都在摸索着重新相处。许言也不知道该怎么回应沈植的关心，只能点点头。他侧过去看了眼，发现沈植也在看他，许言立刻把头转回来。

许言突然说："你瘦了。"

"你瘦了。"这句话总出现在久别重逢的第一面，但许言现在才说，是因为直到这一刻才能说。

"是瘦了一点。"很久以后，沈植回答。

心理疾病、失眠成性、药物副作用、高强度工作……凡此种种，近千个日子累积下来，人总要消瘦一些的，不能避免。也曾经有很多人问他怎么瘦了，劝他注意身体，但为什么许言说出这三个字，让他最难过。

他想跟许言诉苦，可偏偏他自己就是所有苦痛的罪魁祸首，他咎有应得。

所以什么都不要说。

沈植随后拿了药水:"上点药吧。"

沈植很轻地往那块皮肤上抹着药水,房间里没有别的声音,那么静谧的场景。

如果是梦,如果是幻觉,那就停在这里,别醒来。

晚饭是沈植做的,几个很简单的基础家常菜。他在厨房里的时候许言接到陆森的电话,问晚上能不能帮个忙。

"我在另一个棚里,出了点状况耽搁了,时间就撞了,协商了一下,那边只接受你代替我去拍。"陆森说,"刚出差回来就要你过来帮忙,我也感觉非常不好意思……"

"请停止这种虚伪的客套。"许言笑着说,"我吃完饭过来,两个小时以内。"

"OK,感谢许大摄影救急。"

刚挂了电话,许年又打来,问许言人在哪儿,回来了没有,要不要去爸妈家吃饭。

"回来了,吃饭的话下次吧。"许言说。

"怎么了呢?"许年跟警犬似的,立马就嗅出不对来了,"你在哪儿啊哥?一回来就忙工作?"

沈植正回厨房端最后一盘菜,许言低声说:"没有,别烦我。"

说完,他果断挂掉电话,掐断了许年的"狼嚎"。

而沈植已经盛好饭,站在桌边看着许言,问他:"是有什么事吗?"

"临时有个拍摄,吃完饭我得回去。"许言走过去坐下,"今天就不回来了。"

沈植怔在那里,一时没回过神。

"怎么了?"见他一直站着,许言抬头问。

"没事。"沈植坐下来,"要忙到几点?你刚回来。"

"不知道,估计凌晨。"许言回答。

沈植安静片刻，问："我送你回去，之后能在你家等你吗？"

"你明天不上班？"

"不出差不开会的时候，在哪儿办公都可以。"沈植没提自己请了一个月假的事，时间过于长，他怕许言问为什么要休这么久。

许言想了想。"算了吧，"他低头吃饭，"我等下坐高铁回去，快一点。今天肯定收工很晚，让你等着也没意思，还影响你休息。明后天我都有活儿，等过了这几天，我调个假。"

他已经能预见之后的状态——两人都是忙到飞起，到处出差到处跑的，再加上不住同个城市，相处的时间大概不会很多。

但对他们来说未必是坏事。

"好。"沈植垂着眼说。

吃完饭，把碗扔进洗碗机，沈植从冰箱里拿了几个橙子榨汁喝。许言站在他旁边，问："你怎么不问我你做菜好不好吃？"

沈植很淡地笑了一下。"肯定没有你做的好吃。"他把橙汁递给许言，"尝尝甜不甜。"

许言以前很爱喝鲜榨橙汁，尤其在夏天，冰箱里总是会堆着几个橙子，七个刚好能榨两杯，沈植的那杯不加冰块，他胃不好。

"甜。"许言又喝了一口。

沈植伸手拿起杯子，喝了口——是甜。他这几年自己做过很多次鲜橙汁，只有这次最甜。

喝完橙汁，上楼，许言从洗衣机里把自己洗澡换下的衣服拿出来，去露台上晾。

"明天你记得帮我收一下。"许言说。

"好。"沈植站在阳台门边，回答。

许言顺手把沈植的几件干衣服收了，很自然，像以前那样，拿回房间扔在床上，一件件叠好，抱去衣帽间。

没有喋喋不休的聊天说话——对他俩来说也不太现实。沈植安静跟在许言身边，看他拉开抽屉，把内裤放进去，拉开另一个抽屉，把袜子放进去，拉开衣柜，把衣服和裤子挂好。

接着沈植送许言去高铁站。

"你生了什么病吗？"安静的车上，许言总算问出口。

沈植握着方向盘的手紧了一紧，不动声色地回答："低血糖，胃不太好。"

"手呢？"

"也不太好。"

"还有别的不太好的吗？"

"没有了。"

沈植一直看着前路，没和许言对视，以确保能够对答如流。

"有医院的化验单、报告单吗？给我看看。"

"有，"沈植回答，"回去发给你。"

许言有知情权，这件事总有一天要告诉他。沈植想，但不能是现在。

到了高铁站，许言戴上口罩，解安全带："你别下车了，临时停车带上超时要扣分罚款的。"

许言从后备箱提了行李就进站了，沈植没有开动车子，目光仍然停留在许言的背影上。他看见许言忽然在人群中停下脚步，转过身来，找到他的车，然后抬手挥了挥。

他在道别，沈植却猛地转回头不再看他。

许言大概永远不会知道这对沈植来说是多么难以承受的场景，总会让他想起三年前机场的那一眼，以及后来无数个梦中，无数次无声的告别、无数次的绝望。

进站几分钟后许言就上了高铁，放好行李箱，在位子上坐下，隔了没一分钟，他接到沈植的电话。

"怎么了？"

"没事，"对比车厢里的嘈杂，沈植那边显得格外安静，他说，"就是想确定一下。"

确定一下,他们只是短暂分别,很快还会再见。

"嗯,我刚上车。"许言说,"你开车还打电话?"

"停在路边。"沈植很轻地叹了口气,"我不想……"

旁边座位的乘客站在过道上,许言起身让人,问:"什么?"

"没什么,先挂了,你今天忙完好好睡觉。"

"好,开车小心。"电话挂断,许言莫名品抿出几分不对劲,但又没有头绪,导致无法接着细想下去。

沈植坐在车里,看着屏幕熄灭。

他趴在方向盘上,声音很低地自言自语:"我不想醒。"

许言回来之后又忙得两眼发黑,没有一天是在凌晨前回家的,还去 H 市出了两天差。沈植也没闲着,请假归请假,项目还是在做,只是比起正常工作时作息规律了很多。

去 H 市的前一天,许言开车赶外景拍摄,他一个人提前出发踩点。郊区正在修路,车道被封了一条,来往车辆只能都在另一条上开。许言开车很仔细,但迎面那辆车忽然对着他的车头就歪冲过来,许言急踩了一脚刹车,连人带车被撞得狠狠一耸。

这架势看起来不是追杀就是"碰瓷",许言下车,拿手机先把现场照片和对方车牌号拍下来,打电话给交警,又打给保险公司。司机一直没露面,许言过去敲他窗,好不容易门开了,许言捂着鼻子倒退几步——那人在车里吐了。

酒驾,大白天酒驾,简直活见鬼。

不过这种单方面的事故责任处理起来反倒简单,许言在交警队耗了个把小时,王雯安打来电话,说摄影组和艺人团队已经到场地了。许言做完笔录签了字,联系了自家司机,匆匆往片场赶。

路上,许言发微信跟许年简单说了下,许年立刻打电话过来,问受伤没有。

"身体没有,心理上有。"许言说。

许年在电话那头给他唱起了《迪迦奥特曼》主题曲。

这傻瓜果然很有一套，许言心里舒服多了。

挂了电话，许言点开沈植的微信，想把这事跟他说说，但片刻之后又退出了聊天框。

只是小事而已，人也没受伤，没什么好说的。

拍摄收工后许年来接他，和他一起又去了趟交警队。许言累得很，明早还要去H市，本来打算跟许年去父母家吃饭的，最终还是作罢，回家洗完澡倒头睡觉了。

从H市回去的前一天，许言枯坐在酒店的床上，翻了翻王雯安给的行程表，确定自己即将恢复较为正常的打工时间，不用连着熬夜了。

他瘫倒在床，想起这段时间都没好好跟沈植聊过天，刚想给他打个语音，沈植就发来微信：还在忙？

许言看着屏幕笑了下，回复：结束了，刚回酒店。

沈植于是打了语音电话过来，接通后两人先是安静了几秒，沈植才开口问："明天什么时候回来？"

"下午，不过晚上有个酒会，要去一下。"许言说，"你忙吗？"

"还好。"沈植顿了一下，到底还是有点生疏——在交流日常琐碎这方面，他说，"后天要去B市，之前有个案子出了点问题。"

"麻烦吗？要去几天？"

"不麻烦，一两天就回来。"沈植说，"我从你那边的机场过。"

"为什么？"许言问完其实就已经隐隐猜到。

"上飞机前，去一趟你家。"沈植慢慢说。

那声音很清晰地传过来，许言觉得右边的耳朵和脖子都麻了一下，他有点困地眯起眼，笑了声说："好的。"

太累了，智商下线，他顺口就接着说："再过两天我的车大概也修好了。"

他说完才反应过来，但沈植已经在问："车子怎么了？"

"就是……"许言抿抿嘴，说，"我前两天车被撞了。"

253

沈植没说话。

不知道为什么，许言有点心虚，老实地汇报情况："对方酒驾，把我车头撞了，大灯碎了一个，其他的没事，我也没受伤，不骗你。"

过了好一会儿，沈植才问："怎么没有跟我说？"

"你以后都要跟我说，高兴的事情，或者有危险的时候，都要告诉我，好不好？"沈植说，"你什么都不说的话，我会很担心。"

许言已经从床上坐起来，摇摇晃晃，恍然般的——他们其实是一样的。

"好。"他回答。

沈植去B市那天，来敲门时许言刚洗漱完，整个人昏昏沉沉，他凌晨三点多睡的，现在才早上八点多。

"几点的飞机？"许言问。

"十点十分。"沈植说，"我待半个小时就走。"

许言点点头，回身进了房间，又趴床上去了。过了会儿，沈植进来，关上门，在床边坐下，拍拍他的背："给你带了早饭，放在厨房，记得吃。"

"好。"许言挣扎着爬起来，头发乱糟糟的。

他看了沈植一会儿，借着昏暗的光线，许言研究了一下沈植领带上的花纹，问："是我送你的那条？"

他们刚认识的第一年，许言把这条领带送给了沈植。

"对。"

他们过于专注在领带这件事上，以至于许年拿钥匙开门，喊了一句"哥"，才把两人拉回现实。

许年的脚步声临近，许言终于反应过来，在许年拧门把手的同时将门反锁。

因为太着急，无名指撞在门上，疼得许言倒吸一口凉气。

许年在外面敲了两下："哥，还没醒？"

许言痛得直抽气，另一只手推着沈植让他去洗手间躲一下。等沈植进去了,许言才拧开锁,在疼痛中挤出一丝初醒般蒙眬的笑,问:"你怎么来了?"

"昨天不是跟你说了吗,妈做了饺子,你又没时间回家吃饭,我给你送点过来。"许年说完忽然生气了,"你怎么回事,是不是把我屏蔽了,我发的消息你到底看不看的?"

"当然看了,"许言敷衍他,"但是太忙了,总会忘记。"

他去揽许年的肩:"给我看看咱妈做的饺子。"

许年却往房间里探头:"你怎么奇奇怪怪的,房间里藏人了?"

"我能藏什么人?"

"你说呢!"许年嚷嚷起来。

许言的脑壳开始疼。

"我要上班了,没空跟你聊天。"许言把他往外推,"你赶紧去公司,我到时候发照片给你。"

"你说的,你说的啊,一定要发给我看。"许年得了保证,很开心,非常满足。

他出门时瞥见玄关那双男士皮鞋,还傻兮兮地笑了一下:"哥,你真奢侈,之前跟我哭穷说买完房没钱了,现在还穿一万多块钱的名牌鞋。"

许言面不改色地扯谎:"以前买的。"

送走烦人精,大门关上,沈植走出房间。

"没事,你去机场吧,等你回来,我估计也有空了。"许言说,"到时候去你家玩。"

"玩什么?"沈植抬眼问他。

许言打岔说:"你等一下,让我拍张照片。"

"怎么了?"

许言回头,笑着说:"给许年看啊。"

晚上收工还算早,许言回家洗了澡躺到床上,打开手机,看见沈植问他:手还疼吗?

居然还惦记着早上撞到手指的事，许言忽然想跟他开个玩笑，回复：折了。

许言退出去，正好许年的聊天框蹦上来，这家伙已经发了无数句：在吗？今天谁来你家了？

很难想象一个男人怎么会八卦到这种地步，许言问：你的人生就没有别的事要关心了吗？

许年：有的哈，过两天陪姐姐去产检，嘿嘿。

许言：恭喜恭喜！

许年：嗯嗯，好了，今天谁来你家了？

没再犹豫，许言把沈植的照片发过去。

许年那头开始陷入长久的死寂，许言盯着聊天框，过去五分钟还是不回，再发消息过去，许言收获了一个鲜红的叹号——许年把他删了。

沈植回来的时候是下午，许言说明天开始他休两天假，到时候会过去，让沈植先回家休息。沈植没告诉他的是，自己是在他的城市下飞机的——今天要去医院做例行检查。

蓝秋晨给沈植换了种新的药，跟他一起下楼取药，顺便聊聊天。这次的各项量表指标有明显好转，从沈植的情绪和微表情里，蓝秋晨也能看出他状态很不错，是这几年里最好的一次。

"现在就很好，继续保持。"蓝秋晨说，"还是那句话，按时吃药，有什么状况及时联系我。"

沈植沉默片刻，说："有件事要拜托你。"

蓝秋晨看向他："什么事？"

在失去了亲弟弟整整两天之后，许言接到了许年的电话。

"年年，什么事啊？"许言的语调极其温柔，"怎么突然打电话给我？"

许年的声音非常冷酷："许言，我知道你这个人顽固不化，但是我不赞成你和他继续做朋友。"

"好的呀，我理解。"许言笑着说。

"但是有件事我要告诉你。"

"嗯，你说。"

"你知道沈植在看心理医生吗？他是不是用这个来让你心软的？"

许言正在修图，听到这句话，手一颤，将照片里模特的下颌线推得凹进去一个坑。他冷静地点了撤销，松开鼠标，问："你怎么知道他在看医生？"

听到他这么问，许年就明白许言并不知情。

"我陪姐姐产检，电梯里，碰到沈植和蓝秋晨了。蓝秋晨，你记得吧，纪淮哥生日的时候，他也在，你还问他要了名片。

"我和姐姐戴了口罩帽子，沈植没认出我们。我听到蓝秋晨在跟沈植说药的副作用，让他先从半片开始吃，其他药还是按照以前的量。

"别的没多说什么了，他们后来一起去配药，两人在走廊聊天的时候摘口罩了，我不可能看错的。"

半晌，许言说："我知道了。"

"哥，你自己考虑。"许年顿了顿，说，"姐姐开导我，说她相信你现在做出的都是理智的选择，让我多支持你。所以，不管怎样，希望你开心，我尊重你的决定，就是不要再让自己受委屈了。"

"好。"

挂掉电话，许言保存好文件，关掉电脑，很有条理地收拾好东西，出了办公室，然而没过几秒，他又折回来，拿走了桌面显眼位置的车钥匙。

到了医院，许言站在大厅里看导航图，确定心理科的楼层，随后去搭电梯。

办公室里只有一个医生坐着，许言敲了两下门："蓝医生。"

蓝秋晨抬起头，看见许言时他愣了一秒，有点惊讶，但对许言的出现似乎又并不感到疑惑和意外。他笑了一下："许言，你好。"

晚霞灼红，烈烈照亮一整条宽阔的街，火一样地烧到脸上，许言迎着那片鲜艳的光,一路往前开。

蓝秋晨说的每句话,不断地在他脑海里重复,重复。

"许言,你好。

"沈植几个小时前才拜托我说:'如果哪天许言来找你问我的病,不用替我保密,别瞒着,如实告诉他。'没想到你这么快就来了。

"沈植三年前确诊重度抑郁伴随中度焦虑,当时已经出现严重的躯体化症状,胃痛、呼吸困难、四肢僵硬。那时候你应该出国不久,沈植正在备考阶段。

"他的情况很不乐观,做 MECT,也就是无抽搐电休克治疗,对他来说是比较快速有效的手段,但是会有副作用和后遗症,比如记忆缺失和反应力下降,所以沈植拒绝了,坚持吃药和做心理咨询。

"治疗过程中我发现沈植还有明显的应激障碍,他初中就看过心理医生,问题源于小时候,父母对他要求高,做错事就被关禁闭,一个最直接的后果就是他怕黑。沈植的家庭环境相信你也了解一些,那时候他父母虽然带他看心理医生,但同时更严密地监督看管他,沈植很抵触,就说自己已经好了,不想再看医生了。

"你离开后,他一个人在全黑的环境里待了太久,引起应激障碍复发。

"部分抑郁症患者会有个特点——思维反刍,沈植就是,他会不断地重复回忆那些让他痛苦的事,比如小时候遭受的惩罚措施,和你断交的一些场景。他告诉我,最让他痛苦的是他发现自己误会了你四年。

"这些记忆还会出现在他梦里,沈植失眠很严重,开始服用药物后他有段时间出现了嗜睡症状,但会间断性地惊醒。他说总是梦见自己走进没有轿厢的电梯,从很高的地方摔下去。所以他抗拒睡眠,怕梦见坠楼,怕梦见你离开的样子。

"他在律所的工作强度非常大,压力也大,需要经常出差熬夜,但他对这行感兴趣,再加上知道你要回国了,所以心理状况比较稳定,做了几次检查和测试之后,确定抑郁转为中度,焦虑也降到轻度。

"不过你回国之后,他因为遭到了你的拒绝,所以情况又差下去,出现了之前很少发作的幻觉。当然,你的拒绝和排斥是正常行为,站在你的角度上,我很能理解你的心情和做法。

"沈植一直没有告诉你这件事,我现在认为他是对的,拿自己的病换你一时心软其实很不可靠。在知道这些之前,你愿意跟他重新做朋友,对沈植来说是一种肯定,至少证明你对他不存在同情的可能。

"我说的这些,差不多就是沈植这几年的情况,希望没有给你带来什么压力,因为追根究底,沈植的病根在于他的家庭。童年遗留的问题没有得到及时有效的治疗,影响了他的性格,后来又经历了和家人决裂、和你的分离,堆积下来,才造成了最后的爆发。

"沈植以前不是个合格的朋友,他明确意识到了这一点,所以把自己打碎重组,虽然过程非常痛苦,但幸好你还愿意给双方一次机会。许言,你是个很勇敢的人。"

没有了,就说到这里,许言全程没开口,只在最后朝蓝秋晨弯了一下腰,作为道谢和道别。他转身下楼,上车,穿过市区上高速,一刻不停。

夕阳渐渐没入地平线,只剩一片残红,许言庆幸自己是在高速上,可以把车开得飞快。他想起沈植的样子,很多苍白的、失落的、绝望的、崩溃的、流泪的……许多事情都有迹可循,比如他瘦了,比如那次在B市的酒店,比如杂物间里他站不住的样子,比如汤韵妍说他进医院了,比如他喝醉后还一直惦记着要吃药。

根本不是安眠药,是抗抑郁的药。

他想起那年对沈植说过的话:"沈植,我建议你去看医生,你心理有病,你真可怜。"

所以沈植真的去看医生了,也真的被确诊有心理问题。

许言使劲抹了一下眼睛,牙关不住打战,五脏六腑都被攥在一起,用力地,捏成一个皱巴巴的团,在空荡荡的胸腔里滚动,撞到哪里都痛。

他该怎么办？他能怎么办？

他宁愿沈植潇洒快活地把前尘往事丢得一干二净，也好过见到他这样千疮百孔、脆弱崩溃，三年多的时间里没有轻松过一秒。

一小时的路程前所未有地漫长，开到市区时，恰逢晚高峰，不断闪烁的车尾灯、高高在上的红灯，红得刺眼，金刚怒目般地瞪着许言，狠狠揪住他心头的焦灼和慌乱，生拉硬拽地撕扯出来，耀武扬威地在眼前晃，要他坐立难安。

身体里有什么在蓬勃胀大，快要炸开，撑得他透不过气，几乎想嘶声大叫起来，让声音和爆炸一起，发泄那些疼闷、痛楚，同归于尽，一了百了。

许言抬手遮住眼睛，眼泪不断往下流。他被困在这条拥挤停滞的直线上，他不能自控地想象着沈植病发作时，蜷曲的、僵硬的、窒息的——到底是什么滋味，许言无法感同身受。

他只是很累。

他没有告诉过任何人，这几年他其实很累。

这样较劲，太累了。

那晚看见沈植喝醉，看见那个一丝未变的家，许言扛不住地"破防"——他们其实很想像正常人一样地活着，背地里却始终没有停止过自我折磨。

许言只是没想到，沈植身上还有藏得更隐蔽、更深刻的伤病。他从不打算采用任何手段来报复，却拦不住沈植要自我惩戒，太重了，为什么会是这样的？

车开进小区，天已经完全黑下去，沈植的房子越来越近，许言踩下刹车，在大道旁的树下停住。他通红着眼眶，透过车窗侧头看去，那棵白玉兰很安静地立在月下，二楼露台的灯亮起，门打开，沈植走出来。

他站到栏杆边，正在打电话，手里拿着一杯水。

许言不止一次觉得沈植像树，长在那年冬夜路灯旁的皑皑白雪里，长在夏天夕阳余晖下的风里，也长在曾经被放弃灌溉的那片荒野里——很久以后，正如此刻，许言回头再看，原来荒野上已经蓊蓊郁郁铺满植被，而自己再也不用守着海市蜃楼自欺欺人。

所有呼之欲出的情绪在见到沈植的这一刻竟然通通偃旗息鼓，许言擦干泪，拿起手机拨了一个号码。

"喂？"

"蓝医生，我是许言。"

"怎么了？"

"有件事要拜托你。"

"你说。"

许言抬头深吸一口气，望向阳台上的沈植，在眼泪再次掉下来之前，他说："能不能麻烦你，不要告诉沈植我知道这件事。"

如果可以，谁不想体体面面的，体面地和别人相处。

他不能这样去戳破，他决定什么都不问，直到沈植有勇气，愿意自己说出口。

"好，我不会跟他提。"蓝秋晨回答。

一张脸哭得一塌糊涂，许言挂了电话之后在车里坐了有十分钟。沈植也打完电话，靠在栏杆上，喝了口水。

没一会儿，许言收到他的微信：明天休假了是吗？我来接你？

许言看着屏幕，看它亮起，又自动熄灭。

他戴上口罩，降下车窗，重新发动车子，往前开了几米，左转，车灯正照向沈植的房子，亮堂堂一片。

沈植怔了怔，自二楼往下看。

许言吸吸鼻子，从车窗里探出身，笑着朝他挥了挥手。

"我的车修好了，开过来给你看看。"开进车库，许言下了车。他特意把头发乱糟糟地捋到额前，以稍微遮挡一下红红的眼睛。

他指着车头："你看，是不是毫无痕迹？"

沈植俯身去看车灯，点点头。"嗯。"他又问许言，"晚饭吃了吗？"

"没有，你给我做吗？"

"想吃什么？"

"简单做点吧，我今天很累，太累了。"

"应该让我接你的，或者我去你家。"沈植说。

"想来你这里。"许言感觉眼睛酸得不行，他说，"我先去洗个澡，今天拍摄场地特别乱，弄得一脸灰。"

但沈植问："怎么了？"

"你每次突然出现的时候，"沈植低声说，"我都觉得像在做梦。"

许言喉咙一哽，拼命眨眼睛，才勉强控制住眼泪。他吸了口气，开玩笑问："那这算是好梦还是噩梦？"

"是最好的梦。"沈植回答。

许言洗完澡后在眼睛上敷了五分钟热毛巾，直到整个人看起来没什么大问题了才出去。他把衣服扔进洗衣机，下楼，沈植正端菜上桌，两菜一汤，一碗饭。

"你吃过了？"

"嗯。"沈植又倒了两杯水，一杯摆在许言碗边，一杯给自己，"我陪着你吃。"

许言吃饭的时候很安静，嘴里被饭菜塞得满满的。沈植在看手机，时不时抬头看看他。许言喝了口水，问："忙工作吗？"

"有份合同没拟完，我去书房做。"沈植给他递了张餐巾纸，"你困的话就先睡。"

吃完饭，许言让沈植先忙，自己在楼下榨果汁，他开冰箱的时候瞥了一眼留言板，左下角——那个丑丑的笑，被沈植擦掉了。

三年多都舍不得动的东西，沈植现在却把它擦掉了，像以前一样——因为许言画得不好看，他就一次次抹掉，再等许言重新画上。

"幼稚。"许言自言自语，明明是笑着的，眼眶却酸胀得厉害。

他拿过记号笔，在左下角的位置，重新画了一个丑丑的笑脸。

九点多，沈植关上电脑，起身走到一大一小两个保险柜前，输密码打开小的那个，从里面拿出药盒，数好该吃的药，他转身回书桌旁，握着水杯把药送进喉咙。

小保险柜里没有房本现金，没有珠宝玉器，没有重要文件，只有很多很多的药，和他所有的病历本、体检报告。

许言来到露台，今晚的月很圆，像盏遥远的灯，把整个露台照亮，连同那棵高高的白玉兰。沈植坐在月光下、树影里，旁边小桌上放了杯水。他弓着身子，手肘抵在膝盖上，脸埋在手心里。晚风一吹，树叶摇摇晃晃，斑驳的光影在他弯俯的背上四处跳跃游弋。

许言走到他面前，拍拍他的肩。

沈植一僵，抬起头来，一半脸在阴影里，另一半在月光里。苍白的面孔和通红的眼眶，对比鲜明，但许言什么都没说，只问他："累坏了？"

"嗯。"沈植哑哑应了声，"把你吵醒了？"

许言蹲下去，自下而上地跟他对视："沈植，我陪着你呢。"

他的眼底倒映着月华，和九年前一模一样的眼神，干净又真挚，那么好看的一双眼睛。

沈植感觉身体里又痛又冷的碎冰潮涌被一点点融化抚平，消退下去，渐渐归还他一个平和宁静的躯壳。

这个躯壳在和许言对望、被许言注视的时候，才会注入充盈的灵魂，成为一个完整的人。

"回去睡觉，睡不着我给你讲故事。"许言朝他笑，站起来，带他回房间。

晚风还在吹，不知道从哪里落下一片叶子，坠在盛着月色的水杯里，一片波光粼粼。

沈植醒来时怀里塞着那只小鳄鱼，窗帘紧闭，他坐起身看了眼表，九点多。沈植下床，出门前又开始习惯性陷入怀疑，但没犹豫太久,他打开门,走到栏杆边。

楼下传来碗筷碰撞的声音,还有食物的香气。沈植那颗高悬的心终于一点点落地,想起昨晚他被许言带回房后,没像以前那样睁着眼到天亮,反而很快就睡去。

而且他真的没再做梦,一觉到天亮。

沈植转身回房间,换衣服,洗漱。

他下楼时许言刚做好早餐,嘴里正叼着个荷包蛋,一转身看见沈植站在那儿,许言吓了一跳,拿筷子把荷包蛋夹回碟子里,说:"起来啦?"

沈植喜欢听这种很日常的小废话,诸如"睡醒啦""回来啦""忙完啦",许言总是讲得非常顺口。

"嗯。"

许言给他倒豆浆,一边说:"糖加多了,喝起来很甜,你多吃个煎蛋中和一下。"

沈植点点头,生病后他一度丧失食欲,连同其他各方面的欲望,多巴胺似乎停止分泌,没有任何能激起兴趣的东西。他可以一整天不吃一口饭,咀嚼对他来说是件费劲乏味的事,让人疲于去做。

后来情况好转了些,但也仅限于此——吃东西是为了维持身体机能,美味与否不重要。

沈植咬了口煎蛋,又喝了口豆浆。

咸的,甜的,都是很常见的味道,但沈植好像终于恢复了丧失已久的味觉,他看着许言,说:"好吃。"

"那多吃点。"许言笑了下,"我等会儿回公司开个会,下午再过来。"

"一起,我也要去你那边,和客户吃饭。"沈植说,"晚上可以去你家。"

"我家的房间没你家的多,"许言思考一秒,故作认真地说,"不介意的话,沈律师可以睡沙发。"

"介意。"沈植回答。

吃过早饭，休息了个把小时，两人出发。许言开车时不爱说话，抿着嘴看前路。沈植坐在副驾驶，低头看材料，不过这样容易头晕，需要偶尔抬头看看许言，看看窗外，调节一下。

下高速，把沈植送到客户公司楼下，许言说道："好了告诉我，我接你。"

"嗯。"

沈植下车，关上车门，走了几步又转身，见许言趴在方向盘上，侧着头，朝他挥挥手，像送小孩上幼儿园的家长。

开完会，许言在回家路上接到许年电话，问他有没有吃妈妈包的饺子。许言："没来得及，我昨天不在家，刚在公司开完会出来，现在回去。"

电话那头安静了会儿，许年："哦。"

过了几秒，他又问："你什么时候到家？我下午休息，去你那儿待会儿，到点了去接姐姐下班。"

"你来吧，我十分钟就到。"

电梯里，许言收到沈植的微信：不用来接我，结束了我去你家找你。

许言回：好的，我到家了。

进了门，许年已经坐在客厅里看手机，许言边换鞋边问："许小少爷，给你泡茶还是泡咖啡？"

"吃饺子。"许年说。

"行。"

饺子煮好，许言端上桌，才吃了半个，就听见许年问："哥，沈植到底哪里好？"

"有钱。"许言随口敷衍他。

明知被敷衍，却完全无法反驳，许年噎了下，才说："他以前对你不好。"

"我俩都跟以前不一样了，所以再试试，我是这么想的。"

265

"要是试不好呢?"

"那就不强求了,大家心里也没遗憾了。"许言喝了口水,朝许年伸出只手,"把我家大门钥匙给我。"

许年莫名其妙:"干什么?你的丢了?你刚刚不是还拿钥匙开门?"

"我给沈植。"

"许言!"许年火气噌地就上来了,啪一拍桌子,"你把钥匙给他不给我是吗!"

"激动什么,不给就算了,"许言笑着说,"开玩笑的,我还有一把,到时候给他。"

发觉被耍了,许年气得直哆嗦,筷子都要拿不稳,开始换角度攻击:"沈植看了那么久心理医生,肯定吃了不少药,吃多了身体就垮了!"

许言听了,也啪一拍桌子,拍得比许年还响:"爬远点!别瞎诅咒!"

两人正在为莫须有的问题争得不可开交,手机响了,许言瞥了眼,是沈植:我在电梯了,马上到。

"沈植现在身体好不好我不知道,但你要敢在他面前提这种事,小心我对你不客气。"许言低声警告他,绕过桌子去开门。他往走廊看,沈植刚从尽头的电梯里出来。

许年面色不善地端着碗站在客厅,见沈植进门,换鞋——天杀的,那双名牌皮鞋,前几天他在许言家见过的,居然是沈植的!这说明那天他来送饺子,沈植根本就在!

"许总。"沈植换好拖鞋,直起身,跟许年打招呼。

许年捧着碗,表情阴晴不定地变幻一阵,才硬邦邦地回答:"早啊,沈律。"

现在是下午四点零七分。

"还剩几个饺子,我妈做的,煮了给你吃?"许言问。

"嗯。"沈植跟他一起进厨房。

许年在沈植面前很收敛，不吭声，埋头吃饺子，但吃了几分钟，又开始疑惑自己为什么要怕，有什么好怕的？

他鼓了鼓腮帮，作死的劲上来了——夹起一块饺子皮，抬高了哆嗦来哆嗦去，以引起许言和沈植的注意。

沈植没什么反应，跟看三岁小孩玩泥巴似的，一脸冷静。许言怔了一秒，心头火起，烦躁无比，拿起旁边的纸巾包拍在许年头上："不吃就滚，少在这儿碍眼！"

"滚就滚！"许年嚷嚷着摞下筷子，捞起椅背上的西服外套就走，头也不回，把门关得铿锵有力。

五秒钟后，他又窸窸窣窣开门进来，骂骂咧咧地把脚上的拖鞋换掉，再次扬长而去。

"他怎么了？"沈植转头问许言。

许言："他脑子不好。"

沈植的一个月休假还在继续，许言已经开始为最后一个季度的各种工作忙到满地爬。

这引起了许年的极大不满，因为他不能随时去许言家了。上上次他去的时候在客厅里等了好几分钟，许言才出房间。

而上次他去的时候许言正在书房修图，于是许年和沈植坐在客厅里沉默了整整二十五分钟。沈律师从容不迫地在看资料，许年只能瞪着电视里的玛卡·巴卡独自煎熬。

他发誓要跟许言减少来往——在许言蹭他车回父母家吃饭时，许年更坚定了这个想法。

"沈植呢？"

"他这几天出差，晚上回来。"许言看着手机，沈植刚来微信说上飞机了。

许年冷笑一声："我今天就跟爸妈说你现在的状况，你等着吧。"

"哦，"许言轻飘飘应道，"你可以试试。"

许年的拳头捏紧了。

叶瑄到得早，许言和许年进门时她正和方蕙、许燊坐在沙发上聊天，许言听到他弟喉咙里发出一声难以形容的，类似于小狗撒娇呜咽的声音。

许年换了鞋就踢踢踏踏跑到沙发旁，坐在叶瑄身边，搂住她的肩，头也挨过去，黏黏糊糊地跟她说话。叶瑄边笑边剥了颗杏仁，喂到许年嘴里。

许言站在玄关，迎着方蕙和许燊和善的目光，忽然有种夺门而去的冲动。

从父母家出来，许言在小区门口看到沈植的车，他让许年停下，跟许年和叶瑄道了别，下车。

"是不是还没吃饭？"上了副驾，许言问，"想吃什么，我陪你去。"

"回去你给我做碗面就行。"

许言凑过去，看了几秒，问："这几天是不是又熬夜不好好吃饭了？"

"时间紧，有点忙。"沈植笑了下，算是承认。

"那赶紧回去，我给你煮个面，你早点休息。"

沈植却问："你是不是后天出差？"

"嗯，四五天回来。"许言笑眯眯的。

车子开动，十多分钟后路过商场，许言看着窗外，忽然感叹："想吃麦当劳甜筒了，它那么便宜，却那么甜美。"

沈植打了圈方向盘，把车缓缓停在路边的临时车位，先许言一步开门下车："我去买，你在车上等我。"

许言觉得自己的心脏好像也被什么东西圈住了，箍得很紧，心跳时能感受到那种撑满的、鼓胀的充实感。

繁华街道上，车水马龙，灯火辉煌——一个真实鲜活的热闹俗世。

而沈植正穿过如织的人流，穿过霓虹灯牌交错的光晕，手上拿着一支甜筒，在街对面等红灯。

绿灯亮起，沈植过斑马线，他周遭的种种被许言自动虚化，定格成一张相片，烙进脑海。

许言觉得沈植变了很多，又好像什么都没变，仿佛他们从未经历任何苦痛折磨。九年多的岁月变成弹指一挥间的昨夜今朝，沈植只不过是去马路对面为他买了支甜筒。

"给。"沈植走到车边，把甜筒递过去。

"这么快。"许言从他手里接过，笑着说，"上车吧，我们回家。"

Extra Chapter

番外

## 01　右手

　　大二，许言依靠卓越的球技，愣是挤进了经院球队，为此同学们痛心疾首地质问他为什么当初不干脆去学经济，现在要这样伤文院人的心，许言只能打哈哈说自己打球太烂，去经院给他们当卧底。

　　许言以前经常给经院篮球队拍照片，有时候也跟着一起打球，渐渐地跟沈植能说上话了，结束后还时不时一起吃个饭……

　　很偶然的一次，经院球队的某个球员有事告假，他走得很急，剩下篮球队里的人面面相觑——替补不是没有，但总归不如他技术好。校联赛就在眼前，大家想着要不凑合凑合打打得了，沈植却在某天训练结束后，当着所有人的面，很随意地问许言："愿意进我们队吗？"

　　许言当时正在喝水，闻言差点呛死在球场，他擦了擦嘴角的水渍，茫然地"啊？"了一声。

　　"言言是文院的，这行不通吧？"有人说。

　　又有另一个声音冒出来："但许言打得真的很好……"

　　"那进来以后怎么排？小前锋走了，可是言言之前都是打后卫的。"

　　"可以兼打两个位置，他的技术没问题。"沈植看着许言，淡淡地说，"就看你愿不愿意。"

　　"啊……你们没意见的话。"许言咽了口口水，和沈植对视一秒，然后有些心虚地又去看其他人，说，"我愿意。"

　　得到他的回答，沈植点了下头就到一旁喝水去了，几个球员笑着过来搂许言的肩。

联赛时经院冲进了决赛，跟体院争冠，对方的大前锋钱航翰是个难搞的，又高又壮。大一时他也跑后卫，跟许言打过几场球，输了，心里一直拧着劲，屡次寻衅说要再比一场，但许言是个懒得招惹麻烦的，次次回避，一笑了之。这次联赛他知道大概率会和钱航翰碰上，没办法，如果非要比，倒不如在这种大赛上，起码众目睽睽，输得甘心，赢得敞亮。

但他没想到，也就一年没在球场上交手而已，钱航翰居然能把球打得这么脏了。

上半场下来，两队勉强打了个平手，不过队里的控球后卫在走外线时摔了一跤，那一跤怎么摔的大家心里有数，裁判也判了犯规，罚球上的是沈植，稳稳地投进了三个球。

中场休息时许言盯着球场在算跑位，他既打小前锋又要兼顾得分后卫，还得防着钱航翰，很难松懈。嘴里含着水忘了咽，许言腮帮子鼓鼓的，两眼直看着球场，突然脸被戳了一下，一扭头，竟然是沈植。

许言立刻把水咽下去，仰头看着他，一时间不知道要怎么反应。

沈植在他旁边坐下来，说："你很紧张。"

"有点。"许言本来不算紧张，现在是真紧张了。他揉揉脸，被沈植戳过的地方好像有点麻麻的。许言说："都打到这儿了，肯定紧张。"

沈植点点头，正巧哨吹响，要重新上场了，许言站起来，沈植也一同起了身。在迈向球场的那刻，周围人声鼎沸，但许言清楚听见沈植低声说了句："别受伤就行，输了也没关系。"

不知道为什么，听到这句话，许言顿时不觉得紧张了，但也觉得非要赢这场比赛不可。

下半场打得火药味滚滚，钱航翰挑衅的眼神和黑手逼得许言屡次想开口骂人，咬咬牙又忍了。最后两分钟，局势已定，但许言也铆足了劲要把分数再拉开一点，他找空当想投外线，太专注，以至于钱航翰撞过来的时候他压根儿来不及反应，有个队友着急地低声骂了句,许言扭身想把球传给沈植,但竟然没找到他人,不过很快就找到了——沈植根本就站在他面前,把钱航翰整个挡下了。

一记身体碰撞的闷声过后,沈植撑着手摔在地上。

哨声尖锐响起,许言看见沈植侧躺下去捂住手腕,脸很快白了,额角青筋暴起,显然是痛极了。观众的尖叫,队友的骂声,都是模糊的,许言根本没能力思考,血一股股往上涌,心跳马上就要把胸口炸开。他直接把球砸到一边,往钱航翰的嘴角狠狠挥过去一拳——被还算清醒的队友拦下了。

谁都生气,可当众动手打架就要背处分,无论是什么原因。许言被拦下之后还没恢复理智,两眼通红握着拳头要往前冲,嘴巴抿得死紧,一句脏话都没说,就是要打人……后来据队友形容,他当时真的很像条疯狗。

沈植右手骨折,去了医务室紧急处理,队友们围在旁边,唯独少了个人——沈植看了一圈,问:"许言呢?"

"不知道啊。"队友们疑惑互望,"刚刚好像还在的。"

"不会是去找钱航翰算账了?!你摔地上的时候我看言言都疯了,那会儿要是不拦着,他能把钱航翰打死。"

沈植顿了一秒,突然起身,手腕剧痛,他皱着眉说:"我去找他。"

"坐下!"校医厉声道,"你班主任已经去开车了,马上送你去医院,手都这样了还乱跑,想留后遗症就直说!"

"帮我把他找回来。"沈植抬头说。

"噢噢噢,行!"三个队友往外跑,沈植眉头皱得更紧,脸色苍白,手疼得他冷汗直流。

篮球场后的围墙下,钱航翰站在许言面前,看着他讥诮:"都主动找上门来了,这么着急替沈植出头,你是他的狗啊?"

许言盯着钱航翰的眼睛,回答:"是啊,怎么样?"

钱航翰大概第一次见有人能把这种事情承认得如此坦荡利落,他愣了下,表情瞬间变得极度厌恶,语气鄙夷:"你可真够恶心的。"

许言没跟他废话，在钱航翰还沉浸在浓浓的恶心之中时，他铆足了力道干脆地抬手挥拳过去。

"就你这样的，还没资格当沈植的狗呢。"钱航翰鼻血直冒倒在地上，许言冷冷俯视着他，一字一句地说。

许言后来是自己找到医院的，沈植的情况不太妙，右手之前就受过伤，这次又遭骨折，只能动手术加钢板。许言到的时候沈植还在手术室，他看了一眼就走了——给沈植买午饭去。

回来后，许言进病房，只有沈植一个人在，两人目光交错，许言的嗓子紧了一下，问："其他人呢？"

"让他们去吃饭了，不是什么大事，没必要饿着肚子陪在这儿。"沈植说。

许言点头，拎着外卖慢吞吞走到病床边，看着沈植手上的绷带，心情难以言喻，心疼、难过、郁闷、愧疚……他知道当时的情况无论是谁，沈植都会去挡的，所以他宁愿不是自己，那么在面对沈植时，就不会这么内疚了。

"对不起啊。"许言低声说。

沈植好像没听见，在许言身上打量一番，下结论："你打架了。"

许言也没否认，点点头。沈植又问他："输了吗？"

"？"许言一下子没反应过来，怔了怔才回答，"赢了。"

"赢了就行。"沈植往床边的椅子上看了眼，说，"坐下。"

许言很听话地就坐下了，坐下之后发现钱航翰说得果然没错，他就是沈植的狗。

他盯着沈植那只受伤的手——是因为自己。

沈植却忽地伸手过来，修长的食指在许言膝盖的淤青上按了一下——是之前他跟钱航翰打架时候弄的。

"嗡——"许言顿时缩了一下腿，吃痛地抽了声气，抬起头惊慌地看着沈植，不知道他为什么好端端的要来压自己的伤。

他看过去时正好跟沈植四目相对，对方的眼神里看不出什么具体内容，但许言莫名觉察到几分压迫感。还没来得及回神，沈植又在那个位置按了下，许言闷哼一声，下意识问："你看我痛心里很高兴？"

沈植却顿了一下，才回答："我不知道。"

答案不明朗，却貌似很认真，是经过思考的——问题就在于许言不知道这种事情有什么好思考的，完全没道理。

"医药费我会转给你的。"许言把外卖放到桌子上，拆开筷子。

"又不是你推的我。"

"但你……"许言想说你是因为替我挡人才受伤的，可又想到即便不是自己，换作别人，沈植大概也会毫不犹豫地去挡，于是他换了个说法，"但本来是我被撞，他冲着我来的。"

"不管怎么样，撞我的人不是你。"沈植把话题揭过去，问，"你吃了吗？"

"没有。"

"那你吃，我手疼，吃不太下，喝点汤就好。"沈植没告诉他家里已经让保姆做了饭，正在送来的路上，只说，"你打了一上午球，应该饿了。"

有种被关心的感觉——许言却更内疚了，把汤勺递到沈植那只健康的手上，接着小心翼翼端起汤碗，捧到沈植面前："我给你端着，你舀汤喝。"

他简直一副虔诚上供的模样，目光真挚，沈植垂下眼，又把视线转向一边，说："放桌子上就行，你吃你的。"

"噢，好。"

病房里很安静，除去沈植不爱说话的原因，还有就是两人的关系——熟，但没有特别熟，何况许言心里有鬼。因为过于紧张，搞得许言连吃饭都吃不出什么味道，但又想再这样跟沈植多待一会儿。

没过半小时，队友们吃完饭回来，沈植家送饭的人也一起到了。周围一下子闹哄哄的，许言茫然地看着桌上新送到的饭菜，他整个人快被抬起来了，队友们扒拉着他的手脚，问他是不是跟钱航翰打架去了，是不是挨揍了……许言很机械地点头又摇头。

难怪沈植说吃不太下，原来是知道家里会送饭过来，所以只喝了点汤。

下午还有课，许言起身，和队友们一起离开。大家纷纷让沈植先好好休息，话都让他们说了，许言也不知道该讲什么，只有朝沈植挥挥手。

他站在人群里，挥手的幅度也很小。沈植正在跟另一个队友讲话，沈植还稍稍转过脸，隔着几个脑袋，和许言对上视线，朝他点了一下头。

## 02 言言

秋天很短，许言出了几趟差，一个季节就唰地过去了。转眼已经十二月，宋谨不负所望地替他完成了新家装修，许言全程几乎没怎么操过心，因为太忙，也没去看过几次房子。

今天他收工早，约了宋谨去新房验收。

许言进门时宋谨也刚到，脚边放着一个宠物包。他扶了一下眼镜，朝许言笑笑："等会儿顺便带葡萄柚去打针，所以先把它拎上来。"

"那放出来吧，透透气。"许言走过去，蹲下，拉开拉链。一颗肥肥的猫猫头小心翼翼地探出来，脸很大，好在眼睛也大，圆溜溜的，紧张地看着许言。

"太可爱了，看起来很有礼貌，"许言笑着抬起头，问，"能抱吗？会不会抓人？"

"不会，它很乖的。"宋谨说。

许言把猫抱出来，十几斤的重量结结实实，葡萄柚很害怕地趴在他身上，一声都不吭。

他抱着猫在家里走了一圈，仔仔细细看过去，除了几个定制的小家具还没到，其他一切 OK，完全挑不出问题。

"真的辛苦了,我非常满意。"许言说,"晾几个月,明天春天搬家的时候,一定请你过来暖房。"

"好,"宋谨笑笑,把钥匙交还给许言,"但我只是给了设计图而已,真辛苦的是装修组。"

"宋设计师太谦虚了。"许言看了眼表,"你去宠物店是吗,我送你过去?"

"不用的,我弟弟已经到了,就在楼下车里等我。"

"才知道你还有个弟弟。"许言把葡萄柚放回宠物包里,说,"那走吧,一起下去。"

到了楼下,宋谨和许言告了别,朝十几米外花坛边的一辆黑色名车旁走。副驾驶的车门从里面被推开,宋谨坐进去。从许言的角度看不清驾驶座上的人,只知道是个穿西装的,他从宋谨手里接过宠物包,伸手放到后座。

宋谨关上车门,降下车窗,冲许言挥了挥手。等他们离开,许言发微信给许年:为什么别人家的弟弟是霸道总裁,而你却是个傻瓜?

发完,许言上了车,刚开动,收到许年的回复:你以为你就很正常了吗?!

明天上午没拍摄,许言从小区出来后直接开车去沈植家。沈律师近几个月忙得不见人影,今早刚结束出差回来,又一头栽进书房,许言都怀疑他没吃午饭。

到了沈植家,许言径直去厨房做饭——他半途经过超市,买了酸奶和菜。

刚把菜做好,许言洗了把手,手机响了,沈植打来的,大概是因为微信没收到回复。

"喂?"

"给你发消息没回,所以打个电话。"沈植说,"你下班了吗?"

"下班了。"

"我现在来你家。"

"不用。"

沈植那边顿时安静。

许言无奈地叹了口气："下楼吃晚饭了，沈律师。"

没过半分钟沈植就下楼，眉眼间有些疲惫，看见许言时他笑了一下："完全没听见你做菜的声音。"

"说明你工作很认真。"许言拿碗盛饭，"去坐着，我盛好了给你拿过来。"

许言话音刚落，沈植接着问："多久没见了？"

"我出差你出差，忙来忙去的，半个多月了。"许言放下碗，"午饭吃了吗？"

沈植拿起碗："好了，吃饭吧。"

晚上，沈植十一点半才出书房。许言正在客厅看书，察觉他进来了，头也没抬地说："睡衣给你放浴室了，洗个澡早点睡。"

沈植随后微妙地打了个弯，朝洗手间去。

"快十二点了，你明天要早起吗？"沈植洗完澡出来，许言抬眼问他。

"都可以。"沈植从另一侧坐到沙发上，他累得很，把头枕在靠垫上，闭起眼。

许言放下书："怎么了？"

三年多以来让沈植痛不欲生的心病，正在慢慢远去。虽然完全病愈是奢望，但能到这个程度，已经是件万幸的事。

沈植想告诉许言自己的病，又觉得还不是时候，还需要时间。

"你怎么跟小孩一样？"许言笑着问。

"言言……"沈植不知道说什么，他只是觉得两人太久没见了，转头就分开不太好。

"哎哟，沈大律师……"许言现在是真见不得沈植这副垂眼不说话的样子，"我给你讲个高兴的事，我今天去看房子，都装修好了，之后你要是想，就搬我那儿去住。"

沈植终于点点头。

## 03　暖房

新年的三月，方蕙和许燊出国旅游，趁此机会，许言请了朋友来新家暖房。

"我说你怎么之前单独先请爸妈过来吃饭，是故意错开吧，哈？"许年一边嗑瓜子一边在许言旁边阴阳怪气。

沈植在洗菜，许言面无表情地举起刀狠剁了一下案板："没事就滚，别打扰我做菜。"

许年被他吓得一哆嗦，闭紧嘴巴溜去客厅了。

没过一会儿，纪淮到了，将车钥匙往茶几上一扔，跟其他人打过招呼就来厨房帮忙。三个人一起下厨，进度拉快不少，会做饭的宋谨也在进门后加入战场。许言原本是拒绝的，说不能让客人帮忙做菜。

"别那么讲究，"宋谨笑着说，"我就是打个下手。"

做了九菜两汤，许言喊许年过来端菜，许年嘴上骂骂咧咧，身体很诚实，屁颠屁颠就过来了，陆森也跟着从沙发上起身，让叶瑄和汤韵妍继续坐着聊聊天，等饭菜上好了再起来。

许年把最后一个菜端上桌，接着过去扶叶瑄，他从叶瑄怀孕开始就小心得不行，恨不得做姐姐的人形拐杖，二十四小时不离手。

酒是陆森带的，据许年不负责任的夸张描述：陆森家酒庄里头那些名酒就跟批发似的。

除了叶瑄喝果汁，其他人都倒上了红酒。八个人举杯相撞，大家祝贺许言搬新家，同时提醒他今晚小心点，被灌酒是不可避免的。

许言被起哄得毫无招架之力，小鸡啄米似的不断点头："好好好，应该的应该的……"

"那可不，"许年永远冲在作死第一线，"这都有新居了，心里高兴坏了，被灌点酒算什么。"

"挺高兴的日子,你不要逼我跟你兄弟反目,可以吧?"许言礼貌地询问他。

许年翻了个白眼,扭头为姐姐夹菜去了。

果不其然,才吃到一半,已做好心理准备的许言已经被灌醉了,石头剪刀布输了十八盘,喝得两眼发蒙,眼皮都抬不起来。沈植要挡酒,许言死活不让,因为惦记着沈植的病,心里还是希望他少喝点酒。

饭吃完,许言近乎不省人事,宋谨是最早离开的,说他弟弟已经到楼下了。许言坚持要送他出门,揽着宋谨的肩不断道谢,感激宋设计师帮他把房子弄得那么好看。

许年的司机不久后到了,汤韵妍那位神龙见首不见尾的男友也在来的路上,她顺道和许年、叶瑄两人一起下了楼。八个人转眼就走了一半,沈植给许言倒了杯热水,让他在沙发上靠一会儿,接着跟纪淮一起收拾桌子。

收拾完桌子和厨房,沈植和纪淮各自倒了杯水,走到沙发边坐下。许言喝完酒又干完了一杯热水,想上厕所了,他摇摇晃晃站起来:"我去下洗手间。"

沈植站起身搀他,许言凭着本能往卧室走,一直走到床边,忽然忘了自己要干吗,站在那里发愣。

"我要干什么来着?"许言茫然地看着沈植。

"不知道。"沈植也不提醒他。

"……"想了有五秒钟,许言长长地"噢"了一声,"我要尿尿。"

客厅里,纪淮对着手机处理公事,陆森闭目养神,他今早才下飞机,紧接着就进棚了,现在安静下来,整个人累得慌。

沈植一个人来了客厅,陆森问:"许言呢?"

"洁癖犯了,一定要立刻洗澡。"沈植说。

"那我们先走了,"陆森站起来,"你跟许言说一声。"

"好。"

出了门,等电梯。陆森靠在墙上说:"今天太累了,蹭你车去你家吧。"

沈植回到洗手间,许言正躺在浴缸里睡大觉,头洗了一半,滴滴答答往下掉水珠。沈植费了九牛二虎之力将他弄醒,催促着他洗头。

"他们……走了吗?"许言迷迷糊糊地嘀咕。

"走了。"

许言顶着满脑袋泡沫,努力睁开眼睛。

"我做到了。"许言说。

许言名下有父母送的房子,如果想要一个稳定的住所,完全不用费劲。

但这里不一样,是许言自己买的,是他找设计师装修的,想要个家,许言做到了。

## 04　镜子

"言言,你坐沈植旁边呗?感觉你们都不怎么说话,不太熟的样子,以后都是一个队的,多聊聊天嘛。"

许言被推搡着坐到沈植身旁,这是他半途加入经院篮球队后大家第一次聚餐。

他觉得自己靠近沈植的那半边身体是僵的,不知道该做什么动作比较恰当。混乱之间,许言拿起右手边自己刚端过来的杯子,想喝一口饮料。

一只白皙的、微微发凉的手制止了他,沈植的声音在喧闹之间显得格外清晰:"这是我的杯子。"

许言愣了一下——他以为自己只是愣了一下,实际上已经过去好几秒。许言放下杯子,那张能开玩笑能接眼的嘴说话忽然变得磕磕巴巴:"哦……我……弄错了,不好意思。"

"没事。"沈植说。

位置有点挤,他们时不时会碰到一起,许言将椅子往另一边挪了挪,以避免这种触碰。

杯子里的饮料被换成了酒,许言作为新队员,不可避免地成了第一灌酒对象。他几乎没怎么拒绝,因为好像喝得多一点,就不会显得那么紧张和笨拙。

果然是这样,在连喝五六杯后,许言已经敢扭头朝沈植看,并对他露出又傻又真诚的笑容。

又有队友要跟许言碰杯,许言笑吟吟地正准备举起酒杯,沈植突然再次按住他,接着对队友说:"差不多了,少喝点。"

"干吗,心疼我们的新队员啊?"队友笑着说,"你问问言言还喝得下喝不下。"

许言睁圆一双眼睛,呆呆的,他当然还喝得下,但是沈植好像不想让他喝了。

为什么呢?许言想不通,可能也没什么好想的,沈植应该只是单纯讨厌醉鬼。

"喝不下了。"许言抬头,眼皮有点重,他慢慢眨了一下眼睛,"不能喝了。"

"怎么回事,有沈植给你撑腰了就开始退缩了是吧。"队友看了许言一会儿,说,"言言,你睫毛好长啊。"

许言根本就没有听清他在说什么,只是小鸡啄米似的点了几下头:"对啊对啊。"

过了几分钟,许言打算去上个厕所,洗把脸。他起身时沈植正在和其他人说话,有队友问许言需不需要扶,许言摆摆手:"没事,你们继续喝。"

上完洗手间,许言去洗手池边,弯下腰洗脸。头重脚轻,他觉得自己要栽进水里了,好像头发已经被淋湿了一半,但是完全没有力气站直。

自己可能会成为这家餐厅第一个淹死在洗手池里的人,许言这么想着。

水龙头忽然被关掉了，脖子一紧，有人握着许言的后颈把他拎起来。

许言满脸是水，头发也湿了，睫毛一簇一簇地沾在眼下。他在脸上抹了一把，睁开眼，视线被水珠和灯光切割成碎片，许言在模糊中认出对方是沈植。

"你也来洗头吗？"许言问。

"洗手。"沈植从一旁抽了几张纸巾递给许言，"擦一下。"

"谢谢。"

许言在脸上胡乱擦了几下，把皮肤都揉得有点发红。尽管有不止一个洗手池，许言还是往旁边挪了一步，把面前的池子让出来，对沈植说："你洗手吧。"

沈植没说什么，打开水龙头洗手。

在这个过程中，许言不自知地看着沈植，直到沈植关掉水龙头，直起身看镜子。

许言疑惑沈植怎么这么爱照镜子，都对着镜子看了很久了。

也许长得好看的人也会被镜子里的自己迷到？许言这样猜测，接着也去看镜子，始料未及地，两人的视线在镜子中交错——许言恍然大悟，沈植好像不是在自赏，而是在看他。

不知道沈植发现自己一直在看他的脸会作何感想，许言惊出一身冷汗，酒都醒了几分。他匆匆别开眼，问："洗好了吗？"

沈植抽了张纸巾，慢条斯理地把手擦干，才回答："洗好了。"

"那……那回包间吧。"

"我先走了。"沈植说，"账已经结掉了，你们也早点回去休息。"

许言怔了怔，才说："好，路上小心。"

"你也是。"

许言回到包间，其他人仍然在喝酒说笑，气氛还像之前那样热闹，许言却失去了兴趣，有点困了。

"言言！"有个队友叫他，手里拿着一小块东西。

许言走过去，对方把东西递给他："解酒片。"

"哦，谢谢。"

"沈植特意留给你的。"

许言以为自己听错："什么？"

"他说就只有这两片了，让我给你。"队友不满地嚷嚷，"真够偏心的，又不是只有你一个人喝了酒，你看那边几个醉得比你厉害多了。"

许言才不管，他把解酒片拿过来握在手心里，说："没事，等会儿路上我给你们一人买一盒。"

坐回位置上，许言打开手机，找到沈植的聊天框，打字：他把解酒片给我了，谢谢你。

原以为沈植已经在开车，不会回了，但才过了十几秒，沈植的头像旁就多出一个鲜红的"1"。

沈植：不客气。

尽管是很客套的对话，许言仍然感到高兴。借着仅剩的酒劲，许言发了一个傻兮兮的、看起来不太聪明的小动物表情包过去。

而沈植居然又回复了。

沈植：别发自拍。

## 05 比熊

TIDE 的一位造型师前段时间新开了家工作室，刚开业没几天，陆森就被拉去染了墨绿色的头发，看起来就像一朵发霉的菇，全靠一张脸撑着。而尽管如此，陆森也不得不自拍三张放上微博，给亲爱的同事做推广。

许言刚出差回来，他以为自己能逃过一劫的，但是才到公司，造型师就不知从哪个角落里游了出来，挽住他的手臂。

"许大摄影，终于回来了，等你很久喽。"

"我们认识吗？"许言问。

"什么？你要来我的工作室做头发？当然可以啦，欢迎欢迎，两个小时后刚好有空位,我帮你安排哦。"

许言咧出一个难看的笑容:"可以让陆森代替我去吗,你把他那头绿毛染回去就行了。"

"说什么呢,我们陆大摄影的发色人见人夸,别闹了!"

是吗?许言很想说,陆森好像已经被整个时尚圈都嘲笑过一轮了,最近正在进行第二轮。

两个小时后,许言被准时架进了这家华丽的造型设计工作室。他在大厅里看到一张熟悉的面孔,是今晚要参加颁奖活动的一位演员,妆造看起来精致而高级。

许言懂了,原来同事只在自己人的头上进行"鬼畜"设计,对待客户时的审美才是正常的。

"简单……简单弄下就可以了,好吗?"许言像只被按在砧板上的鱼,好声好气地跟造型师商量。

造型师看起来已经进入了另一个境界,他竖起食指放到唇边,微眯起眼睛,轻轻"嘘"了一声。

许言闭上双眼,深深地叹了口气。

整整三个小时,许言看手机、看平板电脑,就是不看镜子,直到造型师对他说"完工!",许言像颗鞭炮一样从座位上蹿起来,说:"辛苦了,那我先走了,谢谢谢谢。"

"看你激动的。"造型师把他按住,"来,欣赏欣赏。"

许言紧闭着眼,说:"好看好看,真好看。"

还没有完,许言又被拉去拍了一组造型照,造型师看着他发完微博,才把他放走。

"下次再来啊,我们许大摄影。"

许言点点头:"好的,一定不。"

刚走出工作室,许言立马就进了商场,因为出门的时候他不小心从玻璃门的反光里看到了自己的头发,从此脑袋里只剩下一个想法:得马上买顶帽子才行。

那是一头精美绝伦的卷毛,做发型的时候许言听造型师介绍了他的设计理念,有几个名词许言是知道的,但自己头上的这坨实在是过于先锋了。

进商场前,许言与一只被主人牵着散步的棕色泰迪犬在路边相遇,双方进行了三秒钟的对视,最后是许言先别开眼。

戴着帽子从商场里出来,许言有种裸奔已久终于穿上衣服的幸福和满足。

没立刻回家,许言又去了趟公司,躲进办公室后才敢摘下帽子。刚打开电脑没几分钟,陆森敲门进来。

"我以为自己看错了。"陆森说,"怎么有一只一米八几的泰迪进我们公司?"

"有什么稀奇的。"许言平和一笑,"一米八几的发霉菇都能进,泰迪凭什么不能?"

"说的也是。"陆森看起来已经完全不想争辩,"习惯了就好了。"

不想继续一狗一菇的交流,许言问:"下星期周岁宴你有空去吗?"

许年的女儿一周岁了,小许总这半年都在外面出差,据说他怕自己忘记,于是提前五个月就订好了宴会厅,预约策划公司。

"看情况,赶得回来的话。"

"纪淮也这么说。"许言看着屏幕,快速敲键盘,"幸好我接下去一段时间不出差。"

"知道了,马上给你安排外拍。"

许言抬起头,像狗一样朝陆森龇起牙,很凶地"汪"了一声。

回家之前许言做了很久的心理建设,直到沈植发微信问他怎么还没有到,许言终于慢慢开动车子,从小区大道的树下挪进车库。

对着后视镜仔仔细细地将头发都塞进帽子,许言才走进家门。沈植就坐在沙发上,见许言回来了,他将腿上的笔记本电脑放到一边,站起来。

"有客人要来家里吗?"沈植问。

"没有啊。"许言莫名其妙,"什么意思?"

"那你为什么在车库里整理了那么久的仪容仪表?"沈植对此持怀疑态度。

"沈律也太诡计多端了……"许言感觉脑袋出汗,"我才晚了几分钟进门,怎么就开始看车库监控了?"

因为平常许言也时不时会戴帽子,沈植看习惯了,今天似乎没发现什么端倪。许言装作无事发生地走向厨房,一边说:"饿了,饭菜做好了吗?"

"好了,所以才问你怎么还不回来。"沈植去盛饭,"谁知道你在车库里照了那么久的镜子。"

"这不是……"许言心虚道,"想在你面前保持良好形象嘛。"

吃饭的时候,许言一低头,帽檐就会碰到碗沿,他不得不把饭碗端起来吃。沈植看了他一会儿:"帽子怎么不摘?"

"头发油了,不想摘。"许言很没有底气地扒着饭。

吃完饭,许言立刻上楼,他想好了,等会多洗几次头,或许能把卷发洗直一点。

在许言找睡衣的时候,沈植靠在衣帽间门边看他。过了一会儿,沈植问:"还不摘帽子吗?"

"我喜欢这顶帽子。"许言逞强道,"我要戴着睡觉。"

"我看到了,你染头发了。"沈植说,"深棕色,又不夸张,帽子摘掉吧。"

总之不要像陆森一样弄成绿色就可以……当然,如果许言喜欢,就算是绿色,沈植也没什么意见。

许言很想说这根本就不只是发色的事,但又不知道该怎么解释。

"嗯嗯。"他面不改色地敷衍,"不是颜色的问题,就是头油了,我等会儿洗一下就好。"

说完,许言擦过沈植身前往外走,结果沈植毫无征兆地抬起手,将许言的帽子给掀了。

一头的棕色卷毛开始争先恐后地苏醒，缓慢地在空气中蓬起来。

许言呆了几秒，然后难以置信地摸自己的头——摸到一手卷毛。

"绝交！"他反应过来，捂着头大叫，"我要跟你绝交！"

沈植很平静地观察了一会儿许言的脑袋，说："像小狗。"

"我知道，泰迪是不是。"

"比熊吧。"沈植说，"好听一点。"

"谢谢你，沈律师。"许言拍拍沈植的肩，"没想到安慰人你还蛮有一套的。"

"不是安慰，我觉得好看。"沈植在许言头上揉了一下，"你不用那么难受，只是换了个风格。"

沈植的语气认真且很能使人信服，许言睁大眼睛跟他对视了一会儿，扭头去照落地镜，并开始动摇："真的是这样吗？"

"是的。"

"那可能是我一直比较朴素，一下子接受不了这种比较标新立异的造型？"许言对着镜子抓自己的卷毛，好像确实没有刚开始认为的那么丑了。

"嗯，你之前都不怎么弄头发，现在没有习惯而已。"

这些话非常有说服力，许言感到有些轻松和高兴，他觉得就算像比熊犬，应该也是一只毛质优良、卷度恰好的比熊犬，刚在宠物店做完高级护理的那种。

"不错，比起陆森确实好多了。"许言彻底走出阴影，还顺带嘲讽了一把陆森。

"去洗澡吧，刚出差回来，早点休息。"沈植说。

"这就去。"许言的脸上终于露出点阳光。

其实没有觉得很累，所以洗过澡之后许言和沈植一起坐在阳台的椅子上吹风。沈植在看手机，许言瞥了一眼，发现是微博界面。

"你不是不怎么玩微博的吗。"许言凑过去一点，"看新闻还是看八卦？"

结果他赫然发现沈植点进了自己的主页，左下角显示"特别关注"。

"看人。"沈植回答。

他点开许言几个小时前发的关于新发型的微博，并且毫不避讳地将每张照片都保存下来，接着往下划，看评论。

许言愣了好一会儿，才问："干吗呢你？"

"追星。"沈植很正经地回答。

"所以我每条微博你都看？"

"嗯，每天都看，但你微博发得不多。"

许言有点不自然地摸摸侧颈，嘀咕道："就住在同一栋房子里，至于吗？"

"至于，你经常出差。"

"你也经常出差啊，怎么光说我。"

"嗯，所以每天都要看你微博。"

沈植直来直去的时候反而让人不太能应对，许言喝了口水，岔开话题："下星期有出差安排吗？"

"暂时没有。"沈植还在认认真真刷评论，过了片刻，大概是想到了什么，他转过头问，"是对对的周岁宴要到了吗？"

对对是许年女儿的小名。

"嗯，周二。沈律这么忙，居然还能想起来。"许言仰头靠在椅背上，"如果有空的话，你要去吗？"

之前对对满月的时候沈植由于工作忙没能去成，但原本是打算去的，因为晚饭那一餐没有长辈，都是许年的朋友，一起到他家里聚聚。而这次周岁宴把所有客人都请去了酒店，意味着许言的父母也会到场。

"我可以去吗？"沈植反问。

"不要装可怜。"许言无情地拆穿他，"这件事决定权在你。"

"所有事情的决定权在你。"沈植直接道，一边给微博下夸许言帅的评论挨个点了赞。

"……"许言说，"这样的话，我决定你不要去。"

沈植就听话地点点头:"好。"

然后他关掉手机,但头仍然低着,大拇指在手机屏幕上一下一下地摸,沉默又低落的样子。

"我认识一些导演和演艺公司的人。"许言抱着手,"要不要给你推荐一下,进演艺圈拍戏去好了?"

沈植摇头:"不用了。"

"沈律师演技这么好,不当演员太可惜了。"许言无奈又好笑继续调侃,"有空的话就去吧,对对好像挺喜欢你的。"

"好的。"沈植看似宠辱不惊地回答。

接着他解锁手机,打开购物软件,输入"小孩周岁生日礼物女"。

"怎么回事,确定要去了才买礼物吗?沈律师有点小气了。"

"本来就要买的,但是之前忘记了,刚刚才想起来。就算不去,也会买了让你帮忙带给对对的。"

其实许言也忘了,他凑过去看,问:"万一来不及怎么办?不一定能马上发货的。"

"我去一趟商场吧。"沈植说。

许言看着沈植关掉手机起身,问他:"你好像没有要叫上我一起去的意思?"

"你刚出差回来,怕你累。"

"哎,不至于。"许言拽住沈植的手腕做支撑,艰难地站起来,"我也还没买礼物呢,一起去。"

下楼的时候沈植看了眼许言的头发,许言好像忘记戴帽子了。沈植思考几秒,最终没有提醒许言关于帽子的事。

车子开出去十分钟,在一个红灯前停下,车窗开着,许言无意间朝后视镜看,顿时愣住。

"没戴帽子!"他在头发上一顿乱摸,着急地说,"车开回去开回去,我要戴帽子!"

"没事。"沈植看起来很好心地安慰他,"车上有口罩,戴上之后

291

也一样的。"

"你故意不提醒我的,对吧?"许言一眼看透。

"我忘记了。"沈植说,"可能是因为不觉得你的发型有问题。"

许言气得直捂后颈,脸往旁边一撇,不再看他。

## 06　晚风

许年女儿过生日那晚,许言和沈植提前到了酒店。许燊和方蕙到得更早,在接待客人。许年和叶瑄在酒店房间里,据说许年还在纠结要给对对穿哪件漂亮衣服。许言已经能够想象叶瑄会用那种惯常温柔的、耐心的眼神看着许年——每次看到自己的弟弟各种作,而弟妹却无限纵容,许言都很想对叶瑄说一句:"你就宠他吧!"

"叔叔,阿姨。"沈植走过去和许燊与方蕙打招呼。

"沈植应该很忙吧,还抽时间过来,辛苦了。"方蕙拍拍沈植的手臂,笑着说。

"不忙的。"沈植淡淡笑着,"我也很久没见到对对了。"

"许年也真是的,客人都到了不少了,还不带对对出来。"方蕙对许燊说,"给他打个电话催一下。"

许燊好像等这个指令很久了,立即拿起手机,一接通,许言就听他压着嗓子吼道:"客人都到了,你一个人留房间里慢慢挑吧,让瑄瑄带对对出来就行了,我们不想看见你。"

永远不变的是,每次听到弟弟挨骂,许言都会很高兴,只是他没笑几秒,许燊就嫌弃地打量他一番:"头发怎么回事?弄得跟狗头一样。"

笑容僵在脸上,许言回答:"您不懂就算了。"

没过几分钟陆森也到了,手里拿着一台单反,脑袋上还是那顶发霉菇一样的绿毛。许言刚想打招呼,发现纪淮就在陆森的身后,随后两人并肩走,看样子是一起来的。

"造型师受害者联盟"成员再次会面,许言说:"你不会也跟我一样，对自己的发型越看越习惯了吧？"

"是的。"陆森笑了笑，"毕竟这发色还蛮特别的。"

他和纪淮去跟许燊与方蕙打招呼，方蕙很不好意思："哎呀，言言这个当伯伯的都不知道带相机，你这么忙还想着来拍照。"

陆森笑笑："很少拍小孩子，可能也拍得不好，主要是想给对对留个纪念。"

许燊更嫌弃地看着许言："看看人家的格局。"

"在看了在看了。"许言说。

许年终于带着老婆孩子姗姗来迟，许言几个人过去送红包和礼物。对对似乎是真的很喜欢沈植，朝他伸出手，嘴里发出"啵啵啵啵"的声音。

"怎么回事，亲伯伯都不认识，只记得别的伯伯。"许言朝对对挥了挥手，问她，"对对，我是谁？"

"啵——啵——"对对拉长声音。

她如愿以偿地坐进了沈植的怀里，并不闹腾，只是摸摸沈植的眼镜，抓抓他的领带，然后一把抱住沈植的脖子，跟他脸贴着脸。

"对对长大以后应该也是个'颜控'吧……"许年说。

晚饭时四个伯伯同坐一桌，许言左手边是沈植，右手边是纪淮，纪淮的另一边坐着陆森。许言觉得蛮奇妙的，因为陆森和纪淮不知道是不是闹了什么矛盾——总之他俩之间的关系一直很神秘，许言也不了解具体发生了什么。

但不管发生了什么，现在两人关系貌似还可以，那就是件好事。

"你对陆森的头发有什么看法？"许言凑到纪淮旁边问他。

纪淮先是看了眼许言的头发，才回答："没有看法。"顿了顿，又说："他做什么造型都挺好看的。"

"那确实。"许言说，"我们陆摄影，就算是发霉菇，也一定是最帅的那朵混血菇。"

"那你是——"纪淮又看了看许言的脑袋，问，"最帅的国产泰迪吗？"

许言皮笑肉不笑:"我是比熊。"

远处的许年不知道为什么,又开始哭得像结婚那天一样。纪淮只抬头短暂地朝他看了下,然后拿起小碗盛了两勺菌菇汤。许言正要提醒他那好像是陆森的碗,就见纪淮将汤放在陆森的手边,而陆森很自然地拿起来喝了一口。

所以这两人的关系真的缓和了,许言感到欣慰。

一只手突然摸到许言头顶,五指插进头发里抓了抓。许言扭过头,无言以对地看着沈植:"做事情能不能分场合?"

自从许言烫了卷毛,沈植就染上了这个诡异的习惯,只要两个人坐在一起,必定会伸手来揉他的头发,许言越发觉得自己像条狗。

"能。"沈植抓得尽兴了,才将手收回去,没有诚意地答道。

"给你买条狗吧,要不要。"

沈植回答得很快:"不要。"

许言:"……"

吃得差不多的时候,陆森又拿起相机拍照去了,手机和车钥匙就这样扔在桌上不管。甜品台被推进来,许言准备去拿小蛋糕,他惦记着陆森的东西,想帮忙保管一下,才刚起身,却发现纪淮已经将陆森的手机和车钥匙拿在手上了。

几个人一起去甜品台旁,纪淮拿了两个小蛋糕,那边策划公司的摄影师喊大家一起拍照。

许言他们四个人站在许年那一侧,将蛋糕藏在身后,拍了一张大合照。

拍完照没半分钟,许言就找不到纪淮和陆森了。周围人有点多,手臂被轻轻拉了一下,许言听见沈植靠近耳边问:"去阳台吹吹风吗?"

"去。"

露台不大,仅仅能站三四个人,望下去是发着光的车流。许言靠着围栏,一边吃甜品一边说:"下星期我出个差,大概十天,不要太想我。"

沈植立刻皱了皱眉，去口袋里拿手机。许言看着他单手打字，奇怪地问："干嘛呢？"

"请假，调休。"沈植看着屏幕，"刚好手头的一个项目结束了，我和你一起去。"

许言马上按住他不停打字的手："疯了吧你？"

"我不能去吗？"沈植抬头，略带疑惑和委屈地问。

"……又开始了是吧。"许言警告他，"别跟我来这套。"

"好。"沈植关掉手机，转过身吃了口蛋糕，说，"那我一个人在家里等你，我会自己烧饭吃的。"

很可气的是，尽管知道沈植大概率是在装可怜，许言每次到最后都还是会吃这一套。

他认输道："真的能调休吗？在不耽误工作的情况下。"

"可以的，本来也打算项目结束后休息一下。"

"那我看看能不能多待几天吧，把事情忙完了，我们一起逛逛。"

"没关系的。"沈植体谅地说，"按照你原来的安排就好。"

许言笑得无可奈何："那你倒是把脸上的笑收一下啊，沈律师。"

风吹着两个人的头发，这一刻很好，或者说当下的每一刻都很好。城市的灯火映在他们眼底，像很多个晚上，他们一起看过的星星。

"原来躲在这里啊——"露台的小门忽然被拉开，许年抱着对对出现，"对对，来抓你两个伯伯回去拍照片！"

叶瑄就站在许年身边，越过许年的肩，许言看见纪淮和陆森正靠在不远处的一张桌旁，说笑着朝这里望，更远处是许燊和方蕙，方蕙在向他们招手。

"走了走了！"许年拉住许言的手，将他往宴会厅里带。

许言被拉得往前迈了一步，回过头，沈植还立在夜色和晚风里。许言往后对沈植伸出手，沈植便跟他一起踏进灯光下。

对对趴在许年肩上，眼睛笑得弯弯的，对许言和沈植音调不准地喊："啵——啵——"

图书在版编目（CIP）数据

荒野植被 / 麦香鸡呢著. —— 广州：广东旅游出版社, 2022.10（2025.11 重印）
ISBN 978-7-5570-2806-0

Ⅰ.①荒… Ⅱ.①麦… Ⅲ.①长篇小说—中国—当代 Ⅳ.① I247.5

中国版本图书馆 CIP 数据核字 (2022) 第 118616 号

### 荒野植被
HUANG YE ZHI BEI

出 版 人：施剑敏
责任编辑：陈　吉
责任技编：冼志良
责任校对：李瑞苑

广东旅游出版社出版发行
地址：广州市荔湾区沙面北街 71 号首、二层
邮编：510130
电话：020-87347732（总编室）　020-87348887（销售热线）
投稿邮箱：2026542779@qq.com
印刷：三河市中晟雅豪印务有限公司
（地址：三河市泃阳镇错桥村）
开本：880 毫米 × 1230 毫米　1/32
字数：256 千
印张：9.5
版次：2022 年 10 月第 1 版
印次：2025 年 11 月第 13 次印刷
定价：49.80 元

【版权所有 侵权必究】

如发现图书质量问题，可联系调换。质量投诉电话：010-82069336